물 속 의 입

물 속 의   입

김인숙 미스터리 · 호러 단편선

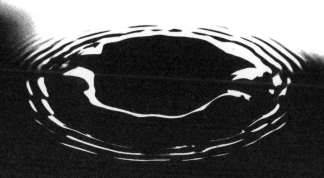

문학동네

차례

자작나무 숲

그 자작나무 숲은 임도를 삼십 분쯤 달렸을 때 나왔다. 해가 완전히 저문 후였는데, 갑자기 눈앞이 환했다. 달빛이었다.

삼십 분 넘게 차로 숲속을 달리는 동안 어딘가에 숨어 있던 달이 마치 문밖으로 나오듯 튀어나와 자작나무 숲을 밝혔다. 숲에서 보는 달이 그렇게 밝을 줄 몰랐다. 보름달 아래 갑자기 하얗게 밝아진 숲은 눈부시게 아름다웠다. 고작 눈부시게, 라고밖에 말할 수 없는 것인가. 그래도 서럽도록이나 가슴이 무너지도록이라고 말하는 것보다는 나을 것 같다. 그런 수식어들은 쓰레기처럼 의미에 냄새를 입힐 뿐이다.

차를 세웠으나 내리지는 못한 채 숲을 바라보았다. 하얗게 선 나무들의 숲이었다. 하얗고, 곧은. 마치 빽빽이 솟아난 뼈들이 빛을 뿜어내는 듯한 숲이었다.

할머니.

그런 숲에서는 할머니를 부르지 않을 수 없었다. 그러려고 찾아온 것이 아니었으나 마침내 이르렀으므로.

할머니, 자작나무 숲이야.

할머니는 대답하지 않았다. 당연한 일이다. 죽은 사람은 대답할 수 없다. 할머니는 지금 내 차 안에 죽어 있고, 나는 그런 할머니를 버리러 가는 길이다. 그런데, 문득 궁금해진다. 죽은 사람은 과연 대답할 수 없는 것일까.

할머니가 아직 죽지 않았을 때, 틈만 나면 할머니의 나이를 세던 때가 있었다. 마지막으로 나이를 셌을 때 할머니는 아흔한 살이었다. 그후로는 포기했다. 할머니는 영원히 살 것 같았고, 내가 할머니보다 먼저 죽으리란 법도 없지 않았다. 어느 날부턴가는 내가 먼저 죽는 게 당연하게 여겨지기까지 했다.

할머니는 아흔 살까지 호더로 살았고, 아흔한 살인 그때까지도 여전히 호더였다. 쓰레기로 가득찬 집, 쓰레기와 쥐와 벌레와 온갖 사체가 우글거리는 집. 할머니가 그토록 오래 살 거라고는 한 번도 생각해본 적이 없었다. 그런 불결한 환경에서는 누구도 오래 살지 못할 거라고, 심지어는 쥐들과 벌레들조차도 자기들 똥으로 뒤덮인 그 집에서는 오래 살지 못할 거라

8

고 생각했다.

그 끔찍한 집은 그러나 평생 동안 내 삶의 유일한 희망이었다. 내가 할머니의 하나밖에 없는 혈육이라는 것. 그러므로 할머니의 집은 어쨌든 내게 상속되리라는 것. 쓰레기가 아니라 집과 땅 말이다. 호더 할머니의 유일한 미덕은 무조건 쌓아놓기만 하는 것이었으므로, 그 집의 어느 한구석도 나 모르게 처분되진 않았으리라는 건 분명했고, 실제로 등기부등본을 떼어볼 때마다 그 집은 언제나 무사했다.

주기적으로 구청이나 민간단체에서 나온 사람들이 할머니의 집에서 쓰레기를 털어갔다. 할머니의 집은 방송에 나온 적도 있었다. 몇 톤 트럭 몇 대 분량의 쓰레기라는 제목과 함께 토가 나올 정도로 더러운 집의 풍경이 영상에 나오고, 얼굴이 모자이크로 가려진 할머니가 욕설을 뱉을 때마다 날카로운 효과음과 자막의 X자가 그것을 가렸다. 나도 나왔다. 할머니의 팔을 붙잡고 있거나 단체에서 나온 사람들과 함께 쓰레기봉투를 나르는 사람이 바로 나였다.

영상의 끝에는 느닷없이 개과천선한 할머니의 음성이 자막과 함께 떴다. 이렇게 좋은 걸 모르고 살았네, 고맙습니다 여러분, 국민 여러분 고마워요. 할머니가 거짓말을 하고 있다는 건 단체 사람들도, 방송국 사람들도 다 알았다. 물론 할머니 자신도 알고 나도 알고 있었다. 쓰레기가 말짱히 치워진 후 텅 텅 빈 집을 할머니는 거대한 상실감과 비통함으로 바라봤다. 모든 것을 잃어버린 자의 빈 몸에 고통과 슬픔이 넘쳐 흘렀다. 할머니는 다시 채우기 시작했고, 다시 쥐들이 돌아왔고, 다시 벌레들이 알을 깠다.

멀지 않은 곳에 도로가 개통되고, 공원이 생기고, 플라자가 조성되었다. 땅값이 갑자기 폭등했다. 또 방송국 기자들이 찾아왔다. 금싸라기 땅의 쓰레기 집. 영상의 제목은 다분히 과장되긴 했지만 어쨌든 그러했고, 할머니는 음성변조 처리가 된 채 욕을 하다가 또 마지막에는 말했다.

국민 여러분, 고마워요! 아주 고맙습니다!

엄마는 오래전부터 한 달에 한 번씩 나를 할머니 집으로 보냈다. 할머니에게 돈을 받아와야 했기 때문이다. 갖다 쌓기만 하고 내다파는 것은 없는 할머니에게 어떻게 돈이 있는지는 모르겠지만, 한때 부자였다는 할머니의 돈은 정기적으로 나를 거쳐 엄마에게 전해졌다.

벌이는 없고, 쓰레기도 주울 줄 모르는 엄마가 그 돈에 얼마나 갈급한지는 어린 나도 알았다. 그러나 나로서는 할머니 집에 가는 것이 죽도록 싫었다. 엄마가 잊을 만하면 한 번씩 나를 할머니네 집에 내다버린다고밖에 생각하지 않을 수 없었다. 할머니네 집에 가면 나 역시 쓰레기가 되었으니까. 그러나 그건 엄마와 살던 집에서도 마찬가지였으므로 어쩌면 할머니 집에 이르러서야 비로소 내가 쓰레기가 아니게 될 수 있었던 건지도 모르겠다. 거기 존재하는 건 쓰레기밖엔 없었으니까. 쓰레기와 쓰레기 사이에서의 무차별성.

어린 시절에는 남다른 것이 자랑이 되기도 했다. 할머니네 동네에서 처음으로 친구들을 사귀었을 때, 쓰레기 집이 잠깐이나마 자랑거리가 되었다. 친구들과 나는 집안의 폐깃더미와 용도를 알 수 없는 고철더미 사이에서 보물을 찾아냈다. 그러니까 망가진 장난감, 봉지를 뜯지도 않은 과자, 눈알 하나가 없는 인형 따위. 그러다가 죽은 쥐가 나왔을 때, 친구들이 비명을 지르며 뛰어나갔고, 더미들이 무너지기 시작했다. 무너지며 먼지가 쏟아지고, 쥐똥이 쏟아지고, 악취가 쏟아지고, 바퀴벌레가 쏟아져나왔다. 친구 하나가 넘어졌다. 내가 달려가자 자빠져 있던 그애가 눈알 하나뿐 아니라 팔 하나 다리 하나도 빠진 인형을 마구 휘저으며 내게 악을 썼다.

더러워, 저리 가! 저리 가! 더러워!

말은 더러워, 라고 했으나 실은 '무서워'라고 비명을 지른다는 것을 그 어린 나이에도 알아들을 수 있었다.

그러나 더럽고 무서운 건 내가 아니라 할머니였다. 그렇지 않은가.

할머니는 도대체 어쩌다 그런 사람이 되었을까. 엄마와 할머니네 동네 구멍가게 아주머니가 나누던 이야기를 들은 기억이 있다. 할머니네 집 앞까지 질질 끌려가서는, 대문 앞에 이르면 땅바닥에 자빠진 채 팔다리를 버르적거리며 울음을 쏟던 나를 가게 아주머니가 늘 혀를 쯧쯧 차며 내다보곤 했었다.

엄마는 아이스크림이나 사탕 같은 것들을 사주며 나를 달래지 않을 수 없었다. 그야말로 필사적으로 달랬다. 그러나 어떻게 해도 나를 이기지 못했던 엄마는 아이스크림과 사탕이 느리게 녹아가는 동안, 내 손등과 허벅지가 끈적하게 젖어가는 동안, 가게 아주머니와 그 시간을 때워야만 했다. 나는 할머니 집 외벽 위로 솟아오른 쓰레깃더미와 그 쓰레깃더미를 뚫고 솟아오른 봄의 꽃나무 가지, 여름의 알 수 없는 풀잎, 가을의 붉은 잎과 노란 잎을 보았다. 그러는 동안 내 등뒤에서 할머니에 관한 이야기가 오고갔다.

할머니가 한때는 얼마나 깔끔한 양반이었는지, 얼마나 정상적인 사람이었는지 같은 건 이야기 속에도 없었다. 할머니는 젊어서부터 무엇이든 주워들이는 사람이었다. 동네에서 제일가는 부잣집 며느리로 살면서도 시장이 파할 때 바닥에 떨어진 배춧잎이나 콩나물 따위를 주워다 끓여먹었고, 저보다 가난한 사람이 버린 옷을 겹쳐 입으며 겨울을 보냈다. 그 겨울옷을 봄에도 버리지 않았고, 봄에는 또 봄옷을 주워다 입었다. 원래 그런 부잣집으로 소문이 났었다. 그래서 며느리 잘 얻었다는 수군거림이 오고갔고, 동시에 자린고비 시부모를 찜쪄먹는다는 험담도 퍼졌다. 드물게 모진 시댁살이에 정신이 좀 나가 저러는 것 같다는 말도 있었지만, 그 시절에는 누구나 다 애면글면 아끼며 살았던지라 귀담아듣는 사람은 없었다. 그런 얘기를 하면서 둘은 똑같이 혀를 쯧쯧 찼다. 그러고 나면 가게 아주머니가 입버릇처럼 말했다.

그래도 어쩌다 저렇게까지 됐나 몰라.

엄마는 주로 이렇게 말했다.

그런데 어쩌다 저렇게까지 미쳤나 몰라.

할머니의 집을 상속받는다는 내 유일한 꿈은 아마도 엄마로부터 유전되었을 것이다. 엄마의 죽기 전 유일한 꿈 역시 할머니의 집이었으니까. 말하자면 할머니의 죽음. 그래서 유일한 손녀인 내가 할머니의 집을 상속받는 것. 그리고 나의 유일한 엄마인 당신이 그 집을 넉넉히, 남김없이, 배가 터질 때까지 먹어치우는 것.

엄마는 오십이 되기도 전에 세상을 떴다. 아마도 너무 지쳐서였을 것이다. 내가 할머니에게 받아오는 돈이 너무 적은 까닭이었다. 하긴, 엄마의 욕망이 너무 컸던 까닭인지도 모른다.

무엇으로도 채워지지 않는 것, 영원한 허기. 그게 엄마의 정체성이었으니까. 가질 수 없는, 그러나 꼭 자기 것이어야만 하는 집을 눈앞에 둔 채 살아야 했던 그 격렬한 허기. 할머니의 집에 붙들려 산 엄마의 세월이 너무 길었다.

엄마가 죽고 나서 할머니네 집값을 처음으로 직접 알아보았다. 인터넷을 뒤져보고, 할머니네 동네 부동산에 전화를 걸어 물어보았다. 할머니의 집은 쓰레기의 값이 아니었다. 그건 충분히, 꿈꾸어도 좋을, 엄마의 인생 전체를 걸어도 좋을 만한 액수였다. 내 인생 역시 덜컥 꿈으로 가득찼다. 엄마가 죽었는데도. 할머니의 집이 쓰레기로 넘치는데도.

어느 해의 여름, 할머니 집에서 기절한 적이 있다. 한낮의 폭염으로 인해 유해 환경에서 발생한 가스가 원인으로 지목되기는 했지만, 가스보다 더욱 유독했던 것은 아마도 할머니에 대한 나의 불안이었을 것이다. 어찌 안 불안할 수 있었겠는가. 할머니는 내게 보통의 할머니가 아니었다.

내가 쓰러져 있는 것을 목격한 가게 아주머니가 119에 전화했고, 할머니가 구급차를 타고 병원까지 같이 갔다. 응급실이 할머니의 쓰레기 냄새로 가득찼다고 간호사들이 수군거리는 소리를 들으며 정신을 차렸을 때는 엄마도 와 있었다. 할머니가 쥐 잡듯이 엄마를 잡았다. 내가 준 돈으로 네년만 먹었냐.

저년을 먹이라고 준 돈이다. 저년 가르치고, 저년 입히고, 저년 먹이고, 그러려면 네년도 먹고 입고 써야 하니, 그래서 준 돈이다.

할머니가 주로 나를 저년이라 칭한다는 것을 그때 알았다.

할머니와의 사이가 평생 그러했던 것은 아니다. 어떤 방식으로든 오래된 관계는 서로에게 일부분 익숙해지는 법이다. 손이 발에 익고 발이 손에 익는 것처럼. 왼손과 왼발이 같이 나가는 일이 평생 계속되지는 않는 것처럼. 심지어 나는 할머니가 줍는 큼지막한 쓰레기를 영차영차 소리 맞춰가며 같이 들어올리기도 했고, 역시 영차영차 하며 무거운 리어카를 뒤에서 밀어주기도 했다. 어떤 쓰레기를 주울지 말지 길 한복판에서 밀고 당기며 몸싸움을 할 때도 있었다. 나로서는 할머니의 쓰레기를 조금이라도 줄여보려 한 짓이었지만, 남들에게는 늙은 호더와 어린 호더 사이의 영역 싸움으로 보였을 것이다.

우리는 그 쓰레기 집에서 밥을 같이 먹기도 했다. 호더도 먹고는 살아야 하니까. 드물게 할머니가 밥을 지을 때도 있었지만 내가 김밥이나 도시락, 빵 같은 것을 사가는 경우가 대부분이었다. 그래야 조금이라도 덜 더러운 것을 먹을 수 있을 것이라고 생각해서였는데 결국 크게 다를 바가 없었다.

여기서 먹으면 김밥도 더러워.

더러운 게 어디 있냐, 이년아. 입에 들어가면 똑같지.

그럼 저것들은? 입에도 못 넣는 걸 왜 저렇게 쌓아놔?

저게 다 네 입으로 들어가고 남은 것들이다, 이년아.

그러고 보니, 엄마가 죽은 후에야 내가 저년에서 이년이 되었으니, 그만큼 나는 할머니와 가까워진 것일까, 그만큼 멀어진 것일까.

할머니네 동네에는 뒷산이 있었다. 땅값이 오른 후에는 그 뒷산에 산책로가 조성되고, 꽃나무가 심기고, 덱이 깔려 아주 훌륭한 주민 공원이 되었지만, 내가 아직 어릴 때만 하더라도 제법 험한 산이었다.

동네가 개발되기 시작하면서 그 뒷산 아래로 공사로가 뚫렸다. 낮이나 밤이나 그 도로로 화물 트럭과 레미콘차가 달렸는데, 그런 차들은 앞에 지나가는 것들을 신경쓰지 않았고, 속도를 줄이지도 않았다. 개구리나 쥐의 사체 따위는 아예 깔아뭉개져 보이지도 않았지만, 고양이, 개, 심지어는 고라니까지 피투성이가 된 채 그 길 한복판에 짜부라져 있곤 했다.

할머니는 동물을 좋아하지 않았다. 길고양이나 개가 지저분한 냄새를 맡고 집안으로 들어오는 걸 질색했다. 개들은 쉽게 쫓겨났지만 길고양이들은 어떻게 해도 되돌아오고, 또 되돌아왔다. 쥐가 지천이어도 눈 깜짝 안 하던 할머니는 고양이를 잡기 위해 쥐약 놓을 생각까지 했다.

그러나 죽은 것들에 대해서는 달랐다. 죽은 짐승을 발견하면 할머니는 당연하다는 듯이 그것을 리어카에 실었고, 묻을 만한 곳을 찾아 어디에든지 묻어주었다. 산 아래나 아직 개발이 덜 된 들판 한 귀퉁이 같은 곳에 죽은 것들을 묻어주고는 왼발 오른발 번갈아 땅을 퉁탕 다졌다. 나도 같이 따라 했다.

내가 그 이야기를 했을 때, 엄마는 대답했다.

그 동네에선 다 죽어. 뭐든지 죽어.

나는 그 말 역시 엄마가 나를 달래려 하는 말이라고 믿었다. 겁주기 위해서가 아니라 달래려. 내가 고작 죽은 개나 고양이 때문에 할머니 집에 안 가겠다고 고집을 부릴까봐 말이다. 어린 시절 할머니 집에 나를 보내려 엄마가 했던 모든 일들을 생각해보면, 그러니까 구타, 욕설, 협박, 회유, 심지어는 울음까지 쏟아내던 그 모든 것들을 기억해보면, 그런 말쯤은 신기할 것도 없었다.

게다가 엄마의 걱정과는 달리 나는 죽은 고양이나 개 같은 것이 그다지 무섭지 않았다. 동물의 사체에서 줄줄 흘러나오는 피라든가, 차에 부닥칠 때 터져나온 내장이라든가, 부러져 덜렁거리는 다리라든가, 아직 덜 죽어 깜빡깜빡하는 고양이의 눈이라든가, 그런 것은 별로 무섭지 않았다. 호더의 손녀로 살아서 그럴 것이다. 그런 환경에서 자라면 아무리 어린아이라도 비범해지기 마련인 것이다.

어린 시절 엄마가 내게 들려주던 괴담도 마찬가지였다. 할머니의 집 앞에서 안 들어가겠다고 버틸 때마다, 바닥에 자빠져 팔다리를 버르적거리며 울 때마다 엄마가 했던 말들. 이 동네에서는 다 죽어. 너 같은 어린애도 죽어. 칼에 찔려 죽어. 그러니까 빨리 할머니한테 가서 숨으란 말야. 귀신도 할머니는 못 이겨. 그렇겠어, 안 그렇겠어?

참으로 설득력 있는 말이 아닐 수 없었다. 누가 할머니를 이기겠는가.

아빠. 할머니의 유일한 아들인 아빠에 대한 이야기를 해야겠다. 나의 생물학적인 아버지. 엄마는 그와 결혼하지 않아서 내 아빠의 아내가 된 적이 없었다. 실은 아빠에 대해서 잘 알지도 못한다고 했다. 어쩌다 만나 어쩌다 꿍짝꿍짝하다가 또 붕가붕가하다가 내가 생겼는데, 나를 낳을까 말까 궁리하는 중에 아빠가 죽어버렸고, 그래서 어어, 하다가 내가 세상에 태어났다고 했다.

원 세상에, 우리 엄마 말솜씨하고는. 내 탄생 신화는 고작해야 꿍짝꿍짝, 붕가붕가, 그러다가 어어.

세상 모든 사람이 그러하듯 나 역시 내 아버지란 사람이 궁금했다. 할머니나 엄마보다는 나은 사람이기를 바랐기 때문이다. 아빠에 대해 알지 않고서는 나라는 존재를 이해할 수 없을 것 같았다. 아니, 더 정확히 말하면 이해하고 싶지 않을 것 같았다. 그랬음에도 할머니에게 내 생물학적인 아버지, 그리고 할머니의 유일한 아들에 대해 물어볼 수는 없었다. 무서웠기 때문이다. 엄마가 꿍짝꿍짝, 붕가붕가에 대해 말하는 대신 나를 겁주려고 했던 말들, 그 동네에서는 다 죽어, 뭐든지 다 죽어 했던 말들. 그 말이 때로는 다 죽여, 할머니는 뭐든지 다 죽여로 들리기도 했었다.

실은 모르지 않았다. 내 아버지라는 사람이 어떻게 죽었는지. 그런 희귀한 일은 내가 스스로 알아내지 않아도 사람들이 내 귀에 대고 외치는 것처럼 목청 높여 말을 하니까. 할머니네 집 앞 구멍가게 아주머니뿐만이 아니라 그 골목의 모든 사람, 그리고, 물론 엄마 역시.

내 아버지는 나를 낳다가 죽었다고 했다. 이해할 수 없는 말일 것이다. 아이를 낳다 죽는 어미들은 있을 수 있지만, 대체 그런 아비가 어떻게 있을 수 있는가. 열다섯 살의 엄마가 나를 가졌을 때 열여덟 살의 아버지는 자신의 인생이 끝장났다고 믿었다. 엄마를 죽이고 싶을 정도로 증오했다. 아니, 어쩌면 죽이고 싶을 정도로, 혹은 죽고 싶을 정도로 무서웠던 걸지도 모른다. 죽이고 싶은 마음이 절실해지면 정말 죽여야 하는 마음이 된다는 것을, 엄마와 할머니는 나의 어린 아빠를 보고 알게 되었다.

그때 어린 아빠가 허구한 날 들었던 노래는 퀸의 〈보헤미안 랩소디〉. 엄마 역시 그 노래를 죽는 날까지 좋아했는데, 죽기 직전까지도 그 가사가 무슨 뜻인지는 알지 못했다.

엄마, 내가 사람을 죽였어요. 그 새끼 대가리에 대고 방아쇠를 당겨버렸어요. 엄마, 내 인생이 좆났어요. 이제 막 시작했는데, 그걸 다 말아먹어버렸다고요.

대충 그런 뜻의 가사라고 알려줬더니, 엄마가 말했다.
씨발 새끼.
그리고 그 새끼가 엄마를 어떻게 죽이려고 들었는지, 총이 있었으면 엄마 이마에 대고 총을 쐈겠으나 총이 없어 칼을 들고 설칠 때, 그 칼끝이 아이를 가진 배에 어떤 느낌으로 닿았는지를 말했다.
그 동네에서는 다 죽어.
……
그런데 너는 살았지.
……
그런데 그 노래에서는 왜 자꾸 엄마를 불러?

나는 아빠의 사진을 본 적이 없다. 할머니의 집에는 그 흔한 가족사진 한 장이 없었는데, 일부러 없앤 것은 아닐 터이다. 어딘가에 있기야 하겠으나 쓰레기에 묻혀 찾을 수 없을 뿐이었겠지.

구청에서 나와 쓰레기를 치워주던 날, 쓰레깃더미 사이에서 앨범 하나를 발견한 적이 있기는 했다. 반가워 화들짝 펼쳐보았더니 남의 집 앨범이었다. 젊은 부부가 아들 하나를 안고 찍은, 아마도 무슨 기념일에 찍었을 사진관 사진이 들어 있었다. 사진관에서 찍은 사진답게 군더더기 하나 없이 깔끔한 행복으로 가득차 있었으나 그래봤자 누군지도 알지 못하는 남의 집 사진이니 쓰레기에 불과했다. 그럼에도 나는 그후부터 그 앨범 속의 아이를 꿈꾸기 시작했다. 엄마 아빠의 무릎에 앉아 있는 귀여운 내 아빠. 그렇게 자라는 내 아빠. 착한 소년이 되는 내 아빠. 조금은 말썽꾸러기가 되는 내 아빠. 그리고, 내 엄마를 만나 붕가붕가하는 내 아빠……

그런데 할머니는 그 시절에도 호더였을까. 그렇다면 내 아빠는 얼마나 불행했을까. 그래서 그렇게 못돼 처먹은 소년으로 큰 것이 아니었을까.

엄마의 말에 의하면 내 아빠는 '그렇게 미쳐 날뛰다가' 사고로 죽었다고 했다. 어떤 날은, 사라져버렸다고도 했다. 엄마의 말은 그날의 기분에 따라 오락가락했다. 어느 쪽이든 이야기의 시작에 비해서는 너무 시시한 결말이었다. 한 아이의 신화가 되기에는 너무 흔하다고 할까. 잠시 광분하기는 했으나 곧 반성한 아빠는 편의점 아르바이트를 가다가, 혹은 배달 알바를 하다가 교통사고를 당했을지도 모르고, 그때만 해도 순진했던 엄마는 원하지 않는 출산을 어떻게 해야 할지 몰라 쩔쩔매다가 공중변소 대신 할머니 집 쓰레깃더미를 찾아 들어갔을지도 모르고, 할머니는 쓰레기를 절대로 버리지 않는 사람이니 나를 책임지기로 결정했을지도.

이런 스토리는 평범하지는 않으나 결코 비범하지도 않다. 세상에는 이보다 더 비범한 이야기들이 가득하니. 나는 평범하지 못한 사람의 손녀로 살아가면서도 결국에는 비범하지 못한 사람이 될 운명을 타고났다는 뜻이다.

내 친구들. 나만큼이나 평범한 내 친구들 중 누구도 나 같은 상속자는 없었다. 무남독녀나 외동아들은 있었지만, 상속을 기대하기에는, 그러니까 부모가 언제 죽을지 궁리해보기에는 그들의 부모는 너무 젊었고, 무엇보다도 너무 가난했다. 빚이나 안 남기면 다행인 부모들이었다. 우리는 술을 마시며 부모를 욕했다. 취했을 때는 상욕을 하기도 했다. 술이 깨면 모두들 부모를 욕한 스스로에게 수치심을 느꼈고, 고통스러워졌고, 그래서 이번에는 자신을 향해 상욕을 했다.

그러고 나서 내 친구들이 돈을 벌러 갈 때, 그러니까 콜센터에서 욕설과 음담패설을 듣고, 편의점 사장에게 막말을 듣고 월급을 떼먹히고, 식당의 불판을 닦고, 바퀴벌레와 싸우고, 화장실 변기 속을 박박 청소하고 있을 때, 나는 그냥 열심히 살아 있기만 하면 되었다. 내 엄마가 그랬던 것처럼 말이다.

그러나, 그들은 몰랐을 것이다. 나 역시 살아 있기 위해 있는 힘을 다했다. 상속받을 때까지는 악착같이 살아 있어야 했다. 나는 엄마 같은 사람이, 그리고 당연히 할머니 같은 사람이 되지 않기 위해 살았다. 나의 정체성은 한마디로 열심이었다. 그랬음에도 첫 직장은 첫 월급을 받기도 전에 문을 닫았고, 두번째 직장에서는 사수가 변태였고, 세번째부터는 면접조차 보러 오라는 곳이 없었다.

그즈음에 다짜고짜 할머니를 찾아갔던 적이 있다. 한 시간 넘게 헤맨 끝에 할머니를 뒷산 아래에서 찾았다. 뒷산은 할머니가 좀처럼 찾지 않는 장소였다. 쓰레기가 쌓일 만한 데가 없었으므로 죽은 짐승을 묻어줄 때 아니고는 갈 일이 없었다. 뒷산 아래가 공원으로 정비된 이후로 로드킬 당하는 짐승은 없었지만, 여전히 무슨 이유인가로 길고양이들은 죽었고 때로는 새나 햄스터도 죽어 버려져 있었다.

밥은 먹었냐.

할머니가 물었다.

먹었지, 그럼.

너 밥 짓는 소리가 어떻게 나는지 아냐?

보글보글 끓다가 자작자작 나지 않나?

너 자작나무가 왜 자작나무인지는 아냐?

왠데?

자작자작 타서 자작나무란다.

할머니가 대체 무슨 말을 하는 건가 싶었다. 이상할 건 없었
다. 할머니는 조리에 닿는 말을 하는 법이 도통 없었으니까.

그러면 너 꽝꽝나무가 왜 꽝꽝나무인지는 아냐?

그런 나무도 있어?

탈 때 꽝꽝 소리를 내서 꽝꽝나무란다.

나는 할머니가 바라보는 숲을 같이 바라보았다. 어떤 나무
가 꽝꽝나무인지는 몰랐으나, 그곳에 자작나무가 없다는 것은
알 수 있었다. 자작나무는 추운 곳에서 자란다는 것 정도는 나
도 알았고, 어떻게 생겼는지도 알았다. 소나무만큼이나 알았
다. 하얀 껍질이 종이처럼 벗어지는 나무였다. 한 껍질을 벗기
면 또 살아서 다시 하얘지는 나무. 벗고, 벗고, 또 벗는 나무.
그래도 알몸이 되지 않는 나무. 내가 모르는 것은 할머니가 왜
갑자기 나무 이야기를 하느냐는 점이었다.

그때, 할머니가 내게 물었다.

너는 뭘 먹고 사냐?

내 처지가 어떤 지경인지는 할머니도 알고 있다는 뜻이었

다. 내가 왜 다짜고짜 찾아왔는지도 알고 있다는 뜻일 터였다. 내가 대학에서 글쓰는 것을 공부하려 한다고 했을 때부터 할머니는 이미 알았을 것이다. 쓰레기를 줍고, 쓰레기를 아끼고, 쓰레기보다 아끼며 간직했던 돈으로 가르쳐놓았더니 그따위 무용한 것을 공부하겠다니 차라리 같이 쓰레기나 주우러 다니자고 하고 싶었을지 모른다. 그러나 평생을 상속의 꿈만으로 살아온 내가, 그 상속이 이루어질 때까지 할 수 있는 일이 무용한 것을 열심히 하는 것 말고 뭐가 있었겠는가.

할머니가 또 말했다.

잘살아라. 잘 먹고 잘살아라.

그 말이 왜 그토록 분했는지 모를 일이다. 간절한 게 아니라 분했다. 분해서 미칠 지경이었다. 할머니는 세상을 알지 못했다. 할머니가 쓰레기나 주우며 살 수 있었던 것 역시 따지고 보면 상속 덕분이었다. 할머니는 부잣집 며느리였고, 그 돈을 다 말아먹을 수 있었던 유일한 아들은 다행히 일찍 죽었다. 말하자면 할머니는 그 무엇으로부터도 안전했다는 뜻이다. 로또를 꿈꾸지 않고도 살 수 있었다는 뜻이다. 할머니는 내 죽은 엄마가, 그리고 내가 어떤 간절함으로 살고 있는지, 그러니까 얼마나 자작자작 마음이 타며 살았는지 알지 못하는 것이다. 그러니 잘 먹고 잘살아라, 따위의 말을 할 수 있는 것이다.

할머니.

내가 불렀다.

나 돈 좀 줘. 할머니 집 팔아서 돈 좀 줘. 잘 먹고 잘살게 나 돈 좀 줘. 나라도 잘살게 그 집 팔아서 돈 좀 달라고, 쫌!

중학교에 다닐 무렵 한동안 할머니의 쓰레기 집에서 살기도 했다. 그때 엄마가 단단히 바람이 났었다. 엄마가 상속의 꿈을 포기하고 나까지 포기하는 바람에 싫거나 좋거나, 죽고 싶거나 살고 싶거나 등을 기댈 곳이 할머니 집밖에 없었다.

할머니의 집에는 내 방이 있었다. 무용한 물건들로 가득차 있지만 않았다면 나만의 욕실과 놀이방과 서재도 있었을 것이다. 내 다락방과 내 지하실도 있었을 것이다. 할머니네 이층짜리 집은 방이 다섯 개나 되고, 마당이 있고, 창고도 있는 대저택이었다. 그러나 원래 크기가 얼마나 되는지도 알 수 없는 내 방은 벽면을 몇 겹씩 둘러가며 폐지와 헌옷이 쌓여 있어 남은 공간에는 간신히 침대와 책상 하나만이 들어갔다. 그 침대 위에도 폐지가 쌓여 있고, 책상 위에도 헌옷 뭉치가 가득 있었다. 책상 밑에는 병뚜껑들이, 침대 아래에는 전단들이 가득했다. 침대에 앉으려면 그 위에 쌓인 물건들을 바닥으로 쓸어내려야 했다. 그러고 나서도 발을 디딜 공간이 없어 두 발을 올리고 앉아야 했다. 그렇게 조심했는데도 침대에 눕기도 전에 벽에 쌓인 헌옷 뭉치가 와르르 무너졌다.

그 밤에, 결국 할머니 방을 찾아가지 않을 수 없었다. 할머니 방은 내 방보다 더 좁고 더 많은 것이 쌓여 있었으나 오히려 작은 굴처럼 단단하고 안전해 보였다. 할머니가 이불 한쪽을 들춰주어 나는 그 안으로 들어가 등을 돌리고 울기 시작했다.

하나도 버릴 게 없지 않니……

할머니가 등뒤에서 말했다. 좌절과 부끄러움과 슬픔과 고통이 뒤범벅된 목소리였다. 할머니의 말뜻을 나중에야 이해했다. 나를 데리고 살게 되었으니 적어도 내 방만이라도 치워주고 싶었으나, 그러나 불행히도, 아무리 애를 써도, 이를 악물고 애를 써도 단 하나 버릴 것을 찾을 수 없었다는 것이었다.

이튿날부터 내 공간을 확보하기 위해 내가 직접 방을 치우지 않을 수 없었다. 그 방에서는 옷과 폐지뿐만 아니라 퀸의 브로마이드, 어쩌면 엄마에게 썼을지도 모르는 아빠의 연애편지 같은 것들도 나왔다. 그러나 그런 것들은 겨우 한줌이었고 대부분은 병뚜껑과 나무젓가락과 못과 나사와 신문 뭉치와 헌옷들이었다.

아흔이 넘은 이후로 할머니는 집 바깥으로 나가지도 않았다. 더는 리어카를 끌 힘도, 뭘 주우러 다닐 힘도 없었다. 뭘 더 쌓아놓을 공간도 없었다. 집과 마당은 이제 물건에 완전히 장악되어 사람은커녕 고양이 한 마리나 간신히 움직일 통로만

남아 있었다. 그런 통로를 '염소의 길'이라고 부른다는 것을
나는 훗날에야 알았다. 왜 그렇게 부르는지는 모를 일이다. 염
소가 아슬아슬한 길을 걷는 걸 본 적이 없다. 염소는 그토록
아슬아슬한 길을 걸으면서도 무사한지 역시 알 수 없다. 집은
쓰레기의 높이로 유지되고 있었다. 쓰레기가 기둥 역할을 하
는 셈이었다. 그 쓰레기를 치웠다가는 당장에 무너질 게 분명
해 보였다.

　할머니는 그 쓰레기 속, 어딘가에 쟁여져 있었다. 아니, 숨
겨져 있었다. 어느 날부터는 나 역시 그 '염소의 길'을 헤쳐 들
어갈 수가 없게 되었다. 할머니를 찾아 들어가다 파짓더미에
깔릴 뻔한 적도 있었다. 고작 폐지라도 그렇게 한데 뭉쳐 있으
면 얼마나 단단한 흉기가 되는지 그때 처음 알았다. 종이는 뭉
쳐 있으면 더는 가벼운 것도 날리는 것도 아니었다. 그후부터
무너지는 게 무서워 안으로는 들어갈 엄두도 내지 못하고, 바
깥에서 할머니, 할머니 불렀다.

　할머니 밥은 먹었어?

　자작자작 밥 지어 먹었어?

　밥이 익을 때 자작자작 마음이 탔어?

　아니다. 거짓말이다. 할머니를 그렇게 다정하게 불렀던 것
은 아주아주 오래전 일이다. 할머니가 죽기만을 기다리는 동

안 나도 나이가 들었다. 아주 많이 들었다. 때때로 꿈을 꾸는데, 그 꿈속에서 나는 할머니보다 더 늙어 있다. 그게 어찌나 분한지 할머니의 머리채를 휘어잡고, 이 늙은이, 이 늙은이, 죽지도 않고! 이러면서 욕설을 퍼붓는다.

할머니가 입을 활짝 벌려 이가 송송 빠진 입속이 훤히 보일 정도로 함박 웃는다. 약오르지, 하는 얼굴이다. 할머니가 호더가 된 이유를 나는 꿈속에서 깨닫는다. 내가 못 가져가도록, 아무도 못 가져가도록 쓰레기를 쌓아놓은 것이다. 아주 산처럼 쌓아놓은 것이다. 그런 꿈속에서는 내 아빠 역시 그 쓰레기 속에 묻혀 있다. 묻혀, 누워서, 해골인 얼굴로 활짝 웃고 있다. 너, 몰랐지? 이건 다 내 껀데! 하는 얼굴이다. 꿈속에서 나는 이를 간다. 나는 절대로 아이 같은 건 낳지 않을 것이다. 키우지 못한 자식에 대한 그리움이 쓰레기 따위로나 남는다면 그런 걸 누가 하겠는가.

할머니와 함께 뒷산 아래에 죽은 동물을 묻어줄 때부터 알았다. 왼발 오른발 하며 땅을 퉁탕 다질 때부터 알았다. 얘들은 이제 열심히 살아 있지 않아도 되지. 얘들은 이제 피 안 흘려도 되지. 얘들은 이제 꿈을 안 꿔도 되지.

가끔 궁금할 때가 있다. 어린 시절, 나는 왜 글을 쓰는 사람이 되고 싶었던 걸까. 상상하는 게 많아서였을 것이다. 어쩌면 엄마의 이야기 속 빈틈을 채우고 싶어서였는지도 모른다. 상속을 받을 테니 작가라면 응당 그러하다는, 가난 따위는 나와 상관없다고 여겼을 테다. 그러니 나는 폼 나는 작가처럼 쓰기만 하면 되었다. 비범한 서사를 쓸 수 있을 것 같았다. 나같이 평범한 사람도 비범한 이야기를 쓸 수 있다고 보여줄 수 있을 것 같았다.

말하자면 이런 건 어때? 우리 아빠는 살인마였던 거야. 어쩌면 연쇄살인마가 될 기질이 있었을지도 모르지. 엄마도 죽이고 나도 죽이려고 했지. 지 인생이 쫑났다고 여겼는데, 뭔들 못 했겠어. 할머니랑 엄마가 나를 살리려고 아빠를 죽였어. 왜냐고? 여자들은 힘이 세잖아. 살인마인 아들을, 살인마인 애인을, 그런 것도 인간이라고 살려놓으면 안 되지.

아니면 이런 건 어때? 우리 할머니가 알고 보니 살인마인 거야. 그걸 감추려고 쓰레기를 모아. 그러니까 저 쓰레기 밑에는 온갖 시체들이 다 있는 거야. 아빠부터 시작해서 이 동네에서 죽은 모든 것들이 전부 다 묻혀 있어. 더 묻을 데가 없어서 뒷산 아래에도 묻었지. 그렇지만 내 자리는 남아 있어. 그러니까 언젠가는 나도 저기에 묻힐 거야. 그러려고 키웠지. 입술을 혀로 핥듯이 짯짯거리며, 나를 키웠지.

시시하다. 그런 서사에는 어떤 비범함도 없다는 걸 합평 시간마다 까이면서 배웠다. 대학 사 년 내내, 쓰고 또 썼으나 내가 호평을 받은 건 호더인 할머니가 마침내 죽게 되는 내용의 소설뿐이었다.

그러니까 이렇게 시작되는 소설.

그 자작나무 숲은 임도를 삼십 분쯤 달렸을 때 나왔다.

제목이 '자작나무 숲'인 그 소설에서 자작나무는 전혀 주목받지 못했다. 실재로든 상징으로든 그랬다. 그 소설에서 주목받은 것은 호더의 생생함이었다. 어린 아들이 죽은 후 호더가 되는 할머니, 아들에게 주지 못한 것을 모으다가 그 기억에 갇혀버리는 할머니. 이런 추상 말고 할머니의 삶과 쓰레기의 너덜너덜함이, 그 구체성이 호평받았다. 무엇보다도 상속의 욕망이 너무 생생하고 간절하다고 했다. 상속받은 집에 대해 썼다면 모두 싫어했을 텐데, 상속받은 쓰레기에 대해 쓰니 모두들 동감했다. 질투를 내려놓고 공감했다. 어쩐지 그들 모두가, 심지어는 교수님까지 안심하는 것처럼 보였다.

그 소설에 묘사된 죽은 아들의 서사에 대해서는 당연히 모두 혹평했다. 너무 작위적이고, 너무 장르적이라는 것이다. 왜 호더의 생생함과 상속의 절실함을 그런 작위적이고 장르적인 스토리로 망쳐버렸는지 안타깝다못해 화가 날 지경이라고 했다. 나는 묵묵히 들었다. 부끄러워서 귀까지 빨개지고 말았다.

그래서 집에 돌아오자마자 빨간색 펜으로 죽죽 그은 문장들은
이야기가 되지 못한 채 쓰레기가 되어버렸다.

호평을 받았으면 좋았을 텐데. 그러나 비판은 가혹했다. 할
머니는 왜 호더가 되었는지 서사가 없고, 그 아빠란 인물은,
아니 뭐, 애를 지워버린다는 선택지는 없었나? 소설이 꼭 윤
리적일 필요는 없는 거잖아. 게다가 난데없이, 뭘 그렇게까지
했냐 말이지. 그러니까 개연성이 없다는 거지.

개연성. 그후로 나는 줄곧 개연성에 대해 생각했다. 그후로
십 년, 그후로 이십 년, 어쩌면 그후로 평생. 할머니가 어쩌다
그렇게 되었는지에 대해서가 아니라 할머니가 언젠가는 반드
시 죽을 거라는 개연성. 할머니가 죽는 것은 백일치성으로도,
작정 새벽기도로도 이루어지지 않을 일 같았으나, 그러나 어
떤 소설은 이루어진다. 그냥 기다리기만 해도 이루어진다. 개
연성이란, 어쩌면, 그런 것일 테다.

할머니가 죽었다는 경찰의 전화를 받고 달려갔을 때, 그때
는 이미 구청 직원들과 특수청소업체 사람들이 할머니 집 바
깥으로 쓰레기를 실어나르는 중이었다. 할머니의 시신을 꺼내
려면 먼저 통로를 만들지 않을 수 없었고, 그러려면 쓰레기부
터 들어내야 했다는 것이다. 할머니는 도시 괴담을 방송하는
유튜버에 의해 발견되었다. 호더가 어찌하여 도시 괴담의 일

종일 수 있는지는 모르겠으나, 할머니가 시신으로 발견되는 바람에 괴담의 자격을 얻었다.

안 들여다봤어요? 그래도 할머닌데, 저렇게 발견될 때까지 손녀가 뭘 했어요?

당연히 들으리라 믿었던 질문과 비난은 없었다. 시신도 이미 이송된 후였다. 경찰이 영안실의 위치를 알려주었다. 그들은 빨리 모든 것을 다 치워버리기만을 원하는 듯했다.

당장 영안실로 달려가야 했으나, 덜덜 떨리는 다리가 바닥에서 떨어지지 않았다. 처음에는 슬픔 때문인 줄 알았다. 아니면 뭐겠는가. 설마 기쁨이겠는가. 그러나 곧 그것이 슬픔도 기쁨도 아니라는 것을 알았다. 나를 붙들고 있는 것이 쓰레기들임을 알기까지는 오래 걸리지 않았다. 사람들이 쓰레기를 실어나르는 모습이 눈에 거슬렸다. 거슬리다못해 견딜 수가 없었다. 저들은 쓰레기처럼 보인다고 다 쓰레기인 줄로만 안다. 그래서 다 쑤셔넣고 던져버린다. 그러고는 묻어버리거나 태워버리겠지.

자작자작 태울 줄도 몰라 다 꽝꽝 태워버리겠지.

그래서는 안 된다는 생각이 들었다. 아니, 생각을 넘어 격렬한 감정이 일었다. 할머니가 살아 있을 때는 다 버려야 한다고 믿었던 것들인데, 갑자기 무슨 마음인지, 어떤 것은 남겨두라고, 그것만은 안 된다고 말하고 싶은 충동이 이뿌리의 신 침처럼 고였다. 그러더니 점점 다 그냥 놔두라고, 다 내 거라고 말해야 직성이 풀릴 것만 같았다. 그러니까 전부 다 내가 상속받은 것이라고, 내가 상속받은 쓰레기라고.

집안에서 고함소리가 들린 것이 그때였다.

어. 이거 뭐야!

뭔데, 뭔데?

이거 뼈 아냐? 사람 뼈?

사람을 묻었어?

나는 휘청했다. 세상에서 가장 끔찍한 이야기를 들은 것처럼 머리끝부터 발끝까지 소름이 돋았다. 곧 그것이 전율이라는 것을 깨달았다. 방금 내가 들은 것은 끔찍한 이야기가 아니라 보물섬 이야기가 아닐까. 어쩌면 모든 이야기의 중심, 그러니까 '개연성' 말이다.

누군가 뒤에서 내 팔을 잡았다. 아마도 내가 집안으로 달려들어가려고 했던 모양이다. 어찌나 힘껏 잡는지 뒤로 나자빠질 지경이었는데, 돌아보니 경찰 같기도 하고 단체 사람 같기도 한 어떤 사람이 방독면에 가까운 마스크를 쓴 채 내게 악을 쓰듯 외치고 있었다.

들어가면 위험해요!

아빠가 있어요, 저기에!

위험하다니까요, 할머니!

뭐라고요?

깔려 죽는다고요, 할머니!

할머니라니. 할머니는 죽었다. 내가 나이 세기를 멈췄을 때 아흔한 살이었던 할머니. 그 할머니가 그후로 십 년쯤 더 살았다고 하더라도, 내가 할머니로 불릴 나이는 아니다. 아무리 생각해도 그렇다. 그러나 과연 그러할까.

이것은 내 이야기인가, 할머니의 이야기인가, 아니면 소설 속 이야기인가.

참으로 오랜만에, 그러니까 거의 한 세기 만인 듯, 빨간 줄로 죽죽 그었던 문장이 떠오른다. 빨간 줄로 죽죽 그은 후 쓰레기가 되어버렸던 문장. 그건 살인마인 아빠에 대한 문장이 아니라 그토록 생생하다고 호평받은 할머니의 쓰레기에 관한 문장들이었다. 그 문장을 지금은 외우지 못해 대화로만 기억한다.

아무것도 버릴 수가 없어요.

왜죠?

모든 것에 다 기억이 있어서요.

어떤 기억입니까?

그런 건 중요하지 않아요.

숲으로 가야 할 것이다. 할머니를 버리러. 어쩌면 아빠도 버리러. 가다가 자작나무 숲을 만나게 될지도 모른다. 한 껍질 한 껍질 벗으면서도 맨몸이 되지 않는 나무들의 숲. 환한 나무들의 숲. 그런 숲에 이르면 나는 마침내 물을지도 모른다. 뭐가 그렇게 탔어, 뭐가 그렇게 애타게 자작자작 힘들었어, 할머니. 할머니는 대답하지 않을 것이다. 당연한 일이다. 죽은 사람은 대답할 수 없으므로. 그러나, 다시 궁금해진다. 죽은 사람은 과연 대답할 수 없는 것일까.

---

* 28쪽에 언급되는 '염소의 길'은 랜디 O. 프로스트, 게일 스테키티, 『잡동사니의 역습―죽어도 못 버리는 사람의 심리학』(정병선 옮김, 월북, 2011)에 쓰인 '산양의 통로(goat trails)'에서 차용했다.

빈집

이십칠 년. 그녀는 남편과 이십칠 년을 함께 살았다. 이십오 주년 기념식을 치르고도 이 년을 더. 그 이 년 동안 그녀는 거실 벽에 걸린 가족사진을 무시로 바라보곤 했다. 청소기를 돌리다 말고 문득 서서 한참 동안, 설거지를 하다 말고도 느닷없이 뒤돌아서서 또 한번. 어떤 때는 외출을 하고 돌아와 자신도 모르는 사이에 서 있는 곳이 바로 그 앞이기도 했다. 이 년 전, 기념식 무렵에 찍은 사진이었다. 그녀와 남편이 사진관의 소파에 앉고, 딸과 아들이 그 뒤에 서 있었다. 사진사가 공을 들여 보정해놓은 사진 속에서 그녀와 남편은 나이보다 젊고, 실제보다 더 평화로워 보였다.

이십오 주년 기념식을 은혼식이라 부른다고 했다. 그것이 특별하기는 동양이나 서양이나 마찬가지여서 서양에는 그날 이십오 년 전의 결혼식을 재현하는 풍습이 있다는 말을 딸에게 들었다. 그녀의 결혼식은 재현을 하며 축하할 만한 것이 못되었다. 가진 것 없던 시절의 결혼식은 보잘것없었고, 신혼여행도 제주도는 고사하고 고작 경주로 가서 이틀 밤을 자고 왔을 뿐이었다. 결혼식에서는 물론이거니와 신혼여행지에서도 툭하면 우는 그녀 때문에 남편은 항상 그녀에게서 한 발자국 떨어진 곳에 서서 쩔쩔매기만 했다. 주변머리 없는 남편이 한심하고 또 서운해 그녀는 다시 울었다.

그러므로 은혼식이 다가왔을 때 그녀에게 특별하게 여겨졌던 것은 그들이 재현해야 할 오래전의 어떤 날이 아니라 그후의 시간들이었다. 기념식 날 아침, 그녀는 잠들어 있는 남편의 얼굴을 내려다보다 말고 문득 놀라운 마음으로 생각했다.

세상에, 내가 아직도 이 남자랑 살고 있네.

그다음날 아침의 기분은 더 경이로웠다.

이십오 년 하고도 하루를 더 살았어, 내가 이 남자랑.

물론 그 경이로움과 감격이 하루이틀을 넘기고 일주일을 넘기고, 그리하여 그후 이 년 동안이나 지속되었던 것은 아니다. 그렇더라도 익숙한 감동 같은 것은 여전히 남아 있었다. 그 익숙한 느낌에는 약간의 애잔함도 섞여 있었는데, 어느 날 아침 일 나가는 남편의 어깨를 털어주다 말고 그녀는 문득 생각하기도 했던 것이다. 자신이 지금 털어내고 있는 것이 남편 어깨에 수북이 내려앉은 비듬인지, 비듬처럼 묻은 세월인지, 그 세월 동안 가슴속에 더께처럼 내려앉아 응고된 무엇인지는 누구도 알 수 없을 것이라고. 분명한 것은 지나간 이십오 년이 다시는 반복되지 않으리라는 사실이었다. 넉넉지 못했던 삶을 등에 지고 가파른 언덕을 오르듯 땀을 흘렸던 기억이나 주저앉아 울음을 터뜨렸던 기억들뿐만 아니라 입안에서 흑설탕이 녹는 것처럼 달콤하고 목마르던 기억 역시 마찬가지일 것이다. 아이들이 자라나는 것을 보며 느꼈던 매 순간의 전율 같은 행복, 내 집을 장만한 첫날 거실 바닥을 쓸어보다가 만져진 물기가 자신의 눈물이라는 것을 알았을 때의 거의 고통에 가까웠던 기쁨, 어렸던 아이들을 이고 지고 피서를 떠난 계곡에서 물난리를 만났을 때 느꼈던 공포와 그들이 함께 내질렀던 비명, 그리고 절대로 놓을 수 없었던 손과 손의 기억…… 그 모든 것들은 이제 지나간 세월 속에 있으며 다시 되풀이되지 않으리라. 삶은 계속되겠지만 더는 전율도 고통도 아니리라. 서운하고 허전한 것은 아니었다. 그런 느낌이 전혀 없는 것은 아니었지만 그보다는 편안한 느낌이라는 쪽이 더 옳았다. 이십오 주년 기념식 후, 그녀는 자신의 시간들을 두둑이 얹어진 덤처럼 여겼다. 그것은 그녀가 안간힘을 다해 살아온 지나간 삶에 대한 일종의 보상이기도 했다.

아이들은 죽순처럼 자라났다. 아들아이는 대학을 휴학하고 군대에 가 있었고, 딸아이는 대학을 졸업하자마자 취직을 했다. 떠들썩하게 자랑을 할 만한 직장은 아니지만 제 앞가림은 할 만한 곳이었다. 그녀의 결혼 이십오 주년 기념식이 특별할 수 있었던 건 두말할 것도 없이 잘 자라준 아이들 덕분이었다. 그날 아침 남편과 딸아이가 출근한 뒤, 그녀는 식탁 위에 꽃무늬 봉투 하나가 놓여 있는 것을 발견했다. 꽃무늬가 어찌나 화사하던지 꽃바구니가 놓인 것처럼 보일 지경이었다. 그녀는 입술을 비죽거렸다. 말수 적고 잔정도 적은 남편이지만 무슨 날만큼은 잘 챙기는 사람이었기 때문에 당연히 남편의 선물이라 여겼던 것이다.

그래도 그렇지. 다 늙어가지고 남사스럽게 꽃무늬 봉투는 또 뭐람.

뜻밖에도 봉투는 딸아이가 남긴 것이었다. 호텔의 하루 숙박권과 뷔페 이용권, 그리고 카드 속지에는 빨간 내복 그림이 그려져 있었다. 비죽거리던 그녀의 입에서 웃음이 터져나왔다. 첫 월급 타고 두번째 월급 탈 때까지 아예 작정이라도 한 듯 입을 씻어버렸던 딸아이다. 양말 한 켤레도 필요 없다고 말한 건 자신이었음에도 서운한 마음이 종내 가시지 않았다. 혼자 있을 때면 자신도 모르는 사이에 "그래도 그렇지, 나쁜 년" 소리가 새어나오기도 했다. 그러나 그날 아침, 그녀는 마침내 외치듯 말할 수 있을 것 같았다.

이만하면 잘 살지 않았는가!

잘 커준 것은 아들아이 역시 마찬가지였다. 그날 밤, 호텔방의 전화벨이 울렸다. 호텔이란 곳이 당최 익숙지 않아서 남편과 그녀가 동시에 겁을 먹었다. 아들아이였다. 핸드폰으로 걸어도 될 것을 일부러 호텔방으로 전화를 걸어, 군인인 아이가 "충성!" 외치기부터 했다. 그 소리가 전화기 바깥으로까지 울려나와 전화를 받은 남편뿐만 아니라 그녀에게까지 들렸다. 삼십 주년 기념식은 자기가 책임지겠다고 아들아이가 또 외쳤다. 남편의 얼굴에 주름 가득한 웃음이 퍼지는 동안, 그녀는 또 생각했다. 이만하면 정도가 아니라 이건 정말로 잘 산 게 아닌가 하고.

그날 밤, 엄마와 아버지의 외박을 틈타 딸아이 역시 깜찍하게도 외박을 했다는 사실을 알게 된 후에도 그녀의 기분은 크게 달라지지 않았다. 사소한 행복처럼 사소한 말썽들은 언제나 있는 법이었다. 그녀는 딸아이가 다 큰 성인이라는 사실을 받아들였고, 자신과 남편이 충분히 나이들었다는 사실도 받아들였다. 남편은 일찌감치 머리가 벗어지기 시작해 쉰이 되기도 전에 거의 민머리나 다름없어졌다. 그녀는 볼썽사납게 벗어진 남편의 대머리를 자연스럽게 받아들였을 뿐만 아니라, 그런 남편의 어울리지 않게 근육질인 몸도 받아들였다. 머리

보다는 몸을 받아들이는 데 시간이 더 걸리기는 했다. 그녀는 남편의 잔정 없는 성격이나, 요령이라고는 약에 쓰려고 해도 찾아볼 수 없는 삶의 방식이며, 좀스럽기 그지없는 태도보다 더, 그의 근육질 몸에 익숙해지는 것이 어려웠다.

남편은 평생 동안 이삿짐과 화물을 운송했다. 워낙에 기름진 음식을 좋아하지 않는 사람이기도 했지만, 그렇지 않다고 하더라도 몸에 기름기가 남아날 새가 없었다. 나이 쉰이 넘은 지금도 그는 웬만한 냉장고 하나쯤은 혼자서 번쩍번쩍 들었다. 한창때에는 밧줄로 묶은 장롱을 맨손으로 오층 창문에서 내리고 또 끌어올릴 수도 있었다. 노동으로 단련된 그의 근육들은 나이가 들면서 자연스럽게 빠져나가는 머리카락과 달리 요지부동 단단했다. 샤워를 마치고 나오는 남편의 근육질 몸을 언제부턴가 그녀는 자랑스럽기보다는 불편하게 바라보기 시작했는데, 남자가 말이야, 배도 좀 나오고 그래야지, 그래야 좀 있어 보이는 거지, 저건 뭐…… 머리는 다 벗어진 주제에…… 그런 중얼거림이 자신도 모르는 사이에 흘러나오곤 했던 것이다.

남편은, 그녀가 친구들과 함께 수다를 떨 때의 표현대로 말하자면 '쫌생이'과에 속하는 사람이었다. 술도 담배도 안 하고 화투판에 끼어들 줄도 모르고 딴 데 한눈팔 줄도 몰랐다. 돈을 크게 벌 줄도, 크게 쓸 줄도 몰랐다. 평생 동안 그 어떤 모임에서도 그녀는 남편이 가장 먼저 계산대 앞으로 나서는 것을 본 적이 없었다. 구두쇠여서가 아니었다. 남편은 언제나 무엇엔가 부끄러움을 느끼는 사람이었다. 그녀와 아이들의 생일을 그토록 잘 챙기면서도 당당히 눈 맞추고 선물을 내밀어본 적이 없었다. 혹시 마음에 들지 않는 선물을 골랐을까봐, 어울리지 않는 짓을 한다는 말을 들을까봐, 선물을 고를 때 마지막 순간에 만원 더 비싼 것을 선택하지 않았던 걸 들킬까봐, 선물을 내미는 그의 손은 늘 부끄러웠다.

얌전한 사무원으로 살았어도 그는 출셋줄을 잡을 만한 그릇은 아니었을 것이다. 하물며 노동판에서였으니 출세는 고사하고 변변한 친구 하나 만들기가 어려웠다. 그는 어디에서나 늘 주변에 있는 사람, 잘 보이지 않는 사람이었다. 나이들면서는 마침내 완전히 사라져서 보이지 않을 지경이었다. 그가 회사를 관두고 개인 화물을 하고 싶어했을 때, 만만치 않은 차량 구입 비용에도 그녀는 그것이 최선임을 인정하지 않을 수 없었다.

소규모 이삿짐을 부리는 고객은 대개 알음알음으로 그를 찾는 독신자들이고, 젊거나 어린 여자애들이 많았다. 그애들은 이 머리 벗어진 아저씨에게 자신의 원룸 열쇠를 맡기면서 어떤 걱정도 하지 않았다. 인터넷을 통해 들어오는 이사 일거리는 대개 그런 아이들이 의뢰하는 것이었다. 아들아이가 군대에 가기 전까지 블로그 관리를 대신 해주었기 때문에 남편은 젊은 여자들이 찾는 것은 자기가 아니라 사실 아들아이인 거라고 농처럼 말하곤 했지만 그녀의 생각은 달랐다. 그는 그야말로 친절했고, 친절하다기보다는 공손했고, 공손하다기보다는 때때로 비굴해 보일 정도였다. 이사가 끝나면 어린 고객들은 값을 깎아달라고 요구하기는커녕 몇 번씩이나 반복해 고맙다는 인사를 했다. 다음번에도 꼭 아저씨를 부르겠다는 약속은 대개 지켜졌다.

그의 어린 고객들이 그에게 버릇없게 구는 경우는 거의 없었다. 실은 버릇 있게 굴 이유도, 버릇없게 굴 이유도 없는 관계인 것이다. 남편은 달랐다. 일하는 내내 얼굴에 그려 붙인 듯한 미소가 떠나지를 않았다. 마치 안 웃으면 끝장이라는 듯이 그 무거운 짐을 들어올리고 들어 내리면서도, 헉헉거리는 숨을 몰아쉬면서도, 기회가 닿을 때마다 누가 보거나 말거나 미소를 짓고 또 지었다. 한 어린 여자아이가 웃음을 터뜨리던 것을 그녀는 기억했다. 친구 딸의 결혼식이 지방에서 열려서 남편의 일이 끝나면 그 용달차를 타고 갈 요량으로 일터에 동반한 날이었다. 차 안에 앉아 있기만 했는데도 남편의 일하는 모습이 거슬리고, 자신의 잘 차려입은 옷도 거슬리고, 급기야 아이의 웃음소리까지 거슬렸다. 그녀가 차에서 내려 마치 싸움을 걸듯이 아이에게 왜 웃느냐고 딱딱거리며 물었다. 깜짝 놀란 아이가 죄송해요, 먼저 말해놓고는 "아저씨가 자꾸 웃으니까 나도 웃겨서요", 덧붙였다. 생글생글 웃을 때는 전혀 나쁜 기분이 아니었을 텐데 느닷없이 나타난 그녀 때문에 기분이 확 상해버린 얼굴이었다. 병신 아냐. 돌아서면서 아이가 욕설을 내뱉는 것이 그녀의 귀에까지 들렸다.

그날 그녀는 친구 딸의 결혼식에 가지 않았다. 남편의 일이 끝나기를 기다리지도 않고 택시를 타고 집으로 돌아오면서 그녀는 욕설을 내뱉던 여자아이의 머리채를 휘어잡지 못한 것에 부아를 삭이지 못해 끝없이 혼잣말을 중얼거렸다. 여자아이의 욕설을 분명히 들었을 텐데도 못 들은 척 이삿짐만 들어올리던 남편을 향해서도 마찬가지였다. 여자아이가 자신에게 했던 욕설을 고스란히 남편에게 퍼부어줘야만 했다.

병신 아냐.

마누라가 욕을 먹고 있는데도 그걸 못 들은 체하다니. 그깟 코 묻은 돈이 얼마나 된다고 그 와중에도 굽실댈 줄밖에 모르다니. 그깟 코 묻은 돈으로 아이들을 키우고, 쌀을 사고, 또 집을 샀다는 사실이 갑자기 역겨웠다.

택시 기사가 룸미러를 통해 그녀를 자꾸 힐끗거렸다. 그러다가 마침내 물었다. "아줌마, 자꾸 뭐라고 그러는 거요." 그녀가 아무 대꾸도 하지 않자 택시 기사가 라디오의 볼륨을 높이며 혼잣말을 내뱉었다. "이상한 아줌씨네." 택시 기사의 그 말이 순식간에 그녀의 들끓던 속을 가라앉혔다. 마음속에서 다른 것이 솟아올랐던 것이다. 그것은 분노보다 더한 혐오였다. 이유도 없이 자꾸 웃는 대머리 아저씨는 미친년처럼 혼잣말이나 중얼거리는 아줌마와 살고 있고, 그 아줌마 또한 그런 아저씨와 같이 살고 있는 것이다. 다를 게 뭐가 있겠는가. 그 후부터 그녀의 입매가 내리 단단했다. 멀미도 하지 않는데 토할 것 같은 기분이 들었기 때문이었다.

그녀는 택시를 집 근처 마트 입구에 세웠다. 그러고는 만원짜리 지폐 몇 장을 넣었다 뺐다 거듭했던 축의금 봉투를 전부 털어 장을 봤다. 성미가 급하기는 했지만 그걸 또 빨리 풀어버리는 것이 그녀의 장점이기도 했다. 급하지 않으면 빨리 풀어야 할 것도 없겠지만, 그러면 그것이 장점이 될 것도 아니겠지만, 그녀는 언제나 자신을 호탕한 여자라고 생각했다. 그녀는 호기롭게 텅 빈 축의금 봉투를 마트의 쓰레기통 속에 던져넣었다. 그러나 일 분도 안 돼 다시 그걸 주워들어 잘 펴서 백 속에 넣었다. 아직 봉투에 이름을 적지 않은 것이 기억났던 것이다.

오후에 일거리 하나가 더 생겼다고 문자를 보내왔던 남편은 저녁 늦게까지 돌아오지 않았다. 지금 대구에 있는데 공장 화물 하역에 문제가 생겨 하루 자고 가야 할 것 같다는 전화가 밤에 다시 걸려왔다. 그녀는 다시 부아가 끓어올랐다. 기껏 비싼 돈 들여 만들어놓은 반찬들을 고스란히 냉장고에 넣게 생긴 것이다. 그녀는 전화를 끊으려는 남편에게 느닷없이 영천 집 얘기를 꺼냈다. 대구와 영천이 가깝기도 했지만 실은 반찬거리에 쓴 아까운 돈 때문에 떠오른 생각이었다. 크든 작든 돈 문제가 불거질 때마다 그녀는 언제나 영천 집 문제를 들고 나왔다.

남편에게는 영천에서 홀로 살다가 죽은 고모부가 남겨준 집이 있었다. 그게 벌써 오 년 전인가 십 년 전인가 그랬다. 남편에게 혼자 사는 고모부가 있다는 사실은 알았고, 그가 어린 시절 남편을 많이 예뻐했다는 얘기도 몇 번 들은 적이 있었지만, 설마 집을 물려주기까지 할 줄은 몰랐다. 살면서 로또에 당첨이 되어도 오천원 이상의 배당금을 받아본 적이 없는 그녀였다. 남편의 친가 쪽 살림이 다들 고만고만하니 고모부가 남긴 집이라는 게 엄청난 유산일 거라고는 생각하지 않았다. 그러나, 다만 얼마라도 목돈이 되지 않겠는가. 밤에 잠을 설칠 정도로 달콤했던 꿈은 그후 며칠 지나지 않아 산산조각이 났다. 남편을 채근해서 달려가 살펴본 그 집은 고작 폐가를 면한 수준이었다. 그러니까 이건 유산이 아니라 꼬박꼬박 지불해야 하는 세금과 함께 남겨진 거대한 덩치의 쓰레기에 지나지 않았던 것이다. 고모부가 집을 남겼다는 얘기를 듣자마자 선뜻 고모부의 제사를 맡겠다고 먼저 말했던 약속을 그녀는 그후

단 한 번도 지키지 않았다. 그랬음에도 그녀는 잊을 만하면 영천 집 얘기를 꺼냈다. 집이 팔리기를 기대해서도 아니고, 그집 부지가 느닷없이 재개발구역이 되었다는 또 한번의 로또 당첨 같은 소식을 기대해서도 아니었다. 푼돈에 지나지 않는 세금에 대해서는 지겹게 말을 했으므로 새삼스럽게 그 사실을 다시 확인시키려는 것도 아니었다. 말하자면 그것은 그녀에게 일종의 싸움을 거는 방식이었다. 더 정확히 말하자면 아마도 욕설이었을 것이다. 유산을 받아도 기껏 쓰레기 따위나 받는 남편, 그 쓰레기를 헐값에나마 팔아치우지도 못하는 남편, 말하자면 쓰레기를 이고 사는 남편.

딸아이까지 귀가가 늦어 텅 빈 집에 홀로 있던 그 밤, 그녀는 저녁 반찬들을 전부 냉장고에 집어넣고 자신은 고추장에 밥을 비벼 먹은 후, 소파에 누워 책을 봤다. 그녀로 말하자면, 이제는 뱃살이 두둑이 접히는 쉰다섯 살의 중년 여자였고 정기적으로 뽀글뽀글 파마를 했고 버스나 지하철을 타면 앉을 자리가 생기는 데를 찾아 쉼없이 눈동자를 굴리는 사람이기는 했지만, 그리고 저녁 한끼 못 굶어 고추장에라도 밥을 비벼 먹어야 기운이 나는 사람이기는 했지만, 반면 그 나이에는 어울리지 않게도 여전히 독서가 취미인 사람이었다. 그녀에게 이것이 커다란 자긍심이 된다는 것은 그녀뿐만 아니라 주변 사람들 모두가 아는 사실이었다. 그녀는 지역 도서관의 작가 낭

독회를 빠짐없이 찾아갔고 항상 맨 앞자리에 앉았으며 작가의 사인을 받기 위해 꼬박꼬박 줄을 섰다. 그때마다 그녀는 자신이 특별하게 여겨졌다. 노안이 와서 돋보기를 사야 했을 때도 그녀는 자신의 노화가 슬프기보다는 돋보기를 쓰고 책 읽는 자신의 모습이 우아할 것이라고 여겼다.

그녀는 손에 잡히는 대로 책을 읽기는 했지만 그중에서도 추리소설을 좋아했다. 달콤한 로맨스 소설이나 징징 눈물을 짜대는 가족 소설보다도 마니악한 장르인 추리소설을 더 좋아한다는 것 역시 쉰이 넘은 그녀에게 자긍심을 갖게 했다. 소설뿐만 아니라 영화 역시 마찬가지였다. 우습게도 그런 영화를 볼 때 범인을 가장 늦게 알아차리는 것이 그녀여서 놀림감이 되기도 했는데, 자칭 추리소설 전문가인 그녀는 정작 그런 놀림에 전혀 개의치 않았다. 친구들이 "넌 아직도 깜짝 놀랄 일이 필요하니"라고 물을 때도 마찬가지였다. 그들은 추리소설의 진짜 재미를 모르는 것이다. 추리소설은 범인을 알아내거나 깜짝 놀라기 위해 읽는 것이 아니다. 그녀의 주장에 따르면 추리소설의 묘미는 과정의 심리를 읽어내는 데에 있었다. 범인의 심리뿐만 아니라 피해자의 심리, 그 관계와 상황의 심리까지. 때로는 사물의 심리까지. 그러니까 추리소설 속에서는 스테이크 나이프의 상표와 모양과 놓인 자리까지 모두가 다 심리이고 대사인 것이다. 그 어떤 것도 배경이 되기 위해 존재하는 것이 없다. 추리소설에 빠져 있는 동안에는 그녀 역시 주인공이었다. 떨어져 있는 곳의 독자가 아니라 그녀 역시 범인이거나 피해자이거나 증인이었다. 혹은 식탁 위에 놓인 스테이크 나이프였다.

아내는 남편과 이십칠 년을 살았다.

이 문장을 그녀는 미국 유명 작가의 소설 속에서 발견했다. 소설 제목이 '굿 매리지'였다. 단순한 문장이었지만 이십칠이라는 숫자가 주는 쾌감이 짜릿했다. 그래, 나도 이십칠 년을 살았지. 남편의 차고에서 비밀 상자를 발견하고, 그 속에서 살해된 여인의 사진을 발견하기 전까지는 모든 게 다 평범하고 괜찮은 결혼생활이었지. 그 책을 읽던 날 밤, 소설 속의 문장과 자신의 삶이 마구잡이로 뒤엉켜 그녀를 묘한 흥분 상태로 몰아넣었다. 남편에게도 그런 게 있다면…… 어딘가에 숨겨놓은 비밀 상자 같은 게 있다면…… 물론 자신의 남편이 소설 속 남편처럼 연쇄살인범이기를 바라는 것은 아니었다. 설마 그럴 리가 있겠는가. 그렇지만, 남자가 말이야. 남자라면 말이지…… 하다못해 양말 속에 숨겨놓은 비상금이라도 있어야 하는 거 아니야?

이십칠 년을 함께 산 남편, 이십오 주년 기념식을 치르고도 이 년을 더 산 남편, 그 남자에게서 비밀을 발견해본 적은 한 번도 없다. 거의 없다고 말하는 편이 더 옳겠으나, 그녀는 늘 그렇게 생각했다. '한 번도'라고. 자신에겐 물론 그런 비밀이 있었다. 그것도 매우 심각한. 자신이 실은 남편을 경멸한다는 사실. 심지어는 잠자리를 할 때조차 그러하다는 사실. 욕설을 내뱉고 싶을 때마다, 결코 그렇게 한 적은 없으나, 대신에 매번 영천 집을 떠올린다는 사실. 남자가 말이야, 쓰레기 하나 못 치우고 말이지, 그렇게 속으로 중얼거린다는 사실. 그러나 그녀가 단 한 번도 그 사실을 들키지 않았다는 사실.

그랬다. 그녀는 들킨 적이 없었다. 때때로 싸우고, 때때로 자신도 모르는 사이에 모욕적인 말을 내뱉기도 했겠지만, 보통의 부부라면 누구나 할 수 있는 정도를 지나친 적이 없었다. 이혼을 진심으로 생각해본 적도 없었고, 가출을 꿈꿔본 적도 없었고, 아침에 일을 나간 남편이 영원히 돌아오지 않기를 바란 적도 물론 천만 없었다. 남편과 자식들을 대신해 강아지나 고양이를 키우고 싶다고 생각해본 적도 없었다. 자신에게 동물에 대한 혐오증이 있다는 사실은 별로 중요하지 않았다. 어떻든 그녀는 가족 이외에 아무것도 키우고 있지 않았고, 오직 그들만을 아끼고 돌봤던 것이다.

언젠가 남편이 강아지 한 마리를 데려온 적이 있기는 했다. 고객의 이삿짐 사이에 그 개가 있었다고 했다. 고객은 자신의 개가 아니라고 했고, 그 개 역시 고객을 쫓아가려고 하지 않더라는 것이었다. 진돗개 같다는 남편의 말을 그녀가 믿었던 것은 아니다. "이삿짐이 진도에서 왔다니까." 남편이 어울리지 않게 농담을 시도했을 때에도 그녀는 자신이 치워야 할 개똥이며 개털 따위만을 생각하고 있었다. 그렇더라도 예쁜 강아지라는 사실까지 부정할 수는 없었다. 모든 강아지가 그런 것처럼 그 개 역시 귀여웠고, 무엇보다도 아이들이 강아지를 품에서 놓으려고 하지 않았다. 결국 어디 갖다줄 데를 찾을 때까지만 집안에 두기로 했는데 그게 한 달이 넘고 두 달이 넘었다. 강아지는 그야말로 쑥쑥 자라났다. 처음부터 진돗개일 거라고는 생각하지 않았지만 자라면서는 진돗개는커녕 잡종견 티가 확연했다. 강아지 태를 벗으면서 못생긴 구석들이 속속 드러났다. 그냥 못생긴 정도가 아니라 눈에 띄게 못생긴 개였다.

그녀는 항상 그 개를 '저놈의 개'라고 불렀다. 저놈의 개 좀 빨리 어디다 갖다주라고 그녀가 성화를 부릴 때마다 남편의 대답은 언제나 "응응"이었다. 술도 안 마시고 담배도 안 피우고 별다른 취미도 없는 남편이 뜻밖에도 개를 키우는 일에는 열성이었다. 그녀가 팔짱을 끼고 바라보고만 있는 동안 남편이 아이들과 함께 개를 목욕시키고 산책을 시키고 주사를 맞혀주기 위해 병원에도 갔다. 한번은 그녀가 병원에 맡겨진 개를 찾으러 간 적이 있었다. 젊은 수의사가 그녀를 '누구 어머니'라고 불렀는데 그게 개의 이름이어서 그녀를 기겁하게 만

들었다.

가족들과 함께 공원 나들이를 할 때도 그녀가 개를 돌본 적은 없었다. 개의 목줄을 쥐지도 않았고, 킁킁거리는 개의 콧등을 쓰다듬어주지도 않았다. 공원 풀밭에 쭈그리고 앉아 똥을 싸는 개를 그녀는 늘 눈살을 찌푸린 채 바라보았다. 그야말로 똥 마려운 개라더니…… 똥 눌 자리를 찾아 맴을 도는 개를 볼 때마다 그녀는 자신도 똥이 마려운 기분이 들곤 했다. 개가 똥을 다 싸기를 기다렸다가 냉큼 그 똥을 치우는 남편을 볼 때는 더욱 눈살이 찌푸려졌다. 못생긴 개도 싫었지만 그 개의 '밑을 닦아주는' 남편은 더 싫었다. 누가 봐도 잡종견이 분명한 개를 끌고 거리를 산책하는 근육질의 대머리 남자는 무슨 까닭인지 지나치게 의기양양했다.

사람들이 자주 멈춰 개를 바라보고, 그다음에는 그 개의 주인인 늙은 남자를 바라보았다. 이건 무슨 개예요, 묻기도 했다. 진돗갭니다. 남편이 대답하면 물었던 사람도 웃고, 개도 웃었다. 진도에서 왔거든요. 남편이 덧붙이면 말을 건넸던 사람이 한번 더 웃었다. 그때마다 그녀는 얼굴이 달아올랐고, 창피함을 견딜 수가 없었다. 남편은 사람들의 관심을 즐기는 게 분명해 보였다. 그가 못생긴 개를 데리고 산책을 나가는 이유는 오직 사람들이 "이건 무슨 개예요?" 물어봐주기를 기대해서라는 생각이 들기도 했다. 그래서 또 한번 대답할 수 있기를. "이 개가 진도에서 왔거든요." 마치 세상에 둘도 없는 농담을 자신만이 아는 것처럼.

개는 교통사고로 죽었다. 남편이 사람들에게 의기양양하게 농담을 하고 있는 동안 목줄에서 풀려난 개가 차도로 뛰어든 모양이었다. 남편이 죽은 개를 품에 안은 채 돌아왔다. 개도 남편도 피투성이였다. 그녀는 비명을 질렀고, 잠깐 공황 상태에 빠져 이게 슬퍼해야 할 일인지 놀라워해야 할 일인지 분간을 하지 못하고 있다가, 역시 아무것도 분간하지 못하는 상태에서, 그걸 집안으로 끌고 들어오면 어쩌냐고 악을 쓰기 시작했다. 남편은 한동안 꼼짝도 않고 현관에 서 있다가 마치 던지듯이 죽은 개를 바닥에 떨구었다. 그걸 거기다가 내려놓으면 어쩌냐고 그녀가 다시 악을 썼지만 남편은 그녀의 말을 무시했다. 그가 신발을 신은 채 안으로 들어와 쓰레기봉투를 찾았다. 남편이 죽은 개를 쓰레기봉투 속에 밀어넣기 시작했다. 개는 한 번에 들어가지 않았다. 봉투 바깥으로 삐져나온 다리를 남편이 봉투 속으로 쑤셔박았다. 그러는 동안 남편의 몸은 피범벅이 되었고, 현관 바닥에도 피가 뚝뚝 떨어졌다.

"뭐하는 거야? 당신 미쳤어!"

그녀가 다시 악을 썼다. 남편은 그녀를 바라보지 않았다. 마지막 남은 다리 한쪽이 쓰레기봉투 속으로 들어가는 순간, 그녀는 우두둑, 뼈가 부러지는 소리를 들었다. 아니, 그렇다고 생각했다. 남편이 쓰레기봉투를 들고 현관문을 나서는 걸 바라보며 그녀는 더럭 겁이 났다. 무슨 까닭인지는 알 수 없었다. 그녀는 신발도 신지 않은 채, 이미 엘리베이터를 타버린 남편을 쫓아 미친듯이 계단을 뛰어내려가, 마침내 쓰레기통 앞에 서 있는 남편을 찾아냈다. 맨발인 그녀가 피투성이가 된 늙은 남자의 근육질 가슴을 두 주먹으로 때려가며 악을 썼다.

"내가 뭘 어쨌다고! 내가 죽였어? 내가 죽였느냐고!"

남편은 아무 말도 하지 않았다.

"당장 꺼내서 묻어줘! 묻어주란 말이야!"

남편이 그녀의 두 손목을 거머쥐었다. 손목이 부러질 듯한 악력이었다. 그녀는 또 한번 공포를 느꼈고, 더는 비명을 지를 수도 악을 쓸 수도 없었다. 남편은 곧 그녀의 손목을 놔주었다. 그러고는 입을 열었다. 언제나처럼 일상적인 목소리였다.

"여기 묻을 데가 어디 있다고 그래."

맨발인 여자와 개의 피로 온몸이 젖은 남자는 조용히 집으로 돌아왔고 더는 싸우지 않았다. 저녁때 집에 돌아온 아이들에게는 개를 남의 집에 보냈다고 말했다. 머리가 굵은 아이들은 그 말이 무슨 뜻인지를 알아채는 듯했으나, 그렇다고 해서 울고불고 난리를 쳐대거나 하지도 않았다. 개 짖는 소리 없는 하루가 그렇게 저물었다.

동물에 대한 혐오증이 그전부터 있었는지 아니면 그때부터 생겼는지는 분명치 않았다. 확실한 것은 그녀가 그후로 다시는 그 무엇도 키우려고 들지 않았을 뿐만 아니라 남의 강아지를 쳐다보는 것조차 내켜하지 않게 되었다는 점이었다. 남편역시 다시 뭔가를 들고 들어온다거나 하는 일이 없었다. 그는 다시 집과 일터를 오고갔고, 친구를 만나거나 술 마시는 일이 없어 남보다 더 많이 한가한 시간에는 TV 리모컨만 돌려댔다. 오락 프로를 보면서 빙그레 웃음을 띠었고, 뉴스를 보다가는 쯧쯧 혀를 찼다. 죽은 개를 쓰레기봉투 속에 욱여넣던 사나운 모습은 어디에서도 보이지 않았다. 그리고 그녀는 그런 남편의 단단한 등과 뒤통수까지 벗어진 머리를 식탁 앞에 앉아 바라보며, 다시 중얼거렸다. 무슨 남자가 취미도 없어. 취미도 없고 돈도 없고 아무것도 없어.

늘 조금씩 부족했고 늘 조금씩 불만스럽기는 했지만, 그러나 평화로운 삶이었다. 남편의 작업복 주머니 속에서 용도를 알 수 없는 열쇠를 발견했을 때도 마찬가지였다. 이건 무슨 열쇠야? 물었더니 원룸 이사를 하고 열쇠 돌려주는 걸 깜빡 잊었다고 했다. 나중에 전화를 걸었더니 자물쇠를 이미 바꿨다며 버리라고 했는데 그걸 또 깜빡 잊은 모양이라고 했다. 당장버리라고 그녀가 인상을 찌푸린 채 말을 했더랬다. 기분 나쁘게 왜 남의 집 열쇠를 가지고 있느냐는 말을 덧붙이는 것도 잊지 않았다.

그 열쇠를 혼자 있던 그 밤에 다시 발견했다. 이튿날 세탁소에 가져다줄 옷들을 정리하다가 남편의 점퍼 주머니에 들어 있던 그것을 다시 찾아낸 것이다. 남편의 점퍼는 세탁소에 맡길 옷은 아니었다. 남편에게는 그럴 만한 옷이 아예 없다고 말해도 좋을 정도였다. 수도 없이 물세탁을 해서 후줄근하다못해 아예 너덜너덜해진 점퍼는 딸이 조심성 없게 세탁기 앞에다 던져놓은 실크 블라우스 밑에 깔려 있었다. 그녀는 그 쓰레기 같은 남편의 점퍼를 벌써 몇 번이나 내다버릴 작정을 하다가는 그만두곤 했다. 그날도 마찬가지였다. 이번에는, 그래도 아직은 두어 번 더 입을 수 있을 거라는 생각 때문이 아니라 그 점퍼가 느닷없이 불길하게 여겨져서였다. 젊은 아가씨의 원룸 열쇠가 들어 있던 점퍼라니.

그녀는 잠시 망설이다가 점퍼는 두고 열쇠만 쓰레기봉투 속에 던져넣었다. 문득 개가 떠올랐다. 남의 집 열쇠라는 찜찜한 기분 때문이었을 것이다. 그녀는 아직 더 채워넣을 공간이 남은 쓰레기봉투를 그대로 꽁꽁 묶어 밖으로 가지고 나갔다. 냄새가 풀풀 나는 대형 쓰레기통 옆에서 또 개가 떠올랐다.

전에는 보지 못했던 대형 화물차 하나가 쓰레기통 옆에 주차되어 있는 게 보였다. 남편의 작은 용달차와는 비교도 할 수 없이 거대한 트럭이었다. 그녀는 다가가 운전석의 문을 당겨보았다. 당연히 문은 잠겨 있었다. 그러나 화물칸에는 걸쇠만 걸려 있었다. 아마 안에 든 것이 아무것도 없는 모양이었다. 무슨 작정도 없이 그녀는 그 화물칸을 열어보았다. 그리고 잠시 후에는 계단을 밟고 올라 그 안으로 들어갔다. 그야말로 엄청나게 큰 화물칸은 텅 비어 있어서 그녀의 발소리가 쿠웅, 쿠웅, 공명했다. 이런 화물차라면 세상 전체의 비밀이라도 너끈히 실을 수 있을 것 같았다. 남편의 작은 용달차가 덜덜거리는 리어카 수준이라면 이건 그야말로 벤츠가 아니겠는가. 그녀의 발이 어둠 속 바닥에서 뒹굴던 음료수 캔을 건드렸다. 빈 깡통이 데구루루 굴렀다. 그러니까 그것은 아무것도 없는 소리였다. 리어카든 벤츠든 빈 소리를 내는 것은 마찬가지인 것이다.

어둠 때문에 보이지 않던 공구 상자가 맨 안쪽에 놓여 있는 것이 보였다. 그녀는 그 공구 상자 위에 걸터앉았다. 그리고 그곳에서 어두운 거리를 내다보았다. 외진 아파트 단지에서 바라보는 밤의 거리는 자동차 불빛으로만 빛났다. 모두들 집으로 돌아오는 불빛이었다. 생의 모든 고난들이, 사소한 말썽들이, 해소되지 못한 불만과 욕구들이 차근차근 집으로들 돌아오고 있었다. 그리하여 방과 거실과 욕실과 옷장과 신발장과 찬장 속에, 재활용 박스와 쓰레기봉투 속에 차곡차곡 쌓이거나 쟁여지기 위해. 그러니까 모든 사람들의 스위트 홈으로.

바로 그때 그녀는, 이십칠 년 동안이나 깨닫지 못했던 비밀 하나를 깨달았다. 남편의 작은 용달차 하나쯤은 거뜬히 싣고도 남을 것 같은, 누구의 것인지도 알 수 없는 대형 화물차의 화물칸 안에 도둑처럼 앉아서, 그 화물칸에서 서서히 풍겨나오는 참을 수 없게 퀴퀴한 악취를 맡기 시작하면서, 그녀는 남편의 쓰레기 같던 점퍼를 다시 떠올렸고, 그 옷을 입고 짐을 나르는 늙은 대머리 남자를 떠올렸고, 그 남자의 근육질로 가려진 늙은 몸이 사실은 아주 작다는 사실을 기억했다. 어쩐 일인지 순간 가슴이 먹먹해져서 견딜 수가 없었는데, 그때 그녀가 깨달은 사실은 자신이 남편을 경멸할 뿐만이 아니라 사랑한다는 것이었다. 사랑이 별것이겠는가. 누군가를 하루도 빠짐없이 기다린다면, 그 기다림이 안타깝고 애절하지 않다고 해도, 이십칠 년의 그날들은 사랑이었다. 그 남자가 집에 없는 밤이 대형 화물칸의 텅 빈 어둠처럼 저물고 있었다. 쓸쓸하고 고독했다. 그것은 쉰이 넘도록 독서가 취미인 여자가 아니라면 결코 발견하지 못할, 깨닫지 못할, 비밀 같은 사랑일 것이 틀림없었다.

찰칵, 열쇠가 돌아가면서 문이 열리는 소리. 그는 언제나 그 소리에 희열을 느꼈다. 마치 전기가 오는 것처럼, 몸속의 모든 핏줄과 힘줄에 반짝하고 불이 켜지는 것처럼. 그것은 영천 집에 들를 때마다 그가 느끼는 그만의 기쁨이었다.

왕왕, 개가 짖는 소리가 먼저 들렸다. 어둠 속에서 흰색 꼬리가 흔들리는 것이 보였다. 저놈은 확실히 진돗개가 틀림없다. 백구야. 그가 부르자 개가 달려와 그의 발등과 손등과 턱을 핥기 시작했다. 곧 온몸이 개의 침투성이가 됐다.

충직한 개다. 그가 없는 동안 먹지도 않고 자지도 않으면서 그의 모든 것을 지키고 있었던 것이다. 그놈을 키우기 전까지 그는 이 집에서 소리 내는 것을 키워본 적이 없었다. 사실을 말하자면 그는 아무것도 키우지 않았다. 그런 것도 키운다고 말할 수 있다면 그가 키우는 것은 열쇠들이었다. 그가 영천 집에 열쇠를 하나씩 갖다놓을 때마다 원룸들이 그곳에 자리를 잡고, 그가 열쇠를 갖지 않은 이웃의 원룸들까지 불러들여 스스로 번식했다. 그리하여 몇 년 사이 영천 집은 집이 아니라 무한 번식하는 세계가 되었다. 세계의 어느 구석에서는 어린 여자아이들이 소리 죽여 몸을 씻고 잠을 잤다. 소리 죽여 생글생글 웃기도 했다.

왜 자꾸 웃니.

아저씨가 자꾸 웃으니까 나도 웃겨서요.

하늘에 맹세코 그는 그 여자아이들을 데리고 불순한 상상을 하지는 않았다. 실은 하늘에 맹세할 필요도 없었다. 그가 있는 곳은 신이 존재하지 않는 그만의 세계였으므로. 그는 분주히 집을 옮겨 집을 짓고, 집을 빼내 다시 집을 넓혔다. 자꾸 웃는 여자아이들은 서둘러 내쫓아버렸다. 교통사고로 죽은 개가 그 집에 자리를 잡고 그 집의 모든 집들을 지켰다. 그러니까 말하자면 그가 키우는 것은 세계였고 공간이었다.

아주 간혹 신경에 거슬리는 문짝 긁는 소리가 들려왔다. 그가 자신의 공간을 키우기 위해 내쫓은 모든 것들이 다시 집안으로 들어오려 문을 긁어대는 것이다. 그는 열쇠 하나씩을 문 밖으로 던져 그들의 허기를 달래주거나 놀잇감을 제공해주었다. 어느 날인가는 아내가 열쇠를 던지는 그의 손등을 물고 놓지 않았다. 처음에는 손을 저어 쫓아버리려고 했지만, 손등에 박힌 이빨이 빠지지 않았다. 그는 아내의 머리통을 때리고 허리를 걷어차야만 했다. 피투성이가 된 아내가 구슬피 울며 떠나가는 것을 볼 때, 비로소 그도 약간의 죄책감이 들기는 했다.

너무 심하게 팼군.

그러나 괜찮았다. 그는 곧 다시 돌아갈 것이고, 돌아가서는 묵묵히 아내의 모든 상처를 치료해줄 것이므로. 자신에게 남은 마지막 힘을 다 짜내서라도 그렇게 할 것이므로. 사랑한다고 말하지 못한다고 해서 사랑이 아닌 것은 아니다. 지나간 이십칠 년 동안 그는 아내를 사랑했고, 영천 집이 생긴 지난 칠 년 동안에는 특히 더 그랬다.

비밀이 사랑을 키웠다. 그가 세상의 한구석에서 세상 전체를 키우고 있다는 사실을 아는 사람은 아무도 없었다. 특히나 아내는 모르는 것이다. 그는 세상 한가운데에 있었고, 또 무덤 한가운데에 있었다. 죽은 자의 목소리가 가끔 들렸다. 그것은 평생을 혼자 살다 가난하게 늙어 죽은 고모부의 목소리였다.

뭐, 이만하면 잘 죽은 거 아니냐.

그 와중에도 열쇠들은 분주히 서로 몸을 부대껴가며 교미를 하고 번식을 하고 있었다. 그가 영천 집에 머물 때마다 보름달이 환했다. 세상에서 가장 풍성한 고독을 가진 남자의 밤을 밝히기 위해서였다. 그런 밤마다 그는 백구의 등을 쓰다듬으며 홀로 중얼거렸다.

아직도 너무 좁군. 좀더 넓혀야겠어.

그리고 아무도 없

물속의 입

호텔 캘리포니아

콘시어지

탐정 안찬기

기,

근슨 일이 있나요

돌의 심리

유가

섬

그리고 아무도 없었다

1

죽은 소설가가 발견된 것은 동이 틀 무렵이었다. 숙소를 나가는 소설가의 기척을 느낀 사람은 아무도 없었다. 한 사람이 죽음을 향한 문을 열고 있을 때, 나머지 사람들이 들은 건 바람소리뿐이었다.

섬에서 바람은 일상이었다. 하루에도 몇 번씩 날씨가 바뀌었지만 바람은 항상 불었다. 소설가는 자주 산책을 나갔다. 섬에 온 목적이 오직 산책뿐인 사람 같았다. 날씨가 좋거나 나쁘거나 상관하지 않았다. 주로 바닷가를 걸었지만 바람이 심하게 부는 날에는 마을 안쪽 길을 택했다. 섬의 가장자리를 빙

둘러 해안도로가 나 있었는데, 그 도로를 통과할 때는 바닷가 쪽으로 붙어 걷지 않으려고 각별히 조심하는 것 같았다.

그러나 가끔은 도로를 벗어나 바다 쪽으로 걸어들어가기도 했다. 그럴 때면 소설가의 작은 몸이 풀잎처럼 흔들렸다. 때로는 흔들리다못해 휘청휘청했다. 그 모습이 금방이라도 바다로 뛰어들 것처럼 보이기도 했지만, 그런 날씨에 그런 곳에 있으면 누구라도 그렇게 보일 것이다.

산책을 자주 하는 건 숙소에 있던 사람들 모두가 마찬가지였다. 섬에서는 달리 할 수 있는 일이 거의 없었다. 그들은 아티스트 레지던시 프로그램에 참여중인 예술가들이었다. 섬에는 그들을 위한 숙소와 스튜디오가 있고, 그들은 그곳에서 삼개월간 각자 창작 작업을 할 예정이었다.

그러나 예술가들이라고 해서 온종일 창작만 할 수는 없는 일이었다. 섬에 들어와 열흘도 지나지 않은 그때는 더욱 그러했다. 모두들 섬 생활에 적응하느라 바빴다. 누구는 숙소 텃밭에서 채소를 뜯어 반찬을 만들었고, 누구는 하루에 몇 바퀴씩 자전거를 탔고, 누구는 하루종일 선탠을 했다. 당장 창작 활동을 하라고 등을 떠미는 사람은 없었지만, 섬 주민들과 시선이 마주칠 때는 괜히 찔리는 마음이 되기도 했다. 뭐하는 사람이오? 누군가가 그렇게 물어온다면 딱히 대답할 말이 없을 것 같았기 때문이다.

물론 그들은 자기 분야에서 입지를 다진 사람들이었다. 그러니까, 자기 분야에서는 유명한 사람들. 소설가와 시인, 안무가와 작곡가가 있었다. 소설가는 대중적이지 않은 소설을 썼고, 시인은 당연히 대중적일 리가 없었고, 안무가는 케이팝이 아니라 객석이 거의 차지 않는 현대무용을 했다. 민속 가수와 난해한 그림을 그리는 화가도 있었는데, 둘은 외국인이었다. 민속 가수는 아일랜드, 화가는 미국 사람이었다.

하인도 예술가 레지던시는 대기업의 문화재단에서 운영했다. 그들은 3.5회 차 입주 예술가들이었다. 프로그램은 원래 매년 한 차례씩만 열렸지만 그들이 참여한 프로그램에는 '특별'이라는 이름이 붙었다. 예정되지 않은 사업이었기 때문이다. 새로 취임한 이사장이 급히 만든 프로그램이라고 했는데, 섬의 역사와 관련된 특별 전시를 열기 위해서라는 말도 있고, 재단의 몇 주년 행사 때문이라는 말도 있고, 이사장이 바뀌면서 갑자기 의욕이 넘친 탓이라는 말도 있었다. 어쨌든, 그렇게 특별히 초청된 탓에 예술가들 수도 적고 스태프들 수도 적었다.

문제도 많았다. 일 년에 걸쳐 이뤄져야 할 재정비가 서둘러진 탓에 툭하면 이런저런 문제들이 발생했다. 전기가 끊기기도 했고, 새로 설치한 인터넷도 불안정했다. 온수가 나오다 말다 하는 욕실에는 지네가 출몰했고, 테라스 바깥 풀밭에는 뱀이 살았다. 뱀은 침입자인 예술가들을 향해 고개를 빳빳이 세웠다.

먹거리도 문제였다. 섬에는 마트도 편의점도 없었다. 관광객들을 상대로 과자나 생수, 기념품 따위를 파는 가게가 있기는 했지만, 관광객들이 마지막 배를 타고 섬을 떠나면 그 가게도 문을 닫았다. 섬 주민들은 장을 보기 위해 배를 타고 육지로 나갔다. 나가서 장도 보고 병원에도 들르고 농협과 수협, 읍사무소에도 갔다가 다시 배를 타고 돌아왔다. 예술가들도 그렇게 했다. 배낭이며 에코백을 메고 장을 보러 나갔다가 돌아올 때는 먹거리를 잔뜩 쟁여넣은 박스를 몇 개씩 들고 왔다. 섬에 도착한 첫 주에만 배가 두 번이나 결항을 했다. 그러다보니 먹거리를 쟁여놓는 것이 생존을 위한 일처럼 여겨져 장보기에 필사적이 되지 않을 수 없었다.

배가 두 번이나 결항을 하기는 했지만 날이 궂은 건 길어야 한나절이었고, 이튿날이면 언제 그랬냐 싶게 바다가 잔잔해졌다. 그러나 세번째는 달랐다. 태풍이 예보됐다. 그렇지 않아도 섬 안쪽을 향해 누워 있다시피 했던 해안도로의 소나무들 뿌리가 들썩들썩했다. 섬을 날려버릴 듯 거센 바람은 밤이 지나도 잠들지 않았다.

태풍이 불기 시작한 날, 그들은 공동 주방의 식탁에 둘러앉아 재미있거나 신기하거나 무서운 이야기들을 주고받았다. 주로 고립과 관련된 이야기들이었다. 서로의 벽을 허물어 친해지기에 그만한 환경과 그만한 얘깃거리가 없었다. 애거사 크리스티의 『그리고 아무도 없었다』도 화제에 올랐다. 얼마 전에 그 소설이 원작인 영화가 넷플릭스에서 서비스되기 시작한 덕에 소설을 읽지 않은 사람도 줄거리를 알았다. 섬, 고립, 살인, 그리고 모두의 죽음.

"만일 그런 일이 벌어진다면 우리 중에 누가 가장 먼저 죽을까요?"

"한 사람만 죽잖아요, 소설에서는?"

"무슨 소리예요?"

"그러니까 열차에서는……"

소설가가 『그리고 아무도 없었다』와 『오리엔트 특급 살인』을 혼동하는 바람에 다들 웃었다. 『오리엔트 특급 살인』에서는 한 '나쁜 놈'을 죽이려 열차의 승객들 모두가 공모한다. 한 사람의 피해자와 모두의 공모. 그러나 『그리고 아무도 없었다』에서는 각자 다른 이유로 섬의 별장에 초대된 사람들이 각자 지은 죄로 인해 살해당한다. 이유도 알지 못한 채 하나씩 하나씩 죽어나간다. 마침내 한 사람도 남지 않을 때까지, 모두의 죽음.

"아니, 그럼 누가 죽인 거예요? 다 죽는다면?"

소설가가 『그리고 아무도 없었다』의 내용을 몰라서 다시 한

번 다들 웃었다. 정말로 모르는 건지 모르는 척하는 건지 의심하는 사람은 아무도 없었다. 그때는 그래야 할 이유가 없었다.

소설가가 숙소에서 나간 시간은 정확히 알 수 없었다. 숙소 입구에 CCTV가 있었지만 태풍이 카메라의 방향을 틀어버렸다. CCTV 영상에는 검은 바다만 촬영되어 있었다.

소설가는 날씨와 물때를 살피러 새벽 바닷가에 나온 낚시꾼에게 발견되었다. 낚시꾼은 거센 파도가 삼키지 못한 갯바위 위에 수달처럼 생긴 것이 엎어져 있는 것을 보았는데, 수달이라기에는 너무 안 귀엽고, 수달이 아니라고 하기에는, 그러면 대체 뭐란 말인가 겁이 덜컥 나게 하는, 그런 것을 보았다고 했다. 마을 사람들이 모여 시신을 인양했다. 젊은 사람이 거의 없는 섬이라 늙은 남자와 늙은 여자들이 힘을 합쳤다. 태풍이 계속 접근중이라 헬기는 뜰 것 같지 않고, 경찰이 올 수 있을 것 같지도 않았다. 해경에 연락하기도 전에 마을 이장이 그런 판단을 내렸다.

섬에는 한때 상여를 보관하던 창고가 있었다. 지금은 마을의 잡동사니들을 보관하고 있었다. 그 창고로 시신을 옮기는 늙은 남자와 늙은 여자들의 몸이 강한 바람에 휘청휘청했다. 무엇보다도 시신이 가장 많이 흔들렸다. 몸무게가 사십오 킬로도 안 나갈 것 같은 작은 몸집의 소설가는 나이가 육십이랬나 육십다섯이랬나 그랬다. 때로는 오십 살처럼 보이기도 했고 때로는 칠십다섯쯤으로도 보였다. 웃을 때는 열다섯 살처럼 웃기도 했다. 징그러운 여자였다.

"버티고."
"뭘 버텨요?"

시인이 말했고, 작곡가가 물었다. 보통 때라면 각자의 스튜디오에 머물 시간이었으나, 당연히 그날은 그럴 수가 없었다. 라운지의 편안한 소파 대신 공동 주방의 식탁에 둘러앉아 그들은 각기 손톱을 물어뜯거나 정신없이 다리를 떨었다. 소설가의 죽음이 알려진 후였고, 아직 그 사망의 이유에 대해서는 알기 전이었다.

"그게 영어로 현기증이란 말인 모양인데."

시인이 미국 화가의 눈치를 힐긋 보고 말을 이었다. 해외 예술가들이 한국말을 전혀 못 알아듣는다는 걸 알면서도 그랬다. 눈치를 보는 건 시인의 습관이었다.

해외 예술가들과 한국 예술가들은 간단한 영어로 의사소통을 했다. 상황이 좀 복잡하거나 좀더 진지한 소통이 필요할 때, 혹은 농담이 필요할 때는 브로드웨이에서 일한 적이 있다는 안무가가 통역 역할을 했다. 그러나 지금 안무가는 통역을 할 생각이 전혀 없는 것 같았고, 아일랜드 가수와 미국 화가도

이런 상황에서 그런 부탁을 할 정도로 눈치가 없지는 않은 것
같았다.

"그런데 그 말에 비행착각이라는 뜻도 있다는 거예요. 밤에
비행을 하다보면 하늘과 바다가 구분이 안 된다는 거죠. 둘 다
시커메서요. 그래서 바다로 비행을 해 들어간다는 거지요. 야
간 비행을 하는 비행기들이 간혹 그렇게 실종이 된답니다."

섬의 밤은 칠흑 같았다. 불빛 없는 곳에 서면 자기 발등도
안 보였다. 해 진 뒤에 산책을 하려면 손전등은 필수였다. 손
전등은 핸드폰의 플래시보다 훨씬 밝게, 훨씬 멀리 비췄다. 그
래도 사각이란 있기 마련이었다. 길이 바다로 보이고 바다가
길로 보이는 곳이 있었을 것이다.

"그 사람 소설에 나오는 내용이에요."

이어진 시인의 말은 사람들을 한층 더 불길한 기분에 휩싸
이게 만들었다. 어떤 소설은 이루어진다. 소설뿐만이 아니다.
어떤 장르나 마찬가지다. 음악도, 춤도, 노래도, 그림도 이루
어진다. 이루어지지 않기를 바랄수록 더 잘 이루어진다.

소설가는 그해에 무슨 문학상인가를 받았는데, 이사장이 그
소설을 몹시 인상 깊게 보았다고 했다. 그래서 직접 소설가에
게 연락해 레지던시 참가 의향을 묻고, 소설가가 응낙했다고
했다. 그게 바로 버티고 어쩌고저쩌고하는 소설일까?

"리더 미스."

안무가가 말했다. 이번에는 해외 예술가들의 시선까지 안무가에게 향했다.

"버티고 상황이 되면, 뒤를 따르던 조종사들이 그렇게 말한다는 거예요. 그 소설에 나오는 내용이에요. 저도 그 소설을 읽었거든요."

안무가가 이어서 말했다.

"그 소설 제목이 현기증이에요. 중의적인 제목이죠. 그 소설가의 다른 소설 한 편이 연극으로 올려졌는데 제가 안무를 맡아서 했어요. 그래서 그 사람 소설들을 좀 찾아 읽었죠. 그렇지만 죽은 소설가가…… 그러니까 고인이 그 사람인 줄은 몰랐네요."

시인의 안색이 갑자기 창백해졌다.

"빈집."

사람들이 모두 시인을 쳐다봤다.

"그 연극의 원작 소설 제목입니다. 연극에 제 시가 삽입됐었습니다. 나도 그래서 그 작가의 소설들을 찾아 읽은 겁니다."

이번에는 안무가의 안색이 시인보다 더 창백해졌다. 죽은 소설가를 뺀 다섯 명 중 둘이 소설가의 원작 연극과 관계가 있다는 뜻이었다. 둘은 많은 숫자인가, 적은 숫자인가…… 우연적인 숫자인가, 필연적인 숫자인가……

"산책을 좀 해야겠어요."

손톱을 물어뜯던 안무가가 벌떡 일어섰다. 그 상황에서 가장 하기 싫은 일이라면 그건 아마도 산책일 터이다. 어떻게 해도 소설가의 죽음이 떠오를 테니까. 그러나 거기에 그대로 앉아 있는다면 더 나쁜 생각을 하게 되지 않으리라는 법도 없었다.

밖으로 나가는 안무가를 미국 화가와 아일랜드 가수가 쫓아 나갔다. 한국 사람들끼리 나눴던 대화의 내용을 묻기 위해서일 것이다. 그들은 십 분쯤 뒤에 돌아왔다. 셋 다 얼굴색이 그야말로 백짓장 같았다.

"그 연극에서 주연배우가 이 가수의 노래를 허락도 없이 부르고, 자기 노래라고 발표까지 했었다는군요."

이제 모두의 시선은 한꺼번에 화가에게로 향했다. 안무가의 말이 이어졌다.

"그 연극의 연출가와 아는 사이랍니다."

마치 약속이나 한 듯 이번에는 안무가를 포함한 모두의 시선이 작곡가에게로 향했다. 작곡가가 무슨 말인가를 하려고 하는 순간, 안무가의 입에서 찢어질 듯한 비명이 터져나왔다. 작곡가의 뒤쪽 창밖에서 누군가가 안을 들여다보고 있었다. 그날 아침 소설가를 발견한 낚시꾼이었다. 이번에는 시인이 신음소리를 냈다. 안무가와 달리 거의 들리지 않는 소리로 속삭이듯 말했다.

"저 사람은…… 하느님 맙소사…… 나는 저 사람을 알아
요."

이틀 전부터 안찬기는 하인도에 발이 묶여 있었다. 섬에 들
어와 나흘째였다. 바람을 즐기며 슬렁슬렁 하루를 보내는 것
도 나쁘지는 않았다. 비바람이 한 단어가 아니라는 것을 안찬
기는 하인도에서 처음 알게 되었다. 바람이 그렇게 부는데도
햇살은 쨍쨍했다. 그는 햇살이 내리쪼이는 바람 속을 산책했
다. 청명하고 아름답고 신비했다. 서둘러 돌아가야 할 일은 없
었다. 실은 돌아가서 할 일이 아무것도 없었다.

그는 꼬박 삼십구 년 동안 형사로 살다가 몇 년 전에 퇴직했
다. 어떤 일을 오래하다보면 그게 팔자가 되기도 하는 것 같았
다. 슬렁슬렁 시간이나 때우려고 섬에 왔더니, 죽음이 그를 기
다리고 있었다.

그날 아침, 민박집 주인이 바람을 떠밀며 마을 쪽에서 걸어
오는 걸 안찬기는 마당에 서 있다가 보았다. 주인장의 걸음걸
이가 느긋하다고 생각했는데, 나중에 알고 보니 바람이 거세
빨리 걸으려야 걸을 수가 없었던 모양이었다. 섬 반대쪽에서
시신을 건졌다고 주인장이 말했다. 태풍 때문에 해경이 못 들
어올 거라고 말하면서 응답을 기다리듯 안찬기의 얼굴을 쳐다

보았다.

그가 섬에 온 것은 한 영화사의 자문 요청 때문이었다. 섬에서 벌어지는 살인사건이 내용인 영화인데, 수사와 관련한 자문이 필요하다고 했다. 그는 선뜻 응낙하지 않았다. 난데없이 걸려온 전화여서이기도 했지만, 그때까지 영화 속 형사들을 진짜 같다고 여겨본 적이 한 번도 없어서이기도 했다. 그가 대답을 미루자 일단 하인도를 방문이라도 해보라는 제안이 이어서 왔다. 그러면서 여행 비용을 제시했는데, 그 금액이 커서 깜짝 놀랐다. 영화사가 하인도 예술가 레지던시를 운영하는 문화재단의 모기업인 재벌 계열사였다. 눈먼돈이었다. 받지 않을 이유가 없었다.

배에서 내리자, 민박집 주인장이 그를 마중했다. 문화재단 이사장이 하인도 출신이고 주인장의 어린 시절 친구라고 했다.

주인장은 시신을 발견했다고 하지 않고 건졌다고 말했다. 안찬기가 가장 먼저 생각한 것은 익사였다. 그렇다면 자살이나 실족사일 가능성이 가장 클 텐데, 시신을 확인한 후에는 생각이 달라졌다. 방수포로 덮인 시신의 발이 젖어 있었다. 방수포를 걷자 젖은 곳이 발뿐임을 알 수 있었다. 마을 창고로 옮겨지는 동안 시신의 물기가 말랐다 해도 유독 발만 여전히 젖어 있을 이유가 없었다. 처음부터 발만 젖었다는 뜻이었다.

자살을 시도했다면 깊이 들어갔을 것이다. 몸이 다 젖었을 것이다. 실족사라면 발만 젖는 게 가능할 수도 있었다. 바람에 떠밀렸든, 어두워 발을 잘못 디뎠든 바다로 떨어져 갯바위에 머리가 깨진 후 발이 물속으로 빠져들어갔을 것이다. 피를 흘리며, 죽어가며, 젖은 발을 버둥거리며, 살아보려고 몸부림을 쳤을 것이다.

"파도에 휩쓸렸으면 벌써 먼바다로 떠갔을 텐데, 운이 좋았나, 이런 것도 운이라고 할 수 있나, 어쨌든 갯바위에 걸려 있더란 말입니다. 용왕님이 굽어살피셨나…… 아시겠지만 시신 건지는 게 이게 쉬운 일이 아닙니다. 보통은 종적도 못 찾아요."

안찬기도 그 정도는 알고 있었다. 자살이든 실족사든, 바다로 들어갔다면 한 발만 빠져도 그냥 파도에 휩쓸렸을 것이다. 시신은 바닷속에서 몇 바퀴나 구르고 팽개쳐지고 으깨지면서 먼바다로 흘러가 지금쯤 누구에게도 발견되지 못할 지경에 이르렀을 것이다. 바다에서의 죽음이란 대개 그런 것이었다.

그러나 지금, 죽은 자는, 그의 눈앞에 있다. 자신의 죽음을 봐달라는 듯이. 아니, 반드시 보아야 한다는 듯이.

안찬기는 죽은 그 사람을 알았다. 섬에서 알게 된 여자였다. 섬의 예술가 숙소에 묵고 있는 소설가라고 했는데, 그가 낚시를 할 때마다 어느 틈엔가, 어디에선가 나타나서는 그에게 말을 걸곤 했다. 그게 성가셔 더 안쪽 갯바위로 자리를 옮기기도 했는데, 그러면 그 여자는 발을 적시면서까지 그를 쫓아 들어왔다.

눈먼돈으로 섬에 오기는 했지만 딱히 할일이 없었다. 배에서 내릴 때 가장 먼저 본 것이 낚시 장비를 빌려주는 가게였다. 하인도가 돌돔 낚시로 유명하다는 건 전부터 알고 있었다. 가게에서는 낚싯대와 어망뿐만 아니라 도마와 칼과 초고추장도 같이 주었다. 잡아서 그 자리에서 썰어 먹으라는 뜻인 모양인데, 정작 돌돔은 안 잡히고 성가시게 여자가 자꾸 말을 걸었다. 그의 어망을 들여다보기도 하고 잘 잡히느냐, 이렇게 안 잡히면 안 심심하냐 묻기도 했다. 처음에는 성가셨는데 나중에는 자신도 모르는 사이 그 늙은 여자와 온갖 얘기를 다 하고 있었다. 물고기가 안 잡혀 심심했던 탓도 있지만 배가 끊겨 섬에 묶인 탓이 더 컸다. 섬에 묶인다는 게 기분이 묘해지는 일이었다. 태풍은 곧 지나갈 테고, 배는 늦어도 하루이틀 뒤면 다시 운항할 거라는데도, 난데없이 절해고도, 혹은 무인도에 고립된 기분이 들었다. 난데없이 외로웠고, 말 상대가 있는 것이 좋아졌다.

죽은 소설가는 말이 많은 사람이었다. 묻는 대로 대답도 잘했다. 무슨 소설을 쓰십니까, 물어보면 자기 소설의 줄거리까지 줄줄 얘기했다. 같은 숙소에 머무는 사람들 흉도 봤다. 안무가는 공주병이 좀 있는 것 같다고 했고, 늙은 미국인 화가는 지나치게 비극적인 체한다고 했고, 시인은 자기가 가난하다는 걸 숨기려고 하는데 그럴수록 더 가난해 보인다고 했다. 민속 가수와 작곡가에 대해서는 뭐라고 했는지 잘 기억나지 않았다.

방수포로 덮인 소설가의 시신을 그는 다시 한번 살폈다. 머리카락이 밖으로 나와 있었다. 방수포를 시신의 머리 쪽으로 끌어올리자 이번에는 발이 나왔다. 젖은 발이 다시 눈에 들어왔다.

대체, 왜 발만……

시신을 최초로 발견한 사람은 해마다 이맘때면 낚시를 오는 사람이라고 했다. 마을 창고로 들어설 때, 그 최초 발견자가 섬 주민들과 어울려 마당에서 담배를 피우는 걸 봤다. 담배꽁초를 손가락 끝으로 튕겨서 버리는데 손가락의 힘이 거센 바람의 흐름을 누를 듯했다. 안찬기는 그를 알았다. 소설가처럼 섬에서 알게 된 사람이 아니었다.

오동수.

그가 잡았으나 끝내 잡아넣지 못했던.

사흘 전, 섬에 들어와 해안도로를 구경 삼아 한 바퀴 돌 때, 낚싯대를 메고 가던 오동수와 마주쳤었다. 안찬기는 그를 순식간에 알아보았다. 그쪽에서는 아닌 것 같았다. 아니면 아닌

척하는 것이거나. 세월이 많이 흘렀다. 젊었던 나쁜 놈과 형사는 다 늙은 낚시꾼과 퇴직 형사가 되어 섬에서 마주쳤다. 흔한 우연이었다. 그가 잡아넣은 나쁜 놈이 한 트럭은 넘을 테고, 그 나쁜 놈이 만난 형사도 한 트럭까지는 몰라도 넘치고 넘칠 테니까. 그런데, 하필이면 섬에서? 그리고 하필이면 이자가 시신을 발견했다? 우연이라고 하더라도 흔한 우연은 아니었다.

안찬기가 창고 바깥으로 나왔을 때 오동수는 여전히 마당에 있었다. 이번에는 혼자였다. 오동수에게 다가가며 담배를 끊지 않았으면 좋았을 것이라는 생각을 했다. 이십 년 전인가, 그때는 취조실에서 둘이 같이 담배를 피웠었다.

오동수가 안찬기를 돌아보며 씨익 웃었다. 역시 몰라본 게 아니었다. 처음에는 어땠을지 모르지만, 지금은 알아보는 게 분명했다.

"나 아닙니다."

오랜만입니다, 인사하는 대신 오동수가 말했다.

"나 아닌 거, 아시는 거죠?"

오래전, 증거불충분으로 풀려나며 오동수가 했던 말이 아직도 기억에 생생했다. 나라는 말 듣고 싶죠? 나라는 말 듣고 싶어 죽겠지? 그리고 안찬기의 귀에 대고 속삭이듯 욕을 했다. 개새꺄, 그래 나다, 씨발 새꺄, 내가 그랬다, 씨벌눔아, 어쩔래?

그러나, 이번은 아닐 것이다. 더 조사해봐야겠지만, 감이라는 게 있다. 오동수의 표정만 봐도 그 감이 잡혔다. 그는 아니다. 그런데 왜 이자가 시체를 발견했을까.

마을 창고 앞에서 안찬기는 예술가 숙소의 스태프를 만났다. 충격을 받아 완전히 넋이 나간 얼굴이었지만 기본적으로 선하고 성실한 인상을 주는 젊은 청년이었다. 사람들은 놀랐을 때 진짜 얼굴이 나오기도 한다. 놀란다는 것은 방심한다는 뜻이기도 할 터인데, 그 틈을 타 진짜들이 쏟아져나오기도 하는 것이다. 스태프 이경훈은 적어도 숨겨야 할 것이 많은 사람처럼 보이지는 않았다. 그러나 누가 알겠는가. 정말로 숨겨야 할 것은 신도 모르는 사이에 숨어버린다.

예술가 레지던시에서 일하는 스태프는 세 명이었다. 그러나 그날은 이경훈 혼자였다. 배가 끊겨 다른 직원들이 섬으로 출근을 못 한 탓이었다. 이경훈은 육지로 나가는 마지막 배를 놓치는 바람에 이틀 전부터 섬에 묶여버렸다고 했다.

"어쩌다가?"

관광객도 아니고 매일 출퇴근을 하는 사람이 배를 놓친다는 게 흔한 일은 아닐 것 같아 물었는데, 이경훈은 못 알아듣는 얼굴로 그를 쳐다보았다.

"배를 어쩌다가 놓쳤어요? 무슨 일이 있었어요?"

"숙소 난간에 문제가 있어서…… 바람 때문에 난간이 흔들려서…… 바람이 더 불면 떨어질 수도 있을 거 같아서……
그러면 다칠 거 같아서……"

아무리 성실하다 해도 숙소 난간을 고치는 일이 퇴근 시간
을 잊어버릴 정도로 중요한 일이었을까. 마지막 배를 놓치면
퇴근이 불가능해지는데. 섬이란 그런 곳인데.

안찬기는 이경훈과 함께 예술가 숙소로 이동했다. 예술가
숙소는 섬 전체에서 올려다보이는 곳에 있었다. 섬 전체가 내
려다보이는 곳이기도 했다. 옥상에 올라가면 몸을 한 바퀴 돌
리기만 해도 섬을 다 관망할 수 있을 것 같았다. 안으로 들어
가기 전에 돌아서서 바다 쪽을 내려다보자 소설가가 추락한
지점이 보였다. 현장에 먼저 들렀다가 올 걸 그랬다고 후회하
는 순간, 뭔가 희끗한 것이 보였다.

흰옷을 입은, 뭔가 펄럭이는 것이었다.

그러니까 꼭 유령 같은 것이 소설가의 시체가 발견된 갯바
위 근처에서 서성거리고 있었다. 이경훈도 같은 걸 본 모양이
었다. 헉 소리를 내며, 유령이라도 본 듯, 이경훈이 안찬기의
옷깃을 급히 거머쥐었다가 뒤늦게 민망한 듯 손을 풀었다.

민박집 주인장의 손녀라고 했다. 잠시 후에 주인장이 허겁
지겁 달려와 그 여자아이의 손을 잡는 것이 보였다. 아무래도
이 섬에서 빠져 죽고 싶은 사람이 소설가 한 사람만은 아닌 모
양이었다. 빠져 죽고 싶거나 빠져 죽었거나.

안찬기는 이경훈을 앞세워 예술가 숙소로 들어갔다. 그 건물은 전시회가 있을 때는 갤러리로 쓰였지만, 그러지 않을 때는 일반인들의 출입이 허용되지 않았다. 안찬기 역시 그 건물을 지나다니며 밖에서만 보았다. 어떻게 보면 창고 같기도 하고, 어떻게 보면 공장 같기도 한 건물이라고 생각했는데, 안으로 들어가면서 보니 과연 이게 예술이긴 한 모양이구나 싶었다. 독특하고, 비밀스럽고, 차갑고, 무엇보다도 모든 것을 안으로 삼킬 듯한 건물이었다. 소설가가 만일 이곳에서 죽었다면 보다 은밀한 죽음이 되었을 것이라고, 그러나 그래서 지나치게 클리셰가 되었을 거라고 안찬기는 생각했다.

예술가들은 라운지에 모여 있었다. 한 사람이 안찬기와 눈이 마주쳤는데, 그의 눈을 바라보는 시선이 마치 빨아들이기라도 할 듯 깊었다. 아름다운 여자였다. 죽기 전에 소설가가 다른 작가들 얘기를 많이 했던 탓에 그는 그 여자가 누구인지를 금방 알 수 있었다. 공주병에 걸린 안무가. 공주병인지 아닌지는 알 수 없으나, 아름다운 여자인 것만은 분명했다. 시선까지 아름다웠다. 그런데 그 뜻은 시선까지도 연기일 수 있다는 것일까. 혹시, 저 시선이 감추고 있는 것이 불안이라면?

지은 죄가 있는 사람만 불안한 건 아니다.

아닌가.

죄 없는 사람이 없어서 세상 모든 사람이 불안한 것인가.

그는 소설가의 숙소를 살피러 갔다. 방은 단정하고 간결했다. 벽에 붙은 싱글 침대와 책상, 개인 화장실과 욕실, 세면대와 옷장, 그리고 정원과 연결된 작은 테라스. 소설가의 개인 물품들은 방의 구조보다도 더 간결했다. 옷장 속에는 고작 몇 벌의 옷이, 책상 위에는 노트북과 다이어리가, 서랍에는 상시 복용하는 것으로 보이는 약 봉투가 들어 있었다. 그러나 그뿐이었다. 석 달이 아니라 사흘 머물려고 온 사람 같았다. 그는 소설가의 방 사진을 몇 장 찍은 후, 예술가들이 모여 있는 라운지로 향했다.

라운지에는 열 명도 너끈히 앉을 소파가 있었지만, 그 소파에 앉아 있는 사람은 사십대의 남자가 유일했다. 역시 소개를 받지 않고도 그가 누구인지 곧바로 알아볼 수 있었다. 시인. 그리 고급해 보이지 않는 옷을 신경써서 입은 티가 역력했다. 면바지를 입었는데 주름진 곳이 거의 보이지 않았다. 방금 옷을 갈아입었다는 뜻이었다. 사람이 죽어 발견된 직후에, '전직 경찰'을 만나기 직전에. 강박증이 있는 사람일 가능성이 높았다.

예술가들은 안찬기에게 질문을 쏟아부었다. 그러나 전부 두서없는 질문들이었다. 같이 지내던 사람이 죽었으니 제정신으로 묻기도 어려울 법했다. 그러나 늙은 화가의 질문은 좀 다른 방식으로 이상했다.

"그런데 그 소설가는 정말로 죽은 겁니까?"

미국인이랬던가 영국인이랬던가…… 늙은 화가가 영어로 한 말을 안찬기는 알아들었다. 대답은 영어로 하기 어려웠다. 그래서 그냥 예스, 하고 말았으나, 그 짧은 대답이 스스로도 한심하게 여겨졌다. 자신도 모르는 사이에 영어로 대답을 해서가 아니었다. 하고 싶은 말을 할 수 없었기 때문이었다.

정말로 죽는다니? 정말로 죽은 게 아니라면 그건 뭔데?

화가가 강조한 것이 '정말로'였는지, 아니면 '죽었다'였는지 궁금했던 것이다.

라운지에서 예술가들에게 간단한 브리핑을 해준 후, 안찬기는 자리를 떴다. 그가 그대로 예술가 숙소를 떠나려 한다는 것을 안 예술가들이 오히려 당황했다. 그러니까 그다음 순서로는 경찰이든 전직 경찰이든 탐정이든 그들을 한 사람씩 불러 취조든 참고인 진술이든 인터뷰든 뭐 그런 걸 해야 하는 게 아닌가? 영화에서 보면 다 그렇지 않았나? 그래서 그들에게 무죄를 주장할 기회를 줘야 하는 게 아닌가?

숙소로 돌아온 안찬기는 소설가의 방에서 가져온 노트북을 열었다. 현장을 훼손해서는 안 된다는 건 상식이지만, 그런 상식은 초짜 형사들에게나 통할 얘기였다. 그는 노트북을 자기 숙소로 가져왔을 뿐만 아니라, 이제 죽은 사람에게 약간 실례를 범할 참이었다. 노트북 잠금을 해제하려면 죽은 사람의 지문이 필요하다는 걸 알게 되었던 것이다.

어느새 해가 져 창고 마당에 불이 켜져 있었다. 망자의 시신이 있는 동안에는 불을 끄지 않는다는 말을 들은 것도 같았는데, 다가가니 뜻밖에 사람이 보였다. 민박집 주인장이었다. 주인장이 마당에 쭈그려앉아 담배를 피우고 있었다. 죽은 사람을 지키고 있나? 그럴 필요가 있나? 궁금하게 여기며 다가갔더니 발소리를 듣고 고개를 돌린 주인장이 한숨부터 내쉬었다. 주인장이 담배를 피우며 바라다보는 곳을 같이 보았더니, 플래시 불빛과 함께 또 너풀거리는 흰옷이 보였다. 주인장의 손녀였다. 다행히 바닷속으로 향하는 대신 바닷가에서만 왔다갔다하는 중이었다.

"아침에 시체가 나왔다는 말을 들었을 때……"

주인장이 깊은 한숨과 함께 말했다.

"저애 방문부터 열어보지 않았겠습니까. 발목을 끈으로 묶어놓을 수도 없고…… 발목이야 묶어놓을 수 있겠지만 저애 마음까지는 어째야 할지 모르겠군요……"

2

바람은 이튿날에도 여전히 거셌다. 그리고 여전히 햇살은 쨍했다. 안찬기는 그날 소설가의 시신이 발견된 현장을 다시 조사했다. 무슨 증거라도 찾는 양 돌멩이와 소라고둥뿐인 바닥을 쑤석거리기도 했지만, 대체로는 미동조차 없이 서 있기만 했다. 마치 돌이 된 듯했다.

작은 섬이라 이 유별난 짓이 금방 소문으로 돌았을 법도 한데, 그를 보러 나와보는 사람이 하나도 없었다. 날씨 탓일 수도 있고, 사람이 죽은 장소가 꺼려져서일지도 몰랐다. 관객이라고는 없는, 텅 빈 극장에서의 연극 같은 현장조사가 두어 시간이나 이어졌다.

딱 한 번 소란이 있기는 했다. 민박집 주인장의 손녀가 어젯밤과 같은 옷을 입고 바다로 걸어들어가는 것이 보였다. 발목을 적시고 무릎까지 적셔가며. 잡아야 한다고 생각했는데, 그보다 먼저 주인장이 달려와 손녀의 옷깃을 잡았다. 여자아이는 죽을 작정은 아니었던 모양이었다. 발목과 치맛단을 적신 후에는 멈춰 섰다. 주인장에게 붙들려서가 아니라 안찬기를 발견해서였다. 여자아이가 안찬기를 바라봤다. 왜 거기에 있느냐는 듯이, 뭘 하느냐는 듯이.

경찰이면 나쁜 놈을 잡아야지, 왜 거기서 그러고 있느냐는 듯이.

안찬기가 먼저 해안도로 쪽으로 걸어나갔다. 주인장의 손녀가 안찬기의 뒤를 따라 나왔다. 주인장이 그 뒤를 따랐다. 거센 바람 속을 휘청이며 걸어 집까지 가는 동안, 주인장이 코를 훌쩍이는 소리만이 간혹 들렸다. 뒤에서 뭔가 굴러떨어지는 소리가 들린 것 같기도 했지만, 태풍이 부는 중이니 무엇이든 굴러떨어지고 부서지고 부러지는 것이 당연했다.

누가 또 바다에 빠졌다는 말을 들은 것이 그날 저녁이었다. 초저녁부터 쏟아진 잠에 빠져 있을 때였다. 민박집 마당에서 여러 사람이 두런거리는 소리가 들렸다. 누가 또 바다에 빠졌다는 말이 제일 먼저 귀에 걸렸다. 아니, 건졌다고 했나……건져보니 또 죽었다고 했나……

다행히 주인장의 손녀에 관한 이야기는 아니었다. 그런데, 그러면 다행인 건가. 두런거리는 소리 속에서 오동수의 이름이 반복됐다. '그 흉한 놈' '그 천벌 받을 놈'이라고 말하는 목소리가 자주 끼어들었다. 안찬기는 일어나 앉았다. 바다에 빠졌다는 또 한 사람이 바로 오동수였다.

그날 밤, 예술가 숙소 라운지에 예술가들이 다시 모였다. 안찬기도 그 자리에 있었다. 오동수의 추락 소식이 전해진 후, 예술가들은 패닉에 빠졌다. 이경훈을 시켜 안찬기를 불렀고,

빨리 불러오기를 계속해서 채근했다. 심부름꾼 노릇을 하는 이경훈이 딱할 지경이었다.

오동수가 추락한 곳은 소설가의 시신이 발견된 지점 바로 옆이었다. 거의 같은 곳이라고 해도 좋았다. 높은 갯바위에서 굴러떨어진 모양인데, 거길 왜 올라갔는지 알 수가 없었다. 섬 사람들이 신성하게 여기는 바위였다. 그 바위에 발을 디디면 바다가 노해 풍랑이 인다는 말을 민박집 주인장에게서 들었다. 그런데도 굳이 올라가는 놈이 있었다.

아무튼, 그 바위에 발을 디디면 바다가 노한다는 건 틀린 말이 아닌 모양이었다. 오동수는 바다 아니라 누구라도 노하게 할 만한 인간 말종이었다. 조폭도 수준이 있다면 그 수준의 밑바닥에도 못 미칠 인간인데, 동네 깡패도 하지 않을 온갖 더러운 짓을 다 했다. 사채를 뿌릴 수만 있다면 백원도 빌려줬다. 사기도 쳤다. 섬의 늙은 할머니들 몇몇이 오동수에게 크게 당했다. 그러고 나면 오동수의 졸개들이 나타났다. 야비했고, 지독했고, 믿을 수 없을 정도로 가혹했다. 민박집 주인장의 손녀도 걸려들었다. 오동수가 낚시를 한다며 섬에 나타나지 않았다면 사채가 뭔지도 몰랐을 그 어린아이가 돈을 빌려 옷을 사고, 영화를 보고, 친구랑 놀러다니다가, 고작 돈 빌려 한 일이 그 정도였는데, 정신을 차리고 보니 빚더미에 앉아 있었다. 그리고 시키는 대로 온갖 서류에 사인을 했다. 손녀의 빚을 대신

갚게 된 주인장까지 이제는 손녀와 함께 빠져 죽고 싶을 지경이었다. 오동수는 모두에게 악마 같은 존재였다.

그런 인간은 죽어도 괜찮았다. 죽어도 쌌다……

그러나 그런 인간이란 게 있을 수 있나. 안찬기는 신이 아니었다. 적어도 삶과 죽음에 관해서라면, 그에게는 판단할 권리가 없었다. 그렇다고 해도 그런 생각을 할 권리조차 없지는 않을 것이다.

"어떻게 죽은 겁니까? 그 사람은 어떻게 죽은 거예요?"

시인이 먼저 물었다.

"약을 먹었나요? 그냥 올라간 게 아니죠? 수면제를 먹고 바위 위에 올라간 거죠? 두번째가 그렇게 죽는 거였잖아요, 그렇죠? 여러분, 다 기억하는 거 맞죠? 그러고 나면 세번째 사람은 맞아 죽잖아요!"

"오, 난 맞아 죽고 싶지 않아요."

안무가가 말을 받아놓고는 오히려 자신이 깜짝 놀란 얼굴이 되었다. 안찬기는 이들이 애거사 크리스티의 소설 이야기를 하고 있다는 걸 잠시 후에야 알았다.

"신경쓰지 마십시오. 추리소설 얘깁니다."

작곡가가 침울한 목소리로 말했다.

신경쓰지 말라고 했지만, 그러나 안찬기는 신경이 쓰였다. 애거사 크리스티의 『그리고 아무도 없었다』는 안찬기도 읽었다. 중고등학교 때였을 것이다. 당연히 내용을 기억하지는 못했다. 그는 작곡가에게 소설에 대해 물었고, 대답을 들은 후에야 기억을 되살렸다. 외딴 섬 별장에 불려온 열 명의 사람들이 있다. 태풍인지 무슨 까닭인지로 인해 그들은 섬에 고립된다. 그리고 한 명씩 차례차례 살해당한다. 섬에는 열 명밖에 없었는데, 열 명이 다 죽는다.

물론 트릭이 있을 것이다. 추리소설에 트릭이 없을 수 있겠나. 그러나 그 트릭이 뭐였는지, 작곡가의 설명에도 불구하고 기억이 나지 않았다. 다행히 기억을 짜내려고 더 애쓰기 전에 안무가가 울부짖듯이 말했다.

"우리 중에 판사가 누구예요? 소설에서는 판사가 다 죽이잖아요! 자기도 죽은 것처럼 꾸미고, 다 죽이잖아요! 세번째는 몽둥이로 때려 죽이고, 네번째는 도끼로 찍어 죽인다고요! 오오, 어쩌면 좋아."

"제발, 시끄러워요. 소설은 소설일 뿐이라고요."

아일랜드 민속 가수가 그렇게 말해놓고, 정작 자기가 울기 시작했다. 아니, 어쩌면 우는 흉내인가. 마법처럼 깊은 목소리를 가진 여자니까 울음소리쯤은 얼마든지 흉내낼 수 있을 것이다.

"헬기를 부릅시다! 당장 이 섬에서 다 나가자고요! 우리가 부르면 올 겁니다. 군사 헬기라도 띄워줄 거라고요! 우리는 그러니까…… 예술가들이잖아요. 일반인이 아니잖아요!"

미친 새끼, 시인이었다. 술냄새를 풍기고 있었다. 그냥 풍기는 정도가 아니라 아예 술독에 빠진 상태였다. 그렇다면 다음 순서는 시인이겠군…… 생각하다가 안찬기는 깜짝 놀랐다. 예술가라는 이상한 인간들과 같이 있다보니 자신마저도 이상해진 것 같았다. 이런 상황에 소설 따위를 대입하다니 그야말로 소설 같은 얘기가 아닌가.

그렇더라도 흥미롭지 않은 것은 아니었다. 소설 속에서 벌어진 열 건의 살인사건 중에는 독극물에 의한 살인이 있었다. 그게 몇번째 살인이었는지, 피해자가 누구였는지는 여전히 기억나지 않았다. 어쨌든 누군가 그 소설을 흉내내려고 한다면, 그래서 독을 타려고 한다면, 시인의 술잔을 노리는 것이 가장 쉽겠다고 안찬기는 생각했다.

"소설에 나오는 인간들은 다 나쁜 놈들이에요! 우리는 아니잖아요!"

안무가가 말했고, 시인이 이어 말했다.

"제일 나쁜 놈은 사실 판사, 그 새끼 아닙니까? 그 미친 새끼! 다른 사람들을 다 죽이려고 자기도 살해당한 것처럼 위장했잖아요! 저가 죽은 흉내까지 냈단 말입니다. 우리 중의 누가 그런 짓을 하겠습니까!"

"그게 무슨 위장입니까? 나중에는 진짜로 죽어버렸는데."

작곡가가 말하는 중간에 미국 화가가 또 끼어들었다.

"그런데 그 소설가는 정말로 죽었나요?"

신기한 일이었다. 누구도 오동수에 대해서는 아무런 질문도 하지 않았다. 심지어 그들은 오동수가 누군지, 어떤 사람인지 알고 싶어하지도 않았다. 그들의 관심은 오직 이 일련의 죽음이 앞으로도 이어질지에 대해서뿐인 것 같았다.

이경훈이 뒤늦게 들어와 자리에 합류했다. 소설가가 죽은 후 이경훈은 예술가들의 심부름을 하느라 잠깐 앉아 있을 새가 없었다. 이번에는 숙소에 못 보던 물건이 있는지 샅샅이 조사해달라는 요구가 있었다고 했다. 상황이 좋을 때 예술가들은 이경훈에게 '부탁'을 하지만, 그렇지 않은 경우에는 '요구'를 했다. 어떤 경우든 이경훈은 웃는 얼굴로 들었다. 그게 일이어서이기도 했지만 다른 이유도 있었다. 도저히 참아줄 수 없는 참가자조차도 희한하게 어딘가 매료될 구석이 있는 작업을 보여주기 때문이었다.

기분이 나빠질 때마다 그는 생각하곤 했다.

예술은 정말 아름답지 않은가, 하고……

이경훈이 높은 경쟁률을 뚫고 스태프가 된 이유였을 것이다. 이경훈은 예술을 사랑하는 사람이었다.

예술가들의 요구 사항은 숙소 내에 열 개의 인디언 인형 같은 게 있는지를 확인해달라는 것이었다. 소설가가 죽었으니 아홉 개의 인디언 인형. 아니, 그들의 숫자가 열 명에 미치지 못하니 어쩌면 여섯 개나 다섯 개만 남은 인형 같은 게 있는지. 애거사 크리스티 소설의 원래 제목이 '열 명의 흑인 소년들' 혹은 '열 명의 인디언 소년들'이라는 걸 안찬기는 역시 그들을 통해 알게 되었다. 소설에서는 한 사람이 죽을 때마다 인형이 한 개씩 사라진다고 했다. 물론 예술가 숙소에 인디언 인형 같은 것은 없었다. 그러나 안찬기 역시 이 상황이 소설과 지나치게 흡사하다는 걸 인정하지 않을 수 없었다. 섬, 풍랑으로 끊긴 배, 고립, 죽음…… 그리고 각자의 이유들.

무엇보다도 중요한 것이 바로 그것이었다.

각자의 죄.

소설 속에서 그들은 각자 지은 죄로 인해 살해당한다. 그들은 서로 알지 못하는 사람들이고, 범죄를 공모한 적도 없으며, 그들을 죽인 판사를 그전에는 만나본 적조차 없다.

그리고 이들도 마찬가지였다.

이들은 자신들이 각자 지은 죄로, 그러니까 자신만이 알고 있는 죄로, 아니 어쩌면 자신조차 알지 못하는 죄로 뭔가 끔찍한 일을 당할 수도 있다고 믿고 있는 것이다. 그것이 심지어 죽음일 수도 있다고 믿는 것이다. 그리하여 자신들의 죄를 후벼파고 있는 중인 것이다. 타인의 죄는 중요하지 않았다. 모두가 다 죄를 지었다는 점에서, 그럴 가능성이 매우 높다는 점에서, 세상에 어떤 새끼가 죄 한 번 안 짓고 산단 말인가 하는 점에서 그들은 모두가 쌤쌤이었다.

그러나 안찬기는 형사였다. 지금은 아니지만 사십 년 가까이 형사였던 사람이었다. 모든 사건에 개연성이 있는 건 아니라는 것쯤은 알았다. 왜? 어째서? 묻고 또 묻게 되는 사건도 많았다. 피해자들이 가해자에 관한 설명을 간절히 원하기 때문에 억지로 설명을 채워넣을 때도 많았다. 그럴 때 진실은 중요하지 않았다. 나쁜 놈들은 나빠야 했고, 그것도 지독하게, 더럽게, 뼈를 바수어버려도 시원치 않을 정도로 나빠야만 했다. 형사는 범인만 잡는 게 아니라 그런 스토리 또한 만들어야 했다. 그것이 안찬기의 생각이었고, 서슴지 않고 그렇게 했고, 그 때문에 늘 별종이라는 말을 달고 살았다.

그리고 이제, 안찬기는 영천에 대해서 이야기할 참이었다. 하인도가 아니라, 영천. 영천의 호텔 캘리포니아.

"여러분들 모두 호텔 캘리포니아를 아시죠?"

"웰컴 투 더 호텔 캘리포니아. 그걸 모르는 사람이 어디 있겠어요."

누군가 그렇게 말했고 서로 고개를 끄덕였다. 고개를 끄덕이지 않은 사람은 시인이 유일했다.

"형사님이 지금 이글스 노래를 물어보는 게 아니잖아!"

시인은 일어섰고, 기어코 주머니에서 위스키 플라스크를 꺼냈다. 이제는 숨기고 말고 할 것도 없다는 태도였다. 금방 죽을 판이니 실컷 마시고나 죽겠다는 듯 굴었다.

"네, 거기에 있었어요. 내가 거기에 있었다고요! 연극 워크숍이 있었으니까요! 다들 알면서 왜 모르는 척해? 내 시가 그 연극에 삽입됐어요! 주인공이 자그마치 삼 분이나 낭송을 할 계획이었다고! 그러니까 난 거기에 있어야만 했다고요!"

모두들 입을 벌린 채, 난데없는 시인의 폭주를 바라보았다. 시인의 말을 알아듣지 못하는 가수와 화가마저도 입을 벌렸다. 안찬기가 개입하지 않을 수 없었다.

"안무가분께서도 거기 계셨죠?"

안무가는 대답하지 않았다. 그날 그곳에 있었다는 사실을 결코 부정할 수 없을 단 한 사람이 바로 안무가였다. 그녀는 연극의 안무를 맡았고, 그 연극의 워크숍이 열리던 영천에 있었다. 굉장히 독특한 워크숍인 모양이었다. 여러 언론에서 그에 관해 보도했다. 워크숍이라기보다는 사전 공연이었던 모양인데, 폐아파트의 모델하우스에서 그 사전 공연이 펼쳐졌다. 그래서 워크숍의 워크숍도 필요했던 모양이었다. 말하자면 사전 공연의 사전 연습 말이다.

폐아파트 단지 옆에는 호텔이 있었다. 연극 관계자들이 그 호텔에 묵었다.

호텔 캘리포니아.

안찬기도 물론 이글스의 노래를 알았다. 웰컴 투 디 호텔 캘리포니아. 서치 어 러블리 플레이스, 서치 어 러블리 페이스…… 그러나 과연 영천의 캘리포니아 호텔은 아름다운 곳이었을까.

그 연극의 연출가와 친구 사이인 미국 화가 역시 그 호텔에 있었다. 투숙은 아니지만 잠깐 방문했었다. 마침 한국에서 전시회가 있어 방문한 그를 연출가가 그곳으로 초대했던 것이다.

"저는 그때 한국에 있지도 않았어요!"

아일랜드 가수가 외치듯이 말했다. 정말 미성의 여자였다. 그렇게 고운 목소리가 어떻게 저렇게 깊은 울림으로 나올 수 있을까. 그렇게 아름답고 깊은 목소리로 외치지 않더라도 아일랜드 가수의 말을 믿지 않을 이유는 없었다. 그 여자는 그때 아일랜드에 있었고, 영천의 캘리포니아 호텔에 있던 연출가와 줌 미팅중이었다.

"저는 아무 관계가 없습니다, 그 연극과."

작곡가 역시 입을 열었다. 안찬기는 작곡가를 바라봤다. 그런 안찬기를 이경훈이 초조하게 지켜보고 있었다. 초조하거나 어리둥절하기 짝이 없는 눈빛으로. 이들 중에서 가장 무죄한 사람이 있다면 아마도 이경훈일 것이다.

그러나 과연 그럴까. 아직은 알 수 없었다.

안찬기가 마침내 입을 열었다.

"내일 아침에는 배가 뜰 거랍니다."

안찬기의 난데없는 말에 어리둥절해하던 예술가들은 곧 깨달았다. 그 말은 소설가의 시체가 섬 밖으로 나갈 거라는 뜻이고, 경찰이 들어올 거라는 뜻이었다. 그러니까 진짜 경찰 말이다.

"경찰이 더 잘 알아서 하기는 하겠지만, 그동안 제가 알아낸 것도 있으니 좀 말씀을 드리도록 하죠."

순식간에 고요가 내려앉았다. 어디선가 발자국 소리가 들렸다. 고양이 발자국 소리였다. 아니, 고양이가 걸어가다가 뭔가 건드린 소리였다. 발자국에 소리가 있을 리가 없지 않은가. 없는 것에 대한 환상, 없어야 할 것에 대한 희구, 그들 모두가 지금 그런 것에 사로잡혀 있었다.

"일단, 범인부터 알려드리죠."

안무가가 마침내 흐느끼기 시작했다.

"그래요! 제가 먼저 말하겠어요! 그러는 게 낫겠어요! 그래야 후련하겠어요! 그래요! 제가 그때 대마초를 피우고 있었어요. 그게 그렇다고 죽을 죄는 아니잖아요. 제가 여기서 죽을 시간만 기다리고 있을 죄는 아니잖아요! 저는 몰랐다고요! 그 애가 달려갈 때…… 그때는 그 애가 소설가의 딸인 줄도 몰랐다고요."

안무가는 혹시 방금 전에도 대마초를 피운 건 아닐까? 안무가가 너무 격하게 반응하는 바람에 다들 경악했다. 그러나 그건 안무가의 이야기일 뿐만 아니라 그들 자신의 이야기이기도 했다. 시인이 뒤이어 폭발했다.

"아, 씨발! 울지 말라고! 당신 말 틀린 거 하나도 없어! 나도 마찬가지라고! 그애가 물에 빠져 죽을 때, 그래, 내가 거기 있었어! 그렇다고 내가 그애 등을 떠민 건 아니잖아!"

시인에 이어 민속 가수가 영어로 말했다.

"나는 그때 한국에 있지도 않았어요!"

민속 가수의 말을 받은 건 작곡가였다. 뜻밖에 영어가 유창했다.

"당신, 가수 양반, 줌 미팅중이었다고 했잖아요. 연출가랑. 나야말로, 캘리포니아 호텔이든, 아파트 모델하우스든 상관이 없습니다."

"당신은 어떻게 워크숍을 그 아파트 모델하우스에서 한 걸 알아요? 아무 관계도 없다면서요? 당신이야말로 정말 수상하군요!"

"그런데 소설가는 정말로 죽었나요?"

"여자애가 물에 빠져 죽은 건 사고였다고요. 경찰이 그렇게 결론을 내렸다고 들었어요!"

"아, 씨발, 나는 그 소설가가 그 여자애 엄만 줄도 몰랐다고!"

"줌 미팅을 한 게 무슨 상관인데요? 내가 줌을 통해서 무슨 영향력이라도 행사했다는 뜻이에요? 나한테 슈퍼 파워라도 있다는 뜻이에요?"

"못 알아듣겠으니까, 한국말로 해! 씨발, 여기 한국이잖아. 한국말도 못하면서 여긴 왜 왔어! 왜 우리가 니들 때문에 영어를 해야 하는데!"

"오, 제발 누구 대마초나 뭐 가진 사람 없어요? 숨이 멎을 거 같아서 그래요!"

"그 소설가는 정말로 죽은 게 맞나요?"

그 모든 난리법석을 안찬기는 지켜만 보고 있었다. 안무가가 흐느껴 울고, 민속 가수가 깊은 목소리로 신음을 하고, 시인은 플라스크를 뒤집어 탈탈 털어 술을 마시고, 화가는 계속해서 같은 말을 반복하고, 작곡가는 혼자 발을 빼고 있었다. 그러나 결국은 모두 자기 죄의 고백이었다.

몇 년 전, 소설가의 딸이 영천의 한 저수지에서 익사했다. 경찰은 사고사로 결론 내렸지만, 사망 직전에 딸을 뒤쫓아가던 남자를 보았다는 진술이 있었다. 근방에 살던 소년이었는데, 아이가 겁에 질려서였는지, 말이 좀 왔다갔다했던 모양이었다. 그 아이 말고는 다른 목격자가 나타나지 않아서 정식으로 증거 채택이 되지는 않았다. 다른 목격자가 있을 가능성이 농후한 상황이었는데도, 여자애를 쫓아가는 남자는커녕 여자애를 봤다는 사람조차 없었다. 그날 캘리포니아 호텔에 있던 예술가들 역시 마찬가지였다. 분명히 봤을 만한 상황이었는데, 증언하는 사람이 없었다. 여자애의 죽음은 실족으로 인한 익사로 처리됐다.

정작 소설가는 그때 그 호텔에 있지 않았다. 소설가와 딸은 오래 불화중이었다. 딸이 돈 때문에 엄마를 만나러 오는 길이었는데, 그 사실을 미리 알게 된 엄마는 딸을 피해 워크숍 참가를 취소해버렸다. 만나면 심하게 싸우게 될 걸 알았고, 그런 모습을 워크숍이 있는 자리에서까지 보이고 싶지 않았던 것이다. 소설가에게 그 연극은 큰 기회였다. 그런 내용들이 소설가의 노트북 속에 남겨져 있었다. 소설가는 딸이 죽은 후 몇 년 동안 줄곧 딸과 관련된 일기, 딸과 관련된 소설, 딸과 관련된 논픽션을 썼다. 오직 딸에 대해서만 썼다.

딸이 죽던 날 캘리포니아 호텔에서 있었던 일에 대해서도 남겨져 있었다. 그건 소설이 아니라 기록으로 읽혔는데, 그랬음에도 때때로 고개가 갸웃거려졌다. 소설가에게는 쓸데없이 나쁜 창작 본능이 있는 것 같았다. 분명히 사실을 기록하고 있는 것 같은데도 소설처럼 읽혔다. 확실하게 소설인 글도 있었다. 섬에서 쓴 글인 모양이었다. 섬을 배경으로 한 그 소설의 주인공이 전직 형사였다. 그 형사는 무능했다.

현실의 형사들도 무능했다. 그래서 딸이 죽었을 때 소설가는 직접 목격자나 증인을 찾아 백방으로 뛰어다녀야 했다. 그러나 누구도 만날 수 없었고, 누구의 응답도 들을 수 없었다. 그들은 소설가의 질문에 응대조차 하지 않았다. 대중적으로 유명하진 않지만 자기 분야에서 입지를 다진 예술가들은 전화를 해도 받지 않았고, 메시지에도 응답하지 않았고, 이메일도 무시했다.

그 이유는 간단하지 않았다―소설가가 '무제'라는 제목의 소설에서 그렇게 썼다. 사건에 얽히고 싶지 않다거나 자신과 상관없는 일이라서가 아니었다. 그들은 보통 사람들과는 달리 그렇게 저속하지 않았다. 자신들은 그런 사람이 아니라고 믿었다. 그들은 지구 반대편에서 일어나는 전쟁에 반대했으며, 모든 불의에 저항하는 서명을 하고 글을 발표했다. 젠더 문제에도, 퀴어 문제에도 목소리를 내는 데 주저함이 없었다. 환경과 노동 문제에 대해서도 마찬가지였다. 그런데, 그런 그들이 왜, 그 여자애를 보았다는 말을 하지 않았을까.

그들은 그 이유를 찾기 위해 고심했다. 분명히, 분명한 이유가 있을 것이라고 믿었다. 고작 '귀찮아서' '어쩌다보니'라는 대답이 남을 거라고는 생각하고 싶지 않았다. 생각할 수가 없었다. 그러나 아무리 애를 써도 결국은 그래서였다는 결론에 도달하지 않을 수 없었다. 그래서 그들은 소설가의 질문에 더욱더 응답할 수 없었다.

응답할 수 없는 동안, 응답하지 않는 동안 기억이 지워졌다.

지워지고 나니 그깟 일쯤은 아무것도 아니었다. 세상에는 더 부당한 이유로 죽어나가는 사람들이 수두룩했다.

섬에서 소설가를 만났을 때, 그들 중 누구는 그녀를 알아봤고 누구는 그녀를 알아보지 못했다. 한결같이 알아보지 못하는 척한 건 다 같았다.

그들 모두가 그곳에 있었다는 걸 아는 사람은 없었다.

그들 모두가 소설가의 딸을 보지 못했다고 증언했다는 것도 알지 못했다.

"범인은."

안찬기가 입을 열었다. 모두들 바짝 긴장했다. 그런데 범인 이라니…… 어떤 범인을 말하는 것인가. 작가들의 마음을 간 파한 듯 안찬기가 덧붙였다.

"소설가 사망 사건 말입니다. 오동수로 추정됩니다. 아까 추락한."

누구도 아무 소리도 내지 않았다. 한동안은 그랬다. 그러다 누구의 것인지 알 수 없는 한숨이 낮은 휘파람처럼 새어나왔 다. 한없던 추락을 마침내 멈춘 것처럼, 나뭇가지라도 붙든 것 처럼, 아니, 마침내 다 떨어졌는데 떨어지고 보니 트램펄린 위 임을 알기라도 한 것처럼. 그러니까 안전하고 유쾌한 착지.

가장 먼저 표정을 바꾼 사람은 안무가였다.

"그럴 줄 알았어. 범죄자라며. 그 새끼가 아주 흉악한 놈이라며. 그런 놈은 절대로 안 바뀌어. 내가 사람 바뀌는 걸 본 적이 없어."

"그럼. 소설은 소설이지. 애거사 크리스티가 언제 적 얘기야, 대체."

"조용히 좀 들어봅시다! 아직 형사님 말이 끝나지도 않았잖아요. 그러니까 그자가 범인이라고요? 그자가 소설가를 죽였다고요?"

오동수에 대해 이미 알고 있다는 사실을 그들이 그토록 쉽게 드러내는 통에 오히려 안찬기가 놀랐다.

그렇다. 그들은 오동수를 알고 있었다. 섬을 돌아다니는 오동수를 그들이 처음부터 알아봤던 것은 아니었다. 소설가가 시신으로 발견된 직후, 오동수가 침입이라도 하듯 예술가 숙소에 들어와 여기저기를 살피고 다녔다. 낚시를 좋아하는 시인은 섬에서 돌돔 낚시를 하던 오동수와 오며가며 인사를 나누곤 했었다. 그래서 그날 아침 오동수가 그들 숙소에 나타났을 때도 시인이 나서서 그 이유를 물었다. 오동수는 깍듯하게 대답했다. 하필이면 자기가 소설가의 시신을 발견하는 바람에 기분이 착잡하다고. 그러다보니 발길이 이리로 향했다고. 그러나 그런 감상적인 이유로 숙소를 살피는 것 같지는 않았다.

오동수의 표정만 봐도 그걸 알 수 있었는데, 오동수의 중얼거림이 뒤를 이었다. 어디서 본 거야 대체…… 이년을 내가 어디서 보기는 봤는데…… 그건 혼잣말이 아니었다. 예민하고 눈치가 빠른 시인은 금방 알아들었다. 오동수가 자신에게 비키라고 말하고 있다는 걸 말이다. 길 막지 말고 꺼져, 애송아. 그렇게 말하는 것 같기도 했다.

시인은 정말로 그렇게 했다. 자신이 그자를 섬에서 처음 알게 된 게 아니라는 사실을 그때 벼락처럼 깨달았기 때문이었다. 오동수와 스칠 때마다 데자뷔처럼 자신의 기억을 건드리던 간지러움이 뭔지도 그때 알았다. 기억은 이상한 순간에 팝콘처럼 튀어오른다. 소설가의 딸이 죽은 후 경찰의 탐문조사를 받을 때, 그는 오동수의 사진을 봤다. 경찰이 이 사람을 봤냐고 물었고, 아니라고 대답했었다. 그때는 그게 거짓말이라고 생각하지 않았다. 달려가던 사람을, 그냥 한 번 본 얼굴을, 사진만으로는 알아볼 수 없었다. 그렇게 믿었다.

그들 모두가 오동수를 알고 있었다. 그들 모두가 섬에서 낚시를 하는 오동수를 봤다. 오동수는 한 번만 봐도 안 잊히는 인상이었다. 졸개들 두어 명이 오동수와 함께 조폭 분위기를 한껏 풍기고 다녔다.

소설가의 딸이 죽었을 때, 캘리포니아 호텔에 묵었다는 이유로 그들은 어떤 방식으로든 경찰의 탐문조사나 인터뷰에 응

해야 했다.

시인은 그때도 술에 취해 있었다. 워크숍에 와서야 연극에 삽입되는 그의 시가 대폭 편집되었다는 것을 알게 됐었다. 그게 소설가가 한 짓이라는 걸 알았고, 그래서 한바탕 싸우려고 벼르며 술을 마시고 있는데 소설가가 그날 호텔에 머물지 않는다는 말을 들었다. 그는 소설가의 호텔 방문에 자기 똥을 발랐다. 더러운 짓이었다. 더럽고 부끄러운 짓이었다. 술만 깨면 그는 자신이 한 부끄러운 짓에 괴로워졌고, 그래서 또 술을 마셔야 했다. 아무것도 보지 못했고, 아무것도 모른다고 대답했던 것은 그가 한 더러운 짓에 대한 부끄러움 때문일 수도 있었고, 그 부끄러움을 잊느라 또 술을 너무 많이 마셔서였을 수도 있었다.

안무가는 무조건 모른다고 했다. 안 그럴 수가 없었다. 그때 뭘 하고 있었냐는 질문을 받는다면, 대마초는 빼고 그냥 담배만 피우고 있었다고 말해도 됐겠지만, 거짓말하는 건 양심에 걸렸다. 모른다와 거짓말은 다르다고 생각했다. 그렇지 않은가.

아일랜드에 있는 민속 가수에게도 사건 관련 문의 이메일이 갔다. 공식 이메일은 아닌 것 같았다. 어떤 열의 넘치는 경찰이 번역기를 거쳐서 쓴 이메일 같았다. 문장도 안 되고 문맥도 안 맞는 그 이메일을 가수는 무시했다. 그러나 오동수라는 이름은 남았고, 그 머그샷도 기억에 남았다. 눈을 버리게 하는 머그샷이었다.

미국인 화가는 아니었다. 소설가의 딸이 죽던 날, 저수지 근방에서 가벼운 차 사고를 내고 멈춰 섰을 때, 그의 모습이 CCTV에 잡혔다. 사고는 인도를 살짝 침범하는 정도로 가벼운 것이었지만, 음주운전 사실이 걸렸다. 그는 미국에서도 음주운전으로 인해 면허가 취소됐던 경력이 있었다. 실은 사람도 상하게 한 적이 있었다. 그는 이틀 뒤 출국했다. 그래서 경찰의 질문을 받지 않았다.

친구인 연출가가 경찰의 질문을 대신 전해왔다. 오동수의 사진도 그때 보았다. 머그샷이었다. 어느 나라의 머그샷이나 마찬가지로 실제인물을 알아볼 수 없을 정도로 조악한 사진이었다. 게다가 화가에게 오동수는 외국인이었다. 외국인의 얼굴은 잘 분간이 되지 않았다. 소설가의 딸이 죽던 날 그 소녀를 뒤쫓아 달려가던 남자의 얼굴도 마찬가지였다.

소설가가 죽던 날 아침, 그들 숙소에 침입한 오동수를 시인이 알아보지 않았다면 그자가 머그샷 속의 바로 그 오동수인 줄은 전혀 알지 못했을 것이다. 다른 사람들도 마찬가지였다. 쓸데없이 기억력이 좋은 시인 덕분에 그들 모두가 오동수를 기억하게 되었다. 아닌가. 시인이 아니었더라도 스스로 기억하게 되었을까. 그런 건 절대로 잊힐 수 없는 일인 걸까. 기억의 수면 아래 잠복해 있다가 때가 되면 기포처럼 솟아올라 물집처럼 터지는 것일까. 그러나 터진다 한들 무엇이 다르겠는가. 그들은 여전히, 호텔 캘리포니아에서처럼, 오동수와는 아무 관련이 없었다. 그렇게 믿었다.

"소설가의 딸을 뒤쫓아가던 남자가 있었죠. 소설가의 딸은 그 남자에게서 도망치는 중이었고요. 그놈이 사채업자였는데, 소설가의 딸이 그놈 돈을 빌려 썼고, 그걸 못 갚으니까…… 뭐, 이런 설명은 그때 이미 다 들으셨을 겁니다. 그놈이 보통 지독한 게 아니라 끔찍하게 지독한 놈입니다. 오동수 말입니다."

"그러면 그자도…… 그러니까 그 사람도 이분들하고 같이 그 호텔에…… 그러니까 그 캘리포니아 호텔이라는 곳에 있었다는 건가요?"

질문을 한 건 이경훈이었다. 놀라다못해 얼이 빠진 것 같은 얼굴이었다.

"어머, 그자도라니! 그런 놈을 우리랑 엮어서 말하지 마세요. 우리는 거기 예술을 하러 가 있었던 거고, 그놈은……"

안무가의 말을 다시 이경훈이 끊었다.

"그러면 이제 아무도 없는 건가요? 소설에서는…… 아무도 없어야 끝나잖아요."

이경훈 역시 애거사 크리스티의 소설을 읽었다는 사실을 안찬기는 그때 처음 알았다.

모두가 이경훈을 바라보았다.

"소설에서는…… 판사도 처음에는 죽은 것 같았다가 나중에는…… 아니, 제 말은…… 다 끝난 거냐고요, 이제."

그들 모두의 표정이 순식간에 다시 바뀌었다. 정말 끝났을까? 정말로 다 끝나고, 나쁜 놈은 아무도 없게 된 걸까…… 그렇다면 우리는 나쁜 놈이 아닌 걸까…… 나쁘더라도, 정말로 아주 많이 나쁜 놈은 아닌 걸까.

"오동수는 정말로 죽은 건가요?"

이경훈이 안찬기에게 다시 물었다. 미국 화가도 아닌데, 미국 화가처럼 물었다. 이경훈은 계속해서 핵심만 물었다.

"오동수가 소설가를 죽인 건 확실한 거죠?"

얌전하고 성실하기만 한 줄 알았는데, 어쩌면 자신의 생각이 틀렸을지도 모르겠다고 안찬기는 생각했다.

"누가 봤죠? 증거가 있어요? 증인은요?"

안찬기는 대답하지 않았다. 당연한 질문이었고 당연히 대답할 수 있었다. 그런 게 없이 오동수를 범인으로 지목할 리 없고, 예술가들에게 범인으로 공표하지도 않았을 것이다. 증거도 증인도 있었다. 있어야 했다. 그들은 곧 그걸 알게 될 것이다.

"있습니다."

침묵.

"증거, 그리고 물론 증인도 있습니다."

더욱 완강한 침묵.

"어쩌면 여러분 중에도 목격한 사람이 있을지 모르죠. 잘 기억해보시면 말입니다, 여러분도 보셨을 겁니다. 내 말은 여러분들은, 예술가분들은 보통 사람들보다 훨씬 민감하고 예민하고 눈도 밝은 사람들이라는 거지요. 일반 시민이 아니시잖아요, 여기 계신 분들은? 오, 비꼬는 게 아닙니다. 여기 계신 분들은 실은 보이는 것보다 더 많은 걸 보는 사람들이라는 뜻이죠. 그러니까 오동수가 소설가를 떠미는 걸 보신 분도 있을 수 있다는 거죠. 잠깐 까먹고 계셨더라도, 이번에는 확실히 보셨을 수도 있다는 거죠. 소설가의 딸을 보셨던 것처럼 말입니다. 그러니 아주 잘 기억해보시라는 말입니다."

또다시 침묵, 그리고 마침내 서서히 다가오는 경악.

안무가가 또다시 울음을 터뜨렸다. 눈치도 빠르고 리액션도 빠른 여자였다. 시인의 얼굴이 절망적으로 변했다. 플라스크의 술이 떨어진 것이다. 번역기를 통해 안찬기의 말을 뒤늦게 이해한 가수와 화가의 얼굴은 이해 불가에서 고요, 그다음에는 자포자기의 순서로 변해갔다.

그때 작곡가가 말하기 시작했다.

"형이 그 남자를 봤다고 그러더군요. 오동수 말입니다."

마치 한 챕터가 끝나기도 전에 또다른 챕터가 시작되는 것처럼, 작가들은 다시 경악하며 작곡가를 바라봤다.

"네, 이제 제가 말할 차례인 것 같습니다. 형사님은 이미 알고 계실 것 같군요. 그렇습니다. 연출가가 제 형입니다. 여자애가 위험에 처한 걸 눈으로 보면서도 구하지 않았죠. 저 가수…… 저 미친 여자하고 줌 미팅중이었거든요. 저작권 침해로 국제 소송을 걸겠다고, 카메라 앞에서 한 발자국만 움직이면 인생을 끝장내주겠다고 그랬답니다. 여자애가 필사적으로 도망치는 걸 보면서도 형은 컴퓨터 앞을 떠나지 않았습니다. 못 한 거지요. 심약하고 착한 사람이었습니다. 여자애가 죽고, 연극이 실패하고, 형도 죽었습니다. 스스로 선택했습니다. 연극이 실패한 후 괴로움을 못 견뎠거든요. 유서를 내게 남겼는데, 소설가가 집요하게 그 유서를 보여달라고 했습니다. 저는 거절했고요."

"여자애가 죽은 게, 그럼, 그게 내 잘못이라는 거야? 내 노래를 마음대로 갖다 쓴 니들은 뭔데! 난 거짓말인 줄 알았다고! 난데없이 어떤 여자애가 위험하다고 그러니까…… 그냥 그 자리에서 피하려고 이 양반이 소설 쓰고 앉았네, 그랬단 말이야!"

"중요한 건 그게 아니잖아, 지금!"

시인이 외치는 말에 다시 정적이 찾아왔다. 그랬다. 중요한 건 그게 아니었다. 중요한 건 그들 모두가 죽은 여자애를 쫓아가던 남자를 봤다는 사실이었다. 그 남자가 오동수라는 걸 알고 있다는 사실이었다. 적어도 더는 모른 척할 수 없게 되었다는 사실이었다. 그들 모두가 안찬기를 바라보았다. 절박한 시선이었다. 그들은 오동수가 소설가의 딸을 '죽일 듯이' 쫓아가는 것을 보았다. 그렇다고 그게 오동수가 소설가의 딸을 죽이는 걸 봤다는 뜻은 아니었다. 그렇다고 그게 오동수가 나쁜 놈이 아니라는 뜻은 아니었다. 그렇다고, 그래서, 그러므로……

안찬기의 말은 오동수가 범인이어야 한다는 소리였다. 소설가의 딸을 죽인 범인이든, 소설가를 죽인 범인이든…… 그런데 범인이면 범인이지, 범인이어야 한다는 건 무슨 뜻일까. 그리고, 그들은 왜 공모해야 하는 것일까.

그들은 안찬기가 하는 말의 뜻을 알아들었다. 외면의 대가를 치르라는 말이었다. 그때 소설가의 딸을 외면했던 대가를 지금 치르라는 말이었다. 왜, 왜 그래야 하는 것일까? 그러지 않으면 어떻게 된다는 것일까?

그러지 않아도 아무 일도 일어나지 않을 것이다……

기껏해야 『그리고 아무도 없었다』 같은 소설이나 남겨지겠지…… 그래봤자 소설은 소설인 거지…… 현실에서는 절대로 그런 일이 일어나지 않지.

그러나, 섬에 들어갈 때마다 태풍을 걱정하겠지. 고립을 걱정하겠지. 자신들에게 죄가 있나 없나를 따지다가 뒤통수가 따끔따끔하겠지. 그럴 때는 누가 어깨만 건드려도 기겁을 하 겠지…… 무엇보다도…… 고상한 생각을 할 때마다 어딘가 가 찔리겠지……

그들이 외면한 건 증언이 아니었다는 걸 누구보다 그들 자 신이 잘 알고 있기 때문이었다. 그들이 외면한 건 그 소녀였 다. 그들은 그 소녀를 구하기 위해 달려가지 않았다. 대마초를 피웠고, 추잡한 짓을 했고, 엉덩이를 들썩거리면서도 줌 미팅 을 멈추지 못했다. 그 소녀가 누군가를 피해 필사적으로 달려 가는 걸 보면서도 그랬다. 그들이 외면한 건 그 소녀였고, 또 바로 그들 자신이었다.

그리고 그때부터 그들은 덫에 갇혔다. 그들 죄의 덫에. 그 덫에서 나갈 방법은 하나밖에 없다는 걸 그들 모두가 그 순간 에 깨달았다.

"오동수는…… 죽은 거죠? 죽은 건 확실한 거죠?"

안무가의 질문에 안찬기는 대답하지 않았다. 오동수가 죽었 다는 걸 확인한 후에야 오동수가 소설가를 떠미는 걸 봤다고 믿을 수 있을 거라고 생각하는 것 같았다. 그게 아니더라도 그 비슷한 거라도 봤다고 말이다. 오동수는 충분히 그럴 놈이니 까, 그러고도 남을 놈이니까, 그랬을 거라고 말이다.

그러나 오동수가 기적적으로 목숨을 건졌다는 걸 알게 된다 면, 그들은 어떤 결정을 내릴까. 어떤 결정을 내리든, 대답을 찾는 건 그들 자신들일 것이다. 이번만큼은 그 대답을 회피할 수 없다는 것 또한 알고 있을 것이다.

그리고 물론 안찬기는 자신에 대해서도 생각했다. 그는 단순한 사람이었다. 복잡한 건 딱 질색이었다. 소설가가 자신을 왜 선택했는지에 대해서는 알고 싶지도 않았다. 그게 어떤 이유라도 그는 자신이 같은 결정을 내렸을 것이라는 걸 알았다. 결정 과정은 명확했다. 오동수는 쓰레기라는 것. 쓰레기는 치워버려야 한다는 것, 그것도 영구히. 그리고 자신은 신을 믿지 않는다는 것. 전에는 신 대신 직장과 월급을 믿었으나, 이제는 퇴직을 했으니 믿을 필요도 기댈 이유도 없다는 것. 그래서 자유롭다는 것.

안찬기가 그런 생각을 하고 있는 동안, 시인이 공동 주방으로 가 찬장 문을 죄다 열기 시작했다. 술을 찾는 것이었다. 화가가 일어나 턴테이블 쪽으로 걸어갔다. 음악이 흘러나왔다. 미리 찾아놓은 듯, 이글스의 〈호텔 캘리포니아〉가 흘러나오기 시작했다.

You can checkout anytime you like,

But you can never leave

영어가 모국어인 외국인 아티스트도, 영어라고는 한마디도 못하는 한국인 예술가도 그 가사는 알아들었다.

그들은 영원히 떠나지 못할 것이다.

3

『그리고 아무도 없었다』에서 가장 불만스러운 점은 그 소설에 형사도 탐정도 등장하지 않는다는 것이었다. 섬을 떠나기 전날 밤 안찬기는 난생처음 전자책이라는 것을 사서 그 소설을 다시 읽었다. 소설에는 탐정 포와로는커녕 미스 마플도 등장하지 않았다. 사건의 진실은 오직 집행자이며 살인자인 판사의 독백, 혹은 진술로만 남았다. 그리고 판사의 비밀이 적힌 노트는 유리병 속에 담겨 바다에 던져졌다. 그러니까, 누군가 발견하지 않는다면 영원히 비밀로 묻힐 진실.

나도 그렇게 해야 할까.

바람이 멎고, 배가 다시 운항하기 시작했다. 부두에서 배를 기다리는 동안, 안찬기에게는 생각이 많았다. 후회, 불안, 걱정, 그런 게 아니었다. 모든 일이 잘 풀릴지, 그게 궁금할 뿐이었다.

혈흔. 무엇보다도 혈흔에 대한 생각이 가장 많았다. 소설가의 손톱 밑에 있던 혈흔을 노트북의 지문을 해제하면서 발견했다. 오동수의 팔목에 밴드가 붙어 있던 것을 안찬기는 기억했다. 오동수가 담배를 피우느라 계속 팔을 들어올리고 있어 그 밴드가 눈에 잘 띄었었다. 소설가와 오동수가 해변에서 실랑이를 하는 걸 본 사람들이 있었다. 소설가가 오동수의 팔을 붙잡았고, 오동수가 그녀를 떼어냈다.

문제는 그 상처가 생긴 시점이었다. 오동수는 섬의 유일한 가게에서 상처에 붙일 밴드를 샀다. 가게 주인이 오동수를 꺼려서 돈을 받지 않았다. 영수증이 없다는 뜻이었고, 밴드를 산 시간, 즉 상처가 생긴 시간을 특정할 수 없다는 뜻이었다. 오동수가 가게에서 밴드를 사가는 걸 본 사람들이 있기는 했다. 태풍 때문에 물질을 나가지 않은 할머니들이 모두 가게 앞 평상에 모여앉아 한담을 즐기고 있었다. 그들은 오동수와 소설가가 무슨 이유인가로 실랑이를 하는 것도 보았다. 그날이 소설가가 죽은 날인지 다른 날이었는지는 아무도 기억하지 못했다. 누구도 기억하려고 하지 않았다. 몰라, 몰라, 몰라. 할머니들은 한결같이 대답했다.

기억하지 않든, 못하든, 결과는 다를 바가 없었다. 오동수는 소설가를 알고, 소설가와 실랑이를 벌일 정도로 사연이 있는 사이인데, 소설가의 손톱 밑에 묻은 혈흔은 그 실랑이 때문인지, 아니면 바닷속으로 떠밀고 떠밀리고 하다가 남은 것인지 알 수 없다는 것. 합리적 추론상 후자일 가능성이 더 크다는 것. 게다가 소설가가 산책을 나간 후 소설가의 뒤를 쫓아가는 어떤 남자를 보았다는, 본 것 같다는, 아니 혹시 보았을까 한다는 증언들이 여럿 있다는 것.

혈흔보다 더 많은 것을 소설가가 노트북 속에 남겨놓았다. 소설인지 논픽션인지 정확히 구분할 수 없는 기록들에 의하면, '여자아이'가 죽던 날, '나쁜 놈'이 호텔에 있었다. 호텔 이름은 호텔 캘리포니아. 나쁜 놈이 그 호텔에 온 것은 연극과는 아무 상관이 없었다. 그 호텔 캘리포니아 옆에 페아파트 단지가 있었는데, 그 부지와 관련된 이권을 알아보려고 내려왔던 것이었다. 그곳에서 우연히 돈을 안 갚고 달아난 여자아이를 맞닥뜨렸다. 여자아이가 이뻤다. 그는 재미삼아 사냥을 시작했다. 소설인지 르포인지 알 수 없는 기록이 담긴 파일 제목이 '토끼사냥'이었다.

소설이 아닌 실제 자료들도 있었다. 오동수가 관련된 모든 범죄 기록이 있었고, 담당 형사들의 이름도 있었다. 안찬기의 이름도 있었다. 경찰 뺨치는 조사이기는 했지만, 경찰도 찾지 못한 살해 증거를 소설가가 찾을 리는 만무했다. 세상에는 기도와 간절함만으로 해결되지 않는 일이 기적적으로 해결되는 일들보다 훨씬 더 많았다. 압도적으로 많았다.

그래도 소설가는 포기하지 않았던 것 같다. 그녀는 딸이 주인공인 소설을 쓰기 시작했다. 현실에서 이룰 수 없다면, 현실보다 더 완벽한 소설을 쓰기로 했다고 일기에 적어놓았다. 그 소설 '토끼사냥'의 끝이 자신의 죽음이었다. "딸을 구하지 못한 엄마의 너무나 마땅한 죽음"이라는 구절을 안찬기는 반복해서 읽었다.

소설 속에서 소설가는 음독 후 투신한다. 소설 속 소설가가 말기 암 환자였다. 마약성 진통제가 많았다. 치사량의 약을 먹는 건 쉽지 않았고 투신도 쉬운 일은 아니었다. 그렇더라도 둘 다 해야만 하는 이유가 있었다. 투신만 할 경우 자칫 죽음에 성공하지 못할 수 있고, 시신이 파도에 휩쓸려 사라져버릴 수도 있었다. 시신이 안전하게 발견되기 위한 투신과 죽을 정도의 음독이 필요했다. 발만 적시고 바닷속으로 더 들어가지 않은 것은 발견되기 위해서였다. 손톱의 혈흔이 지워지지 않게 하기 위해서였다. 태풍은 경찰의 입도를 늦출 것이다. 바람이 부는 동안, 죄 지은 자들이 그들의 죄를 곱씹을 것이다. 그들의 죄가 그들의 목을 조를 것이다.

그러나 소설은 소설이었다. 게다가 정말이지 많은 것이 필요한 소설이었다. 섬이 필요하고, 태풍도 필요하고, 그처럼 약간 맛이 간 전직 경찰도 필요했다. 당연히, 하느님도 필요했다.

그럼에도 소설은 이루어졌다. 아니, 거의 이루어지는 중이었다. 그의 역할이 남아 있었다. 소설 속으로 뛰어들지, 아니면 소설은 소설일 뿐이라고 할지. 그가 결정하지 않더라도 소설가의 노트북이 경찰에 넘어가는 순간 사건의 진실은 밝혀지게 될 것이다. 어느 쪽이거나 상관없다고 소설가는 생각했을 것이다. 어쨌든 오동수의 죄는 밝혀질 테니까.

그러나, 나 역시 상관없을까.

그 노트북을 내가 가장 먼저 켜볼 것이라는 걸 소설가는 과연 계산에 넣지 않았을까.

소설가의 노트북이 공개되면 오동수의 죄는 밝혀지겠지만, 벌은 받지 않을 것이다. 소설가의 딸의 죽음에 관해서는 여전히 증거가 없었고, 소설가의 죽음은 오동수가 한 짓이 아니었다.

그래서 또 한번 풀려나게 놔둔다고?

안찬기의 손가락은 삭제 키 위에 놓여 있었다.

그걸 누를지 안 누를지는 오직 그 자신이 결정할 일이었다.

오동수는 유죄여야 했다.

그래야 할 이유가 백 가지 천 가지는 되었다.

그는 아직도 오동수가 그의 귀에다 대고 속삭이던 욕설을 기억했다.

그래 내가 그랬다, 어쩔래, 새꺄.

어쩔 거냐고? 안찬기는 대답해주고 싶었다.

이럴 거다, 어쩔래, 새꺄.

배 한 척이 들어오고 있었다. 곧 소설가의 시신이 나가게 될 것이고, 오동수도 병원으로 이송될 것이다. 그날 아침, 안찬기가 떠날 짐을 챙기고 있을 때 오동수의 졸개 하나가 안찬기를 찾아왔다. 다리가 부러지고 오만 군데가 부서진 오동수가 사정없이 앓는 중인데, 그 와중에도 안찬기를 보고 싶어한다고 했다. 가봐야 할 이유가 없었지만 선착장으로 가는 길에 오동수의 숙소가 있기도 했고, 또 그자가 갯바위 위에 올라갔던 이유도 궁금해서 가보았다.

"씨발, 나 좆 된 거 맞죠?"

오동수가 말했고, 안찬기는 비참하기 짝이 없는 몰골로 누워 있는 그를 그냥 물끄러미 내려다보기만 했다.

미친놈은 미친년을 알아본다. 오동수는 섬에서 만난 소설가가 미친년일지도 모르는 게 아니라 정확히 미친년이라는 걸 직감적으로 알았던 모양이었다. 다만 그 미친년을 예전에 본 적이 있다는 것은 기억하지 못했다. 그 미친 여자가 죽기 전 자기 팔목에 남긴 상처도 찜찜하고, 그 여자 시체를 자기가 발견한 것도 찜찜하고, 그때 하필이면 안찬기라는 자가 섬에 있는 것도 찜찜했다. 찜찜하지 않은 게 하나도 없어서 안찬기가 현장검증을 하고 있다는 말을 듣고 나가보지 않을 수가 없었다. 구경꾼이 많으면 거기 섞여서 슬쩍 볼 참이었는데, 구경꾼

은커녕 지나가는 개 한 마리가 없었다. 그래서 바위에 올라가서 멀찌감치 보기로 했다.

바위 위에 올라서자마자 뭔가 하얀 것이 펄럭이며 물속으로 달려들어가는 것을 보았다. 기시감 같은 것이 일었다. 언젠가 저런 장면을 보았는데…… 흰 토끼 한 마리가 도망을 치듯이 필사적으로 달려가는 걸…… 그것도 물속으로 달려들어가는 걸…… 그때 캘리포니아 호텔이 떠올랐다. 그 늙은 소설가를 어디서 봤는지도 떠올랐다. 자기의 뒤를 캐고 다닌다는 그 미친년이 여자애의 엄마라는데, 하도 같잖아서 냅둬라, 했던 기억이 있었다. 무엇보다도 그는 그 여자애에게 '아무 짓도 안 했다'.

"정말로 저수지로 첨벙첨벙 들어갈 줄은 몰랐단 말이죠. 첨벙첨벙 들어가서는 안 나오더라고요. 돈만 갚으면 되는데 왜 자꾸들 죽어, 죽기를…… 목숨이 귀하지, 돈이 귀해?"

오동수가 실성한 것처럼 웃음을 터뜨리더니 뚝 멈추고 안찬기를 올려다보았다.

"내 말 안 믿죠?"

그렇게 말하는 와중에도 오동수는 팔목의 상처를 정신없이 긁고 있었다. 다친 곳이 수도 없이 많은데 밴드를 붙였던 자리의 상처만 긁고 있었다.

"그 늙은 년 손가락을 잘라버렸어야 했는데."

오동수는 정말 그렇게 할 작정이었다. 캘리포니아 호텔을 기억해낸 그는 갯바위 위에서 다급히 핸드폰을 꺼냈다. 전화는 연결되지 않았다. 그는 졸개 하나에게 급히 문자를 찍었다.

지금 당장 창고로 가.

씨발 그년, 손가락 잘라버려. 그 시체 말이야, 썅!

마지막 문자를 급히 찍느라 그는 발밑을 살피지 못했다. 발밑에서 시커멓기도 하고 새하얗기도 한 손 같은 것이 기어올라와 그의 발목을 잡으려 하고 있다는 것을 말이다.

"정말로 손이었다고요. 이 섬에는 미친년만 있었던 게 아니라 귀신도 있습니까, 형사님?"

오동수가 진통제에 취해 있다는 걸 그때 알았다. 어쩌면 섬 어딘가에 양귀비가 자생하고 있는지도 몰랐다. 그렇다 한들 어느 인심 좋은 주민이 췄을 리는 없을 테고, 오동수가 쟁여놓고 있었던 것일 테다. 해마다 섬에 온 것은 돌돔 낚시 때문만이 아니라 그 때문일지도 몰랐고.

여객선이 들어왔다. 배가 섬을 떠날 때, 안찬기는 선창 너머로 높은 갯바위를 보았다. 언제 태풍이 불었냐는 듯 쨍하고 화창한 날씨라 눈이 부셨지만, 그래서 잘못 본 것이려니 생각이 들기는 했지만, 그 갯바위에 정말로 귀신의 손 같은 것들이 너풀너풀했다. 너풀너풀하는 것은 그것뿐이 아니었다. 섬으로 밀려드는 파도의 포말들이 하얗게 일어서서 무수한 흰옷 입은 여자들로 변하는 게 아닌가. 여자들은 일제히 돌아서서 바다를 향해, 물속으로 뛰어들었다. 한 명이 투신하고, 또 한 명이 투신하고, 또 한 명이 투신했다. 이해할 수 없는 환영이었다.

그들은 왜 자꾸 물속으로 걸어들어가나. 세상의 모든 딸들이 왜 물속으로 걸어들어가나.

여객선은 점점 더 섬에서 멀어지고 있었다.

물속의 입

꿈이 아니라고 말했다고 했다. 굳이 말하자면 아마도 기억의 일종인 거 같다고. 이상한 말이 아닐 수 없었다. 기억의 일종이라니. 기억에도 종류라는 게 있나? 그런 것도 종류라고 할 수 있는지는 모르겠으나 단기기억이니 장기기억이니 하는 말이 떠오르기는 했다. 나이가 들면 가까운 기억은 점점 사라지고 오래된 기억만 남게 된다는 것은 나도 잘 알았다. 방금 전에 뭘 하려고 했는데 그게 뭐였는지 기억나지 않을 때가 많았다. 대신에 일 년 전 일, 십 년 전 일은 새삼 생생해졌다. 오래된 것일수록 더 생생해졌다. 주로 노여움과 분노, 부끄러움에 관한 것들이었다.

그러나 지금 내가 듣고 있는 말이 그런 것에 관한 말이라고는 생각되지 않았다. 내 아이의 말을 전해주고 있는, 내 아이의 전 남자친구인 이 아이는 어휘력이 부족했다. 대신 말을 정확히 옮기려고 노력했고, 그래서 말 한마디 한마디가 마치 못을 박는 듯했다. 마치 스스로의 손등에 박는 못 같은 말들.

빙판 위에 있었다고 했어요. 물이 다 얼어 빙판이었다고요. 그런데 그 빙판이 갈라진다고요. 발밑에서 얼음이 깨지고 있다고요. 쩍쩍 갈라지고 있다고요.

이해할 수가 없었다. 내 아이는 빙판 위에 있을 아이가 아니었다. 그애는 스케이트를 탈 줄 몰랐고, 스키도 마찬가지였다. 어려서 자전거를 타다 크게 다친 적이 있는데, 그후로 모든 탈 것에 겁을 먹었다. 모든 미끄러운 것과 차가운 것 역시 마찬가지였다. 꿈속에서라도 빙판 위에 서 있을 아이가 아니었다.

그렇더라도 꿈이라고 말했다면, 내 아이가 그렇게 말했다고 한다면 간신히 이해할 수는 있을 것이다. 그런 꿈을 꿨다니 얼마나 무서웠을까 생각하고 말 것이다. 그러나 내 아이는 그게 꿈이 아니라 기억의 일종이라고 말했다는 것이다.

그런데 돌아갈 수가 없다고요. 지나온 빙판이 전부 깨져서 앞으로 갈 수밖에 없다고요. 발밑이 자꾸 꺼진다고요. 그래서 비명을 질

렀다고······

　뭐라고요?

　네?

　뭐라고 비명을 질렀냐고 물었으나 아이는 알아듣지 못했다. 차라리 다행이라고 생각했다. 빙판이 갈라져 물에 빠지는 순간 내 아이가 마지막 질렀을 비명이 어떤 말이었는지 안다면, 그 고통을 견딜 수 없을 것이다. 아마도 목놓아 울게 될 것이다. 앤, 앤, 빨간 머리 앤! 소리를 지르며.

　그런데 난데없이 빨간 머리 앤이라니. 그건 정말이지 오래된 이름이었다. 기억 속에 처박혀 다시는 떠오르지 않을 줄 알았던 딸의 유치원 때 이름이었다. 그때 딸의 유치원에서는 일주일에 세 번, 한 시간씩 영어 놀이 수업을 했었다. 내 아이의 이름은 앤, 빨간 머리 앤. 그리고 내 아이의 첫사랑, 여섯 살 빨간 머리 앤이 좋아했던 남자아이의 이름은 제이슨.

　그런데 생각해보니, 어쩌면 빙판이 아니었을지도 모르겠다고 했어요.

　뭐라고요?

　물이었을지도 모른다고요.

다시 한번 뭐라고요, 묻고 싶었으나 나는 그러지 않았다. 대신 다시 한번 아이를 뚫어지게 바라보았다. 나는 이 아이를 몰랐다. 아는 것이라고는 이 아이가 내 딸의 전 남자친구라는 사실뿐이었다. 짐작하기로는 가장 최근에 헤어진, 그러니까 내 아이의 가장 최근 전 남친.

나는 이 아이의 연락처를 딸의 카톡에서 찾아냈다. 별명이 아니라 이름으로 저장되어 있었다. 그러니까 조금만 더 기억을 더듬으면 이 아이의 이름이 떠오를 텐데, 아무리 애를 써도 그 이름 대신 딸의 유치원 때 첫사랑 이름만 떠올랐다. 제이슨, 제이슨, 제이슨.

앤과 제이슨이 다닌 유치원은 교회 부설이었다. 앤과 제이슨은 둘 다 그 교회에서 유아세례를 받았거나 받을 예정이었다. 신심이 강한 사람들의 아주 작은 교회였다. 작은 교회지만 아주 특별한 세례식을 했는데, 성수를 이마에 찍거나 머리에 뿌리는 게 아니라 머리를 물속에 완전히 집어넣었다 빼내는 방식이었다. 한 아기가 세례 직후에 사망했는데, 경찰은 아기의 죽음이 교회 의식과는 무관하다는 신도들의 증언을 무시했다. 교회는 사이비로 낙인찍혔고, 결국 붕괴되었다.

어린 앤은 물을 무서워했다. 손 씻기도 세수도 싫어했다. 욕조에 몸을 넣으면 자지러졌다. 모든 탈것과 미끄러운 것과 차가운 것을 합친 것보다 더 물을 무서워했다. 어쩌면 세례를 받던 그날부터였을지 모른다. 그날, 앤은 울어도 너무 울었다. 너무 추운 날이었다. 물그릇 속 성수가 꽝꽝 얼 것 같은 날이었다. 앤의 울음소리가 지금도 기억에 생생하다. 그날 세 명의 아이가 세례를 받았는데, 우는 애는 앤뿐이었다. 나는 앤의 얼음같이 차가운 엉덩이를 꼬집었다. 그래도 울음을 그치지 않아 강보로 앤의 얼굴을 덮어야만 했다. 앤의 들숨과 날숨에 맞춰 보자기가 들썩들썩했다.

왜냐하면,

제이슨이 말을 이었다.

빙판이면 발밑이 꺼졌을 텐데, 자긴 머리가 먼저 들어갔다고요.

나는 제이슨의 입을 틀어막고 싶었다. 어떻게 해도 이름이 떠오르지 않아 제이슨은 아니지만 제이슨이라고밖에는 부를 수가 없게 된 빨간 머리 앤의 가장 최근 전 남친은 지금 자기가 무슨 말을 하고 있는지 모르는 것 같았다. 머리가 먼저 들어갔다면 그건 더이상 기억의 문제가 아니라 행위의 문제였다. 어쩌면 존재의 문제일 것이다. 빠지는 자세와 들어가는 자세, 능동과 피동의 상태가 다른 것이다.

게다가 그것은 기억이 아니었다. 꿈도 아니었다. 앤은 물에 빠졌다. 사고가 아니었다. 앤은 누군가에게 쫓긴 것처럼, 그것도 아니면 자진하여 뚜벅뚜벅 걸어간 것처럼 그냥 물속으로 걸어들어가 빠졌다. 그러니 머리부터 들어갔다면, 기억이든 아니든, 그건 틀렸다. 그러나 만일 틀리지 않았다면 어떻게 되는 것일까. 모두 거짓이라는 말이 되는 것일까.

그런데 어쩌다 그런 일이 벌어진 것일까. 앤이 물에 빠지기도 전에 이미 물에 빠진 기억을 가지고 있었다는 말은 믿고 싶지도 않았고, 이해되지도 않았다. 그렇다면 제이슨이 거짓말을 하고 있다는 뜻일 텐데, 어째서 거짓말을 하고 있는지도 알고 싶지 않았다. 지금 나를 몸서리치게 하는 것은 오직 그 순간 앤이 얼마나 무서웠을까 하는 생각뿐이었다.

앤은 얼마나, 얼마나 무서웠을까.

무서움에 대해서라면 나도 잘 알았다. 발밑이 빙판처럼 갈라지는 것 같던 날들의 기억. 다 잊어버린 줄 알았는데 가까운 기억이 사라지면서 오래된 기억이 수면 위로 드러났다. 주로 부끄러움과 분노와 노여움에 관한 것들. 오래전에는 기도를 많이 했었다. 그러나 교회가 붕괴된 이후로 더는 기도할 곳을 찾을 수 없었다.

그 머리는 어떻게 되었나요?

130

뭐라고요?

앤의 머리 말이에요.

이상한 질문이란 것을 안다. 그러나 하지 않을 수 없는 질문
이었다. 세례식 날의 앤이 떠오른 후, 그 기억을 덮을 다른 먼
기억이 떠오르지 않았던 것이다.

앤은 물속에 머리가 잠기자마자 그토록 악착같던 울음을 뚝
그쳤다. 하기야 물속에서 어떻게 울 수 있겠나. 머리가 물에
잠긴 아이가 눈을 동그랗게 뜬 채로 나를 쳐다보았다. 유리 물
그릇에 담긴 아이의 머리는 마치 강이나 바닷가의 자갈처럼
비현실적으로 부드럽고, 둥글고, 아름답고, 투명했다. 그때 아
이의 발목을 붙들고 있던 나는 아이의 머리를 붙든 목사님을
바라보며 생각했었다. 내가 발목을 붙들고 있는 아이가 앤일
까, 목사님이 붙잡고 있는 머리가 앤일까.

기억은 휩쓸려 밀려가 마침내 더 먼 기억에까지 가닿는다.
앤을 난산으로 출산하던 날의 기억이다. 아이는 거꾸로 들어
선데다가 탯줄이 목을 감고 있었다. 병원에 가는 걸 금지하는
교회라 산파가 직접 아이를 받아야 했다. 산파는 발목을 잡아
당겨 가까스로 아이를 세상으로 끌어냈다. 아니, 거짓말이다.
거짓말 같은 기억이다. 거짓말 같은 기억의 일종이다. 가까운
기억이 사라지고 먼 기억만 남게 되는 이유는 먼 것일수록 거

짓말을 섞기가 용이해서일 뿐이다.

병원에 가는 것은 금지했지만 아이를 낳는 것은 권장하던 교회였다. 세상이 싫어서 천국을 꿈꿨던 것인데, 그 끔찍한 세상에 아이를 불러오는 것이 나는 싫었다. 세례식 날, 앤의 엉덩이를 사정없이 꼬집었다. 그러니까, 앤, 나는 너를 낳고 싶지 않았던 것과 너를 태어나게 하고 싶지 않았던 것과 너를 이세상 전부보다 더 사랑한 것 중, 그중 어느 것이 사실인지 알수가 없다는 거야. 진심이 아니라 사실 말이야. 진심 같은 게무슨 소용이 있겠어. 속아넘어가는 건 언제나 허약한 마음인데. 너도 내가 무슨 말을 하는지 곧 알게 될 거야. 아니, 어쩌면 벌써 알고 있을까. 태어나고 싶지 않았던 것과 기어코 살아내고 싶었던 것 중 어느 것이 진심인지 너는 이미 알고 있었을까. 물속으로 걸어가는 동안, 물속으로 빠져들어가는 순간, 너는 이미 그것을 알았을까.

그때 너의 기억은 못이 박히듯이 쾅쾅 너에게 박혔을까.

못이 박히듯.

이 말이 나를 끌어당긴다. 한때 내게 목수인 연인이 있었다는 기억과 함께. 아니, 그 또한 알 수 없다. 기억의 혼란과 더불어 심지어는 제이슨이 바로 그 사람, 내 연인이었으며 앤의아비라는 생각도 든다. 어쩌면 나의 아버지일지도 모르지. 우리 모두가 아빠라고 불렀던 목사님. 그래서 우리는 족보가 다

뭉개진 형제자매였거든. 목사님이 아버지이므로 앤과 나는 모녀이면서 동시에 자매였거든. 발밑이 꺼지는 세상의 자매들 말이야.

그런데 앤은 지금 어디에 있지요?

내가 물었고, 제이슨은 넋이 나가버린 얼굴로 나를 쳐다보았다.

앤은…… 앤은……

아니다. 제이슨이 그렇게 말했을 리 없다. 내 아이가 한때 앤으로 불렸다는 것을 제이슨이 알 리 없을 테니 말이다. 그러므로 제이슨의 말은 아마도 '그앤…… 그앤……' 이런 것이었겠지. 그런데 그 끝에 무슨 말을 하려고 했을까.

침묵이 이어졌다. 제이슨의 표정이 분 단위로, 나중에는 초 단위로 바뀌었다. 불안, 그후에는 자포자기, 그후에는 분노…… 그러나, 분노라니? 그건 이상한 감정이 아닌가. 앤의 카톡에서 그의 연락처를 찾아내 전화했을 때, 제이슨은 아무것도 모른다고 했다.

그들은 이미 헤어진 사이였으며, 그가 앤의 거의 마지막 순

간을 같이하게 된 것은 앤의 부탁 때문이었다고 했다. 그에게
는 차가 한 대 있었다. 스무 살밖에 안 된 아이에게 자기 차가
있다는 것이 이상했는데, 나중에 알고 보니 훔친 차였다. 그
훔친 차로 제이슨은 앤을 저수지 근방까지 데려다줬다. 운전
하는 내내 앤─그 미친년, 그 재수없는 년, 귀신 같은 년─이
물에 빠지는 꿈 얘기를 했다고 했다. 제이슨이 듣기엔 꿈 얘기
가 분명한데, 앤은 그게 꿈이 아니라 기억인 것 같다고 정신
나간 소리를 하더라고 했다. 너무 지겨워서 나중에는 입 닥치
라고 소리를 지르거나 그 입을 한 대 쥐어박아주고 싶었는데,
물론 그는 앤의 엄마 앞에서 그렇게 말하지 않았고 최대한 공
손하게 정말이지 예의를 다했지만, 하고 싶은 대로 다 말할 수
만 있다면, 나중에는 정말이지 앤─그 미친년, 지겨운 년─
을 차 바깥으로 떠밀어버리고 싶었다고 말했을 것이다. 그날
차가 저수지 옆을 지나갔다면, 앤은 이미 그때 물에 빠졌을 거
라고 말하고 싶었을 것이다.

　내가 아니에요.

　제이슨이 말했다. 그렇게 말하는 표정이 또 순식간에 바뀌
었는데, 그 표정에 대해서는 뭐라고 이름을 붙여야 할지 알 수
없었다. 슬픔과 두려움과 자포자기에 분노가 뒤범벅된 표정?

부글부글 끓는데 그 기포마다 다른 감정이 터지고 있었다. 기포가 터져 한 액체에 뒤섞였다. 발밑을 끌어당기는 점액질의 액체…… 슬픔은 아니었다. 분노도 아닌 것 같았다. 그것은 일종의 공포 같았다.

그는 거짓말을 하고 있었다.

그리고 그 거짓말을 들키는 중이었다. 적어도 그 자신은 그렇게 생각하는 중이었다.

씨발.

그리고 갑자기 제이슨이 속삭였다. 너무 낮게 속삭여 제대로 들었는지도 알 수 없었다. 그러나, 그 눈만은 분명히 볼 수 있었다. 앤의 꿈, 혹은 앤의 기억을 얘기할 때의 그 얼굴이 아니었다. 방금 전까지 겁에 질려 있던 얼굴이 갑자기 포식자의 얼굴로 변했다. 꿈을 먹어버린 자의 얼굴, 자기 꿈뿐만 아니라 남의 꿈까지 먹어버릴 수 있는 자의 눈, 아직 꾸지 않은 꿈까지도 삼켜버릴 수 있는 자의 길고 시뻘건 혓바닥 같은 얼굴과 눈빛.

너잖아, 쌍년아. 네가 죽였잖아, 네 딸.

잘못 들은 말이었다. 제이슨이 한 말이 아니었다. 다만 내 귀가 잘못 들은 말이었다. 그러므로 어디서부터 전해져온 것인지 알 수 없는 말, 잘못된 말들.

어쩌면 그 말은 나의 내부로부터 들려온 것일지도 모른다.
내가 지키지 못한 딸, 내가 구하지 못한 딸……

나는 앤을 잃었다. 기억도 잃었다. 기억을 잃은 것이 아니라
기억하지 않는 것일지도 모른다. 무서우니까. 무엇이 무서운
지도 모른 채로 그냥 무섭기만 하니까.

고백한다. 나는 아무것도 기억하지 않는다. 먼 기억은 다시
먼 기억에 의해 소실되고, 남은 것은 어느 날 물속에 잠긴 적
이 있는 내 머리의 기억뿐이다. 앤의 머리가 아니라 내 머리.
세례로도 씻어내지 못했던 머리. 나의 가장 먼 기억 속에서 내
입은 늘 머리와 함께 물속에 잠겨 있는데, 물 밖에 있는 내 몸
을 향해서조차 너는 어디에 있니? 묻지 않는다.

내가 있는 곳이 꿈속인지 현실인지 분간하기 무서워서가 아
니라, 내가 있는 곳이 거짓말의 세계인지 소실된 기억의 세계
인지 알기 무섭기 때문이다. 이제 나는 묻고 싶어진다. 마침내
물을 수 있을 것도 같다.

나니? 바로 나니? 그게 확실한 거니?

이제 내 머리를 길게 내밀 수 있을까. 이 머리를 물속에 처

박아달라고. 참수하듯이 잘라달라고. 자기 아이를 잃은 어미의 이 부끄럽고 참혹한 머리를 없애달라고.

그때 제이슨이 상체를 앞으로 수그렸다. 뭔가를 더 가까이 보려는 듯이. 그러나 이완하는 자세가 아니었다. 빳빳한 시선이 내 등뒤로 향했다. 내 등뒤의 허공, 내 등뒤의 어둠. 그곳에 무엇이 있길래 제이슨의 동공이 점점 더 커지는 것일까.

거기 손이…… 손이……

나는 뒤를 돌아보았다. 아니, 다 돌아보기 전에 알았다. 내 어깨에 얹어진 손이 있었다. 내 목을 건드리고 있는 손이 있었다.

앤…… 너니?

대답 대신, 거리의 가로등이 켜지기 시작했다. 건물 간판의 네온도 켜지기 시작했다. 깜빡깜빡 점멸하면서 하나씩 둘씩 켜지는 네온사인들. 소심한 폭죽이 부끄럽게 터지듯 깜빡깜빡, 그러다가 순식간에 팟, 소리를 내며 모든 네온이 밝혀졌다.

사방이 호텔 캘리포니아였다.

앞에도 옆에도 뒤에도. 앞의 앞에도, 옆의 옆에도, 뒤의 뒤에도.

그리고 동시에 수십 수백 개의 문이 열렸다.

웰컴 투 디 호텔 캘리포니아.

그 문 안에 무엇이 있는지 나는 알지 못했다.

호텔 캘리포니아

이글스의 〈호텔 캘리포니아〉를 약 빤 노래라고, 그렇게 말하는 사람들이 있다는 건 알고 있었다. 호텔 캘리포니아의 H와 C가 실은 헤로인과 코카인을 뜻한다는 것. 그러니까 웰컴 투 디 호텔 캘리포니아는 말하자면 웰컴 투 디 헤로인, 웰컴 투 디 코카인이라는 것. 팟빵에서 지껄이고 있는 소리다. 차에 타기만 하면 습관적으로 음악을 틀곤 했는데, 언제부턴가 그게 팟빵으로 바뀌었다. 음악은 하나도 없이 처음부터 끝까지 이어지는 수다. 심지어는 효과음이 필요할 때까지도 '빠방' '꾸궁' '두두두두' 입으로만 내는 소리들. 때로는 이해할 수 없는 효과음도 섞였다. 부기우기두기주기…… 그러면 나 역시 혼자 말했다. 뭐래는 거야, 붕신.

진주는 창밖을 바라보고 있었다. 방송에서 뭐라고 지껄이든 간에 진주의 관심은 창밖에만 있었다.

미쳤나봐.

툭 내뱉은 진주가 이어 말했다.

씨발, 한밤중에 봤으면 귀신인 줄 알았겠네.

하얀 원피스를 입은 여자 하나가 팔을 흔들고 있는 것이 사이드미러로 보였다. 저건, 뭐, 히치하이킹인가? 처음에는 그런 생각이 들기도 했지만, 어쩌면 진주의 말마따나 지나가는 차들을 향해 하염없이 인사를 하는 미친년인지도 몰랐다. 그것도 아니라면 누군가에게 속절없이 작별인사를 하는 건지도. 그런 인사라면 떠나보내지 못하고 또 떠나지도 못하는 마음일 텐데, 그렇다면 역시 진주의 말마따나 귀신 같은 마음일 수도 있겠다.

바람도 불지 않는데 여자의 흰 원피스 치맛단이 너풀너풀했다. 대형 트럭들이 연달아 지나가는 탓이었다. 근방에 간척지가 있었다. 트럭들은 너무 커서 자칫 사고라도 난다면 내 차 따위는 초콜릿 속지처럼 납작하게 찌그러져버릴 것이다. 은박지 속에서 초콜릿 찌꺼기처럼 뭉쳐질 나와 진주. 달콤할까, 더러울까. 게다가 이건 낭만적인 생각인가, 참혹한 생각인가. 장례식장에 가는 길이 아니라면 하지 않았을 생각이었다. 더군다나 고모와 고모부의 사망이 교통사고로 인한 것이 아니었다면.

그러므로 지금 내가 궁금해하는 것은 혹시 지금 사고가 난다면 진주와 내가 어떻게 될지가 아니라 이미 교통사고를 당해 죽어버린 고모와 고모부가 어떻게 서로 뒤섞여 짜부라졌는지에 관한 것이 아닐까. 납작 찌그러졌겠지, 찌그러지다가 뚝 부러지고, 퍽 터지기도 했겠지…… 나도 모르게 욕이 나오려는 것을 간신히 참았다. 욕 잘하는 여자친구가 생긴 후부터 이상하게 나는 욕이 줄었다. 나까지 했다가 욕 말고는 할말이 없을 것 같기 때문이 아니라, 어떻게 해도 적절한 순간에 치고 들어오는 진주의 욕을 이길 수 없을 것 같았기 때문이다. 진주는 늘 나보다 한발 빨랐다.

사이드미러 속 흰옷 입은 여자는 점점 작아지다가 트럭에 가려진 후 완전히 사라졌다. 여자는 챙이 넓은 흰 모자를 쓰고 있었다. 흰 원피스에 흰 모자를 쓰고 국도변에서 너풀너풀 손을 흔드는 여자라니…… 미친년이 맞을 것이다. 귀신이 출몰하기에 아직은 너무 환한 한낮이었다.

뭐하냐, 너?

진주가 내 쪽으로 고개를 틀며 물었다. 내가 갑자기 차의 방향을 바꿨기 때문이었다. 짜증이 난 얼굴은 아니었다. 느닷없는 유턴이 의아할 뿐인 듯했는데, 진주가 아직 호텔의 간판을 보지 못해서일 것이다. 나는 입을 크게 벌려 웃어 보였다. 이

거 실화냐, 말하고 싶었는데 그런 말 대신 웃음만 나왔다. 눈 앞에 진짜로 호텔 캘리포니아가 있었다.

진주는 다른 데 관심이 팔려 있었다. 유턴하기 전에 본, 그리고 유턴하였으므로 다시 볼 가능성이 높아진 그 흰옷 입은 여자만 생각하는 것 같았다. 진주는 그즈음에 그런 것에 빠져 있었다. 있어서는 안 될 것, 그런데도 있는 것들, 말하자면 귀신 같은 것들. 내가 그런 유의 팟빵을 골라 듣게 된 것도 진주 때문이었다.

그 미친년 사라졌네.

진주가 말했다.

그 귀신 같은 년, 봤어?

주차장 진입로로 핸들을 꺾을 때 호텔 오른쪽에 서 있는 아 파트 단지가 보였다. 그 폐아파트 단지를 유튜브에서 본 적이 있었다. 차에서 듣는 팟빵과 비슷한 내용을 다루는 유튜브로, 역시 진주가 선택한 채널이었다. 있어서는 안 될 것, 그런데도 있는 것들. 영천의 국도변에는 정말로 그런 아파트 단지가 있었다. 삼십이층짜리 아파트 열 개 동이 시공사 부도로 건축이 중단되었는데, 그후 이십 년 동안 공사가 재개되지도 않고 철거되지도 않고 있다고 했다.

폐아파트 단지는 비현실적으로 보였다. 안 믿긴다는 게 맞

는 말일 것이다. 아무리 서울도 그 근처도 아니라지만, 그렇게
나 많은 아파트가 비어 있는 채로 그렇게나 오래 있을 수 있다
니. 사람이 살지 못해 이제는 귀신들이나 살게 되었다는 그 많
은 집…… 그런데도 나는 꿈도 꿀 수 없는 그토록 많은, 빈 아
파트.

지금 장례식장에 누워 있는 고모와 고모부도 빈집을 보러
갔다가 돌아오는 길에 그렇게 되었다고 했다. 고모부가 고모
부의 고모부에게서 상속받은 집이라고 했다. 상속이라는 말에
밸이 꼴렸는데, 죽었다는 말에 꼴린 밸이 풀리고 미안해졌다.
그래서 멀리까지 조문을 가는 길이었다. 물론 안 가도 그만이
었다.

그러니 진주와 나는 장례식장에 가는 대신 그 폐아파트 단
지를 구경하러 갈 수도 있을 것이다. 호텔 캘리포니아에서 하
루종일 뒹굴 수도 있을 것이다. 무엇보다도, 진주에게 한 방
먹이게 된 것이 나는 기뻤다.

거봐, 내가 뭐랬어. 아직 있을 거라고 했잖아.

호텔 캘리포니아 얘기를 아무리 해줘도 진주는 내 말을 믿
지 않았었다. 들으려고도 하지 않았다.

호텔 캘리포니아가 이글스의 노래로만 유명한 게 아니었다.
영천의 캘리포니아 호텔은 클럽으로 유명하다고 했다. 역시
팟빵에서 들은 얘기였다. 전설의 클럽이라고 했다. 거기 가면

별별 게 다 있다는 것이다. 고모와 고모부의 장례식장이 영천이라는 걸 알고는 제일 먼저 떠올린 게 바로 캘리포니아 호텔이었다. 장례식장 가는 길에 그곳을 보게 될지도 모르겠다고 진주에게 말했을 때, 그러나 진주는 여전히 내 말을 들으려고도 하지 않았다. 심지어는 욕까지 했다.

넌 팟빵에서 떠드는 걸 믿냐, 병신아.

귀신은 믿으면서 팟빵은 안 믿는 진주. 사실 진주는 센 척하는 거였다. 정말로 센 때는 몰랐는데, 센 척하니까 티가 났다. 진주는 내가 도망쳐버릴까봐 겁을 먹고 있었고, 그걸 들키지 않으려고 애쓰는 중이었다. 진주를 탓할 수는 없었다. 도망치는 건 언제나 내가 가장 잘하는 일이었다. 아니다. 내가 가장 잘하는 일은 '진주보다 먼저 도망치는 것'이었다.

차의 방향이 바뀌자 간판이 정면으로 보였다. 호텔 캘리포니아. 햇살이 정면으로 들어와 잠깐 눈을 감았다 떠야 했다. 이번에는 분명히 읽을 수 있었다.

캘리포니아 모텔.

호텔이 아니라 모텔이라면 들어가고 싶지 않았다. 그런 곳이 어떤 데인지 너무나 잘 알았다. 떡을 치기 바쁜 사람들이 들어와 허겁지겁 일을 치르고 허겁지겁 빠져나가는 곳. 암막 커튼이 두껍게 내리쳐진 방안에서 약을 빨고 술을 마시고 담배를 피우고 떡을 치고 토하고 정액과 오줌을 싸고, 가끔씩 자살을 하는 곳, 그런 곳.

진주와는 수도 없이 그런 모텔을 들락거렸다. 그래서 우리는 그런 모텔의 전문가가 되었다. 조명으로 가려진 얼룩진 이불, 역시 얼룩진 벽지, 때로 못을 박는 소리처럼 전해지는 옆방의 헐떡거리는 소리. 그런 곳에서 진주와 나도 이불에 얼룩을 만들고 벽지에 손톱자국을 남기고 헐떡거렸다. 목을 매지는 않았다. 번개탄을 피우지도 않았다. 반드시 그런 일을 해야 한다면, 그래야 할 일이 생긴다면, 그런 건 진짜 호텔에서 하고 싶었다. 진짜 호텔 침구와 진짜 어메니티가 있는 곳, 세면도구라고 말하면 안 되고 반드시 어메니티라고 말해야 할 것 같은 그런 곳. 죽을 때만큼은 폼나게 죽고 싶었다. 옆방에서 헐떡거리는 소리를 들으며 죽고 싶지는 않았다.

그러고 보니 민박의 기억도 떠오른다. 그때는 나름 여행이란 걸 갔던 터라 좀 근사한 곳에서 자고 싶었다. 그래서 펜션을 잡았는데, 이게 이름만 펜션이었다. 차라리 모텔이 나았겠다 싶을 정도로 방도 시설도 형편없었다. 바다도 모래사장도 일몰도 다 형편없었다. 날이 밝자마자 짐을 쌌다. 차를 대놓은 공영주차장까지 가는 동안 모래사장을 가로질러야 했다. 모래사장은 갯벌과 이어져 있었다. 약 빤 것 같은 애들이 그곳에 쓰러져 잠들어 있었다. 모래사장과 갯벌에 처박혀 있는 술병들이 보였다. 그애들이야 어떻게 되거나 말거나 상관없었지만, 자칫 부닥치면 말썽이라도 생길까봐 우리는 그애들을 피해 모래사장에서 나왔다가 멀리 돌아 다시 들어갔다. 진주와 내가 똑같이 뒤를 돌아보았다. 멀리 돌아왔다고 생각했는데, 쓰러져 있는 애들이 오히려 아까보다 더 가깝게 보였다. 한 아이의 얼굴에 선 해트가 얹혀 있었는데, 그 모자에 가격표가 여전히 달려 있었다. 진주가 낮게 욕을 했다. 진주는 가격표만 보면 일터가 떠오른다고 했다.

진주는 명동의 화장품 로드 숍에서 중국인들을 상대로 화장품 세트를 팔았다. 단품이 아니라 세트로 팔아야만 했다. 그래야 수당이 떨어졌다. 출퇴근을 하는 길에는 호텔들이 있었다. 호텔이라 이름 붙인 모텔이 아니라 진짜 호텔. 그리고 명품 숍들이 있었다. 명품 숍의 쇼윈도에 진열된 가방과 스카프와 드레스에는 가격표가 붙어 있지 않았다. 진주는 항상 궁금했다. 그런 가방을 멘 기분이나 그런 스카프의 촉감이 아니라 가격표, 프라이스 태그, 액면가. 그리고 입술을 잘근잘근 깨물며 결심하곤 했다. 주문처럼 외곤 했다. 언젠가는 저것들을 가질 것이다. 언젠가 저것들은 내 것이 될 것이다. 나는 그렇게 살 것이다. 그러니까 진주가 꿈꾼 것은 진주로 사는 게 아니라 진주같이 반짝이는 삶. 액면가가 높은 삶. 그 말은 진주가 자신의 현재 액면가를 알고 있다는 뜻이기도 할 것이다.

모텔이라면 들어가고 싶지 않았지만, 이미 유턴을 한 상태라 그러거나 말거나 하는 기분이 되었다. 죽을 것처럼 피곤한 탓이기도 했다. 밤새도록, 그리고 대낮이 될 때까지 거의 열두 시간 동안 차에만 있었다. 오줌도 차에서 싸고 싶을 지경이었다. 모텔이면 어떤가. 어쨌든 캘리포니아가 아닌가. 쉬고 싶었다. 안 쉬면 죽을 것 같았다.

캘리포니아 모텔에는 카운터가 있었다. 그게 마음에 들었다. 사람이 없는 무인텔은 떡 치는 곳. 카운터가 있는 곳은 호텔. 진주와 호캉스를 한 적이 있었다. 이용권이 생겼기 때문이었다. 투숙하는 동안 그 돈을 환불 못 한다는 게 너무 화가 나서, 아니 그 삶이 너무 찬란해서, 이십사 시간 내내 토할 것 같은 기분이었다. 진주의 말에 의하면 나는 간이 콩알만큼 작았고, 병신이었다.

방안으로 들어서자마자 진주는 옷을 훌렁훌렁 벗었다. 빨리하고 빨리 가자는 듯이. 하지만 진주는 빨리든 천천히든 뭘 하고 싶은 생각은 없는 것 같았다. 진주는 씻지도 않았고 화장실에 가지도 않았다. 지난 열두 시간, 진주는 오줌도 누지 않았다. 자기가 차에서 내린 동안 내가 도망칠까봐, 나를 감시하느라. 어쩌면 오줌도 조금씩 조금씩 싸서 말려가며 눴을지 모르지.

더러운 년. 냄새나는 년. 지저분한 년. 똥오줌 같은 년.

그러나 그건 나도 마찬가지였다.

진주는 곧 잠이 들었고, 코고는 소리를 내기 시작했다. 진주를 만나기 전까지 나는 코고는 여자를 본 적이 없었다. 코를 고는 여자라니 얼마나 신기한가. 더군다나 오늘 같은 날에도 코를 골 수 있다니 말이다. 오늘 같은 날, 코피를 쏟는 대신 코를 골 수 있다니.

진주는 그것이 자신이 받았던 세례의 부작용 때문이라고 말했다. 세례를 받을 때 코로 물이 들어갔는데, 그 물이 비강에서 이리저리 흐른다고 했다. 내가 깜짝 놀라 쳐다보자 진주는 웃음을 터뜨렸다. 병신, 그 말을 믿나. 그러나 내가 놀랐던 건 세례 얘기 때문이 아니었다. 코를 고는 여자를 처음 본 것처럼 비강이라는 말을 그렇게 자연스럽게 쓰는 사람 역시 처음 보았기 때문이었다. 진주도 누군가한테 들은 얘기라고 했다. 비강이라는 말을 그때 처음 들었는데, 잊히지가 않는다고 했다.

그 사람은 어떻게 됐어? 묻고 싶었으나 묻지 않았다. 나를 만나기 전까지 진주는 다른 패밀리에 있었다. 그 패밀리는 퍽치기가 서툴러서 자주 사람을 다치게 했다. 나를 만난 후 진주는 그 패밀리를 떠나 나하고만 일했다. 나하고만 섹스했다. 그러면서도, 너는 더 못해, 너는 더 병신이야라고 말했다.

진주가 뭐라고 말하든, 나는 진주에게 홀렸다. 처음에는 그

148

랬다. 그러나 나중에는 상처가 되었다. 내게는 처음인데 그애에게는 처음이 아닌 것들이 너무 많았다. 그애를 안을 때마다 주눅이 들었다. 내 혀를 깨물어버리는 진주, 전혀 달콤하지 않은 더러운 침을 묻혀버리는 진주, 삽입 도중에 나를 걷어차버리는 진주, 개새꺄 빨리 털란 말야, 빨리 싹 다 털라고! 내 몸을 털 때나 취객의 몸을 털 때나 덜덜 떨리는 내 어깨를 마구 두들겨패는 진주…… 그리고 시침을 떼버리는 진주. 활짝 웃는 진주. 운전도 못 하면서 차를 훔치는 진주. 내게 차를 훔치게 하는 진주. 면허도 없는 내게 운전을 하게 하는 진주.

그런데도 그렇게 미친듯이 안고 싶은 마음, 하루종일 발기해 있는 것 같은 마음, 그런 몸, 그런 갈망, 그리고 그 미친 듯한 갈망과 딱 한 글자 다른 절망까지…… 손님의 지갑을 훔치는 건 괜찮았다. 일하는 고깃집에서 고기를 덩어리째로 들고 나오는 것도 괜찮았다. 진주의 중국인 고객 뒤통수를 치는 것도 괜찮았다. 차를 훔치는 것도 괜찮았다.

그러나 죽을 것 같은 사람의, 이미 죽은 것 같은 사람의 몸에까지 손을 대고 싶지는 않았다. 그런 사람까지 털고 싶지는 않았다.

안 죽었어! 병신아! 안 죽었다고! 사람이 그렇게 쉽게 죽는 줄 아나! 사람은 절대 안 죽어!

진주가 악을 쓰면 그 소리가 내 귓속에 못처럼 박혔다. 쾅쾅 박혔다. 그리고 피가 흘렀다. 진주의 콧속에서 흐르는 물처럼 내 귀에서는 피가 흘렀다.

나 역시 나의 세례식을 기억했다. 그렇다고 생각했다. 내 부모도 교회에 다녔다. 그들은 상속받은 빈집을 남기고 자식들을 위해 일찍 죽어주는 고모와 고모부와는 달리 빨리 죽는 인간들이 아니었다. 안 죽게 해달라고 맨날 교회에 다녔다. 그 교회에다 버는 대로 족족 돈을 갖다 바쳤다. 자기 자식한테는 한푼도 안 주고, 생기는 족족 교회에 갖다 바쳤다. 세례식 날, 나 역시 물에 빠졌다. 그런 부모에게 태어난 순간부터 내 인생은 물에 빠진 것이나 다름없었다.

코를 골고 있는 진주의 얼굴을 내려다보았다. 진주의 콧바퀴가 부풀어올랐다 가라앉기를 반복했다. 반쯤 벌린 입 속에 보통 때보다 더 붉어 보이는 혀가 역시 부풀어올랐다 가라앉았다. 저 코를 막으면 어떻게 될까? 저 입을 막으면? 젖은 수건을 저 콧구멍과 벌린 입 위에 올려놓으면 어떻게 될까. 버둥대겠지. 숨이 막힐 테니까. 그러면 욕도 못 하겠지. 나의 사랑스러운 진주는 숨만 쌕쌕 쉬겠지. 그러다가 고요해지겠지.

나는 고개를 돌렸다. 이런 쓸데없는 생각이나 하고 있을 바에야 차라리 창밖이나 구경하는 게 낫겠다 싶었다. 밤이 빨리

오기를 기다렸다. 장례식장에는 가고 싶지 않았다. 가지 않을 것이다. 모텔로 향한 건 핑계가 필요해서일 뿐이었다. 도망치는 게 아니라고 말하고 싶었을 뿐이었다. 밤이 오면, 그 모든 핑계가 사라질 것이다. 호텔 클럽의 문이 열릴 것이고, 음악이 울릴 것이고, 밤의 시간이 열릴 것이다. 모텔이든 호텔이든, 클럽이 있든 없든 상관없었다. 어쨌든 밤은 올 것이고 여기는 캘리포니아였다.

캘리포니아에서는 사람을 털지 않을 것이다. 진주에게 욕을 먹지도 않을 것이다. 내 몸이든 남의 몸이든, 빨리 털지 않을 것이고, 빨리 털란 소리도 듣지 않을 것이다.

암막 커튼을 살짝 열었다.

와우……

나도 모르는 사이에 감탄사가 새어나왔다. 카운터에 대실 요금을 치르면서 폐아파트 단지가 잘 보이는 쪽 방을 달라고 했었다. 카운터를 지키고 있던 덩치가 산만한 남자가 그런 말은 난생처음 들어봤다는 듯이 나를 올려다봤다. 그러나 내 말을 무시하지는 않은 모양이었다. 창밖의 풍경은 정말 대단했다. 유튜버가 말했었다. 굉장해, 진짜, 굉장해. 호텔 캘리포니아에서 창밖을 보란 말야. 거긴 그러려고 가는 거란 말야. 약 빨려고 가는 게 아니란 말야. 여러분, 약 금지! 알지! 여기는 대한민국!

비록 호텔 캘리포니아는 아니지만, 캘리포니아 모텔에서 내다보는 창밖 풍경도 굉장했다. 빈집들이 즐비한 폐허의 풍경은 그야말로 디스토피아 영화의 한 장면 같았다. 각기 다른 높이에서 건축이 중단된 아파트들은 마치 서로의 폐허를 올려다보거나 내려다보며 안부를 묻는 듯했다. 안녕하냐는 안부가 아니라 끝을 향한 안부, 넌 어디까지 왔냐고 묻는 안부. 공사는 골조를 쌓던 중에 중단되었다고 했다. 문이 없고 창문이 없는 아파트는 구멍만 숭숭 뚫려 있었다. 그러므로 집이라 할 수 없는 집들, 그러나 완강히 집의 모양을 한 그것들은 제가끔 집의 정체성을 주장하며 거기에 버티고 서 있었다. 혹은 버려진 채 있었다. 드론 한 대가 건물과 건물 사이를 낮게 날다가 급상승하는 것이 보였다.

아파트와 아파트 사이, 어쩌면 놀이터 부지였을지도 모를 공간에 홀로 서 있는 사람을 발견했을 때, 나는 당연히 그가 유튜버라고 짐작했다. 국도변에서 본 흰옷 입은 여자임을 알아본 건 잠시 후였다. 여자는 여전히 펄럭거리고 있었다. 단지 내부로는 출입이 금지되었다는 유튜버의 말을 들은 기억이 있었다. 그런데 그 흰옷 입은 여자가 거기에 있었다. 있을 수 없는 일은 아니었다. 미친 여자에게 준법정신이 어디 있겠나. 온통 구멍뿐인 폐아파트 단지에 개구멍은 왜 없겠나.

그런데 뭐가 저렇게 펄럭거리나. 고개까지 뽑아가며 자세히 보니 펄럭거리는 건 옷도 모자도 아니었다. 여자는 국도변에 서 그랬던 것처럼 두 팔을 흔들고 있었다. 그러니까 인사. 떠나지 못하고 떠나보내지 못하는 마음이라고 여겼던, 그렇다면 그건 귀신 같은 마음이겠다 생각했던, 그런 인사. 나도 모르는 사이에 뒤를 돌아보지 않을 수 없었다. 여자가 나를 향해 손을 흔드는 것은 아닐 텐데 하는 생각이 드는 순간, 갑자기 등뒤가 서늘하게 느껴졌던 것이다. 등뒤는 어두운 모텔방, 진주가 잠들어 있는 방이었다. 코고는 소리가 그사이 조금 더 커져 있었다. 악몽에 시달리는 듯, 꿈밖의 현실을 거니는 듯 악착같이 버둥거리는 숨소리였다.

다시 고개를 돌려 창밖을 내다보았을 때, 여자는 아직도 거기에 있었다. 여자는 아직도, 여전히, 분명히 거기에 있었다. 그런데 그 여자의 얼굴이 어딘가 모르게 익숙했다. 느닷없이, 성수가 담긴 물그릇에서 머리가 빠져나왔을 때처럼, 급한 숨이 토해져 나왔다. 나는 다시 뒤를 돌아보았다. 진주가 잠들어 있는 침대의 풍경은 아까와 다를 바가 전혀 없었다. 나는 고개를 흔들었다. 너무 피곤한 탓이었다. 지난밤부터 한숨도 자지 못했던 것이다. 계속 운전만 했다. 손에 익지 않은 차라 운전이 힘들었다.

훔친 차는 고물이었다. 운전석에서 잠든 차 주인은 당연히 형편없이 가난한 사람이었을 것이다. 얼마나 가난하면 도망도 못 쳤을까. 사람이 너무 가난하면 도망갈 힘도 없게 된다는 걸 나는 그 사람을 보고 알았다.

죽었을까.

진주의 말처럼 죽지 않았을까.

진주는 안 죽을까.

어떻게 해도 안 죽을까.

진주가 몸을 웅크려 돌아누우며 이불을 끌어당겼다. 냉방 온도를 너무 낮춰놓아 방안이 추웠다. 나는 다시 창 쪽으로 고개를 돌렸다. 다시 조심해가며 커튼을 들췄다. 여자는 여전히 창밖, 거기에 있었다.

그리고 나는 이제야말로, 분명히, 믿을 수가 없었다. 믿을 수가 없는 게 창밖인지 아니면 창 안의 이쪽인지는 알 수 없었지만, 있어서는 안 될 것을 지금 내가 보고 있다는 것만은 분명했다. 내 등뒤에서 코를 골며 자고 있는 진주가 저 아래 폐아파트 단지에서 나를 향해 손을 흔들고 있는 것이었다. 그러니까 흰옷 입은 여자는 진주…… 홀랑 벗고 방안에서 자고 있는 여자도 진주였다.

다시 한번 고개를 돌려 확인해볼 수도 있을 것이다. 그러나 이번에는 고개를 돌릴 수가 없을 것 같았다. 아니, 그러려고 해도 고개가 돌아가지 않을 것 같았다. 절대로 돌아가지 않을 것 같았다. 내 시선은 이제 못이라도 박힌 듯 폐아파트 단지의 진주를 향해 고정되어 있었다. 페아파트의 진주가 뭐라고 말을 하는 것 같았다. 그토록 먼 거리에서 하는 말을 알아들을 수 있을 리도 없었으나, 지금 가능하지 않은 일이 뭐가 있겠는가.

뭐라고 했니, 뭐라고 말했니, 진주야.

대답은 등뒤에서 들렸다.

웰컴 투 디 호텔 캘리포니아.

콘시어지

물소리는 먼 곳에서 들려왔다. 처음에는 찰랑찰랑 낮았지만, 곧 발목이 잠기고 무릎이 잠길 정도로 깊은 물소리가 되었다.

처음에는 꿈인 줄 알았다. 카운터를 보는 동안 그는 주로 졸았다. 밤보다 낮에 더 손님이 많은 모텔이었다. 그러므로 깨어 있으려고 애썼는데, 그럴수록 더 잠이 왔다. 카운터실은 너무 좁아 고개를 끄덕이기만 해도 이마가 창에 닿았다. 그는 진공팩에 든 고깃덩어리처럼 빳빳하게 앉아 빳빳하게 졸았다.

소리는 아마도 그의 핸드폰에서 났을 것이다. 더 정확히 말하면 나는 듯했다고 해야 할 것이다. 그는 카운터를 지킬 때면 음소거 상태로 핸드폰을 보았고, 상상할 수 있는 모든 소리들을 들었다. 상상 속 소리가 부풀어오를 때마다 그의 몸도 같이 부풀어올랐다.

그는 거구의 청년이었다. 키가 일 미터 구십이 넘고, 몸무게도 백 킬로가 훌쩍 넘었다. 키는 백구십이 가까워지면서부터 안 쟀고, 몸무게는 백이 넘으면서부터 안 쟀다. 키가 더 자라는지 안 자라는지 몰라도 몸무게는 계속 느는 게 확실했다. 사장은 그를 볼 때마다 욕을 했다. 널 보면 새꺄, 간신히 섰던 것도 죽겠다. 그러니까 고객의 성욕을 떨어뜨리는 직원이라는 소리였다. 모텔 직원의 자질로 따지자면 최악이라 할 만했다.

그럼에도 사장은 그를 쫓아내지 못했다. 그가 하는 일이 너무 많았기 때문이다. 카운터를 보는 것 말고도, 청소, 설비, 경비, 문제를 일으키는 손님 쫓아내기, 위협하기 등, 가능한 모든 일을 했다. 무엇보다도 그는 깨끗한 직원이었다. 요금을 현금으로 받을 때도 그 돈을 축내는 법이 없었다. 그렇게 덩치가 크고, 그렇게 성욕을 떨어뜨리면서, 그렇게 깨끗한 직원은 처음이었다. 사장은 그가 하는 실수 대부분을 눈감아줬다. 아마 사장은 그가 객실 몇 곳에 설치한 카메라에 대해서도 알고 있을 것이었다. 그러면서도 모르는 체했다.

그가 가장 좋아하는 방은 월풀이 있는 객실이었다. 그 방을 보고 있으면 자신의 몸이 월풀에 잠기는 것 같았다. 따듯한 물이 찰랑찰랑 소리를 내며 욕조 가장자리에서 흔들렸다. 그건 넘치지 않는 소리였다. 아무리 큰 몸이 잠기더라도 절대로 넘치지 않고 가장자리에서 가만히 흔들리기만 하는 소리.

그날, 낮 두시에 대실을 한 커플은 월풀이 있는, 고작해야 오천원이 더 비싼 방을 원하지 않았다. 대실 이용객들은 대개 그랬다. 그들의 목적은 그냥 빨리 한 번 하는 것뿐이었다. 삼십 분 만에 퇴실하는 커플도 있었다. 그렇게 속전속결로 한 번 하고, 샤워도 안 하고, 대충 씻을 데만 씻고 나갔다. 안 씻지는 않았다. 그는 그걸 알고 있었다. 이 모텔에 있는 객실에 관한 한, 그 객실의 문을 여는 사람들에 관한 한, 그는 모르는 것이 없었다.

한낮의 손님들이 엘리베이터를 타고 육층으로 올라간 후, 그는 로비 바깥과 주차장의 CCTV를 확인했다. 호텔 쪽으로 진입하는 차는 보이지 않았다. 평일이었다. 게다가 성욕을 느끼기에는 지나치게 맑고 화사한 한낮이었다. 우산을 파는 가게처럼 모텔업은 날씨에 민감한 직종이었다. CCTV를 확인한 후 그는 핸드폰 앱을 켜서 데스크톱에 연결했다. 핸드폰 액정 속 작고 답답하던 화면이 큰 모니터로 넓어지면서, 객실을 각기 다른 각도로 비추는 화면이 분할되어 떴다. 침대가 비어 있었다. 그는 욕실 쪽 화면을 클릭했다.

뭐야……

그는 자신의 눈을 의심했다.

화면 속, 여자애가 욕조 턱에 상반신을 걸친 채 엎어져 있었다. 그리고 남자애가 그 여자애의 등을 타고 올라 있었다. 그건, 그런데, 그러니까, 분명히 후배위 자세가 아니었다. 그건…… 그러니까…… 목을 조르는 자세였다. 남자애가 무릎과 발로 여자애의 등을 내리찍은 채, 여자애의 목을, 있는 힘을 다해, 욕조 턱 위에서 누르듯이 조르고 있었다.

이런 씨벌……

그 모든 동작이 너무 잘 보였다. 잘 보여도 너무 잘 보였다. 남자아이의 손등에 돋은 힘줄까지 보일 것 같았다.

욕실 바닥으로 여자아이의 맨발이 쭈욱 미끄러지는 것이 보였다. 여자아이의 발등에는 문신이 있었다. 그는 그게 무슨 뜻인지 알았다. 문신의 뜻이 아니라 미끄러지는 것의 뜻. 저항할 힘이 사라졌다는 뜻이었다. 죽어가고 있다는 뜻이었다. 그는 튕겨오르듯 일어섰다. 그리고 카운터 바깥으로 달려나갔다. 몸무게가 백 킬로가 넘으면서, 어쩌면 백십 킬로나 백이십 킬로가 넘으면서, '벌떡'이라는 말은 그에게 해당되지 않았다. 그는 1단, 2단, 3단으로 일어나, 다시 3단, 2단, 1단으로 접어가며 앉았다. 그러나 이날은 달랐다. 다르지 않을 수가 없었다.

사람이 죽어가고 있었다. 아니, 사람을 죽이고 있었다.

게다가 다른 문제도 있었다. 객실에 카메라가 설치되어 있었다. 그 방에서 사람이 죽으면, 살인사건이 일어나면, 그 역시 경찰 조사를 받게 될 것이다. 사장은 그를 해고할 것이고, 네이버에는 그의 기사가 뜨고, 아버지는 그에게 침을 뱉을 것이다. 그나저나 침을 뱉는 아버지라니! 차라리 얻어터지는 게 낫지 않을까. 그러나 그의 아버지는 거구인 아들을 무서워했고, 그래서 때리는 것보다는 침을 뱉는 쪽을 택했다. 거구인 그는 침을 맞을 데도 많았다. 어디로 뱉어도 다 맞았다. 그러니까 그런 일이 벌어지기 전에, 온몸에 그를 비난하는 침을 가득 묻히기 전에, 그가 먼저 여자를 구해야 했다. 살려야 했다. 죽이지 못하게, 아니 죽지 못하게 해야 했다.

그런 순간에는 엘리베이터가 너무 높은 층이나 너무 낮은 층에 서 있기 마련이다. 모든 영화가 그렇지 않은가. 그는 모든 영화에서 그런 것처럼 계단으로 달렸다. 거구의 몸이 두 계단 세 계단을 한 번에 뛰어오를 때마다 계단실이 쿵쿵 울렸다. 그리고 곧이어 헉헉하는 숨소리가 공명했다. 계단실의 창으로 햇살이 스며들어 벽 쪽으로 그림자가 졌다. 계단실에서는 폐아파트 단지가 잘 보였고, 해가 질 때는 폐아파트 단지의 그림자가 드리웠다. 그는 계단을 이용하는 경우가 거의 없었고, 있더라도 그 계단을 달려 올라가는 일은 결코 없었다.

그러나 지금 그는 달리지 않을 수가 없었다. 숨이 턱에 차 이층을 지나고 삼층을 지나고 사층을 지나 오층에 이르렀으나 어쩐 일인지 육층은 나타나지 않았다. 사층을 지나 오층이었는데 오층을 지나면 다시 사층이었다. 삼층이거나 이층이기도 했고, 육층이라고 쓰인 계단실의 문을 열었는데 다시 로비이기도 했다.

계단실에 고인 물을 발견한 건 다섯번째인지 오십번째인지 오층을 올라가고 있을 때고, 육층으로 들어서는 문을 수십번째쯤 발견할 때였다. 처음에는 찰박거리는 소리를 낼 정도의 물이었다. 그러나 곧 찰랑찰랑했고 철벅철벅하더니, 콸콸 흘렀다. 이건 뭐지…… 어디서 물이 쏟아지는 거지?

이내 무릎까지 찰 기세로 넘쳐오르는 물을 그는 망연자실 내려다보았다. 그 와중에도 경찰이 올 거라는 생각이 떠나지 않았고, 경찰이 그에게 던질 질문들이 연이어 떠올랐고, 그 자신의 멍청한 대답들도 무작위로 떠올랐다. 그런데 무엇에 대해 변명해야 하는 것일까. 어떤 변명이 가장 합당한 변명일까. 그는 바닥에 철퍽 주저앉아버렸다. 더는 움직일 수가 없을 것 같았다. 큰 엉덩이가 물속에 완전히 잠겼다.

그러니까 이런 변명들, 객실의 물침대를 터뜨린 인간들이 있었다. 물이 콸콸 쏟아져 복도로까지 흘러나왔다. 일부러 터뜨리지 않고서야 그럴 수가 없는 일이었는데, 원래부터 샜다고 주장했다. 사장은 애꿎은 그에게 화를 냈다. 사장은 화날 일만 있으면 그를 찾았다. 맷집이 좋아서 한두 대 맞아도 괜찮을 거라고 했다. 그러나 그는 괜찮지 않았다.

그래서 카메라를 설치했냐고 물으면, 그렇다고 대답해도 좋을까.

어떤 변명도 소용없을 것이다. 그는 수렁에 빠질 것이다. 더욱 깊이 빠질 것이다. 이 세상은, 이 빌어먹을 세상의 중력은 그를 절대로 놓아주지 않을 것이고, 매 순간 그를 물속에 처넣어버릴 것이다. 가도 가도 육층에는 이르지 못할 것이다. 그는 달리고, 달리고, 달리겠으나, 결국 물속일 것이다.

그렇더라도, 일어나야 했다. 다시 육층을 향해 올라가야 했다. 그곳에는 영원히 나타나지 않는 입구, 혹은 출구가 있다. 그런 소문이 있었다. 캘리포니아 모텔이 아니라 호텔 캘리포니아에 그런 곳이 있다고 했다. 호텔과 모텔의 이름이 같으니, 어쩌면 소문이 와전되었을지 모른다. 그 문은 진짜로는 이곳에 있는지도. 그러니까 그는 그 불가능한 출발점 혹은 종착점에 이를 수 있을지도 모른다.

그러니 다시 올라가야 했다. 달리고, 달리고, 달리고…… 달려야 할 것이다. 지금 그것 이외에 달리 무엇을 할 수 있겠는가. 아니, 그가 살아 있는 동안 그것 말고 무엇을 할 수 있을 것이란 말인가.

마침내 문이 나타났다. 그런데 열리지를 않았다. 마치 문이 말하는 것 같았다. 열지 마, 열지 마.

그는 있는 힘을 다해 문을 밀었다. 문은 여전히 열리지 않았다. 대신 그 문에 피로 된 손자국이 찍혔다. 물이 콸콸 쏟아져 나오는 것만큼이나 이상한 일이었다.

어째서 그의 손이 피에 젖어 있단 말인가.

그리고 그는 그제야 깨달았다. 계단실의 문은 당겨 열게 되어 있었다. 그러나 그는 밀고 있었다. 안으로 들어가려는 것이 아니라 밖으로 나오려는 듯이. 그렇다면, 여기는 어디란 말인가.

그는 피 묻은 손자국이 찍힌 문을 한번 바라보았고, 그다음에는 뒤를 돌아보았다.

등뒤가 나타났다. 계단실의 좁고 가파른 계단 대신 긴 복도가 나타났다. 불빛이 깜빡깜빡했다. 흰옷 입은 여자가 그곳에서 깜빡깜빡했다.

문밖의 세계가 아니었다. 그는 이미 문안에 있었다.

탐정 안찬기

일 년 전쯤, 폐아파트 단지에서 변사자가 발견됐었다. 이십삼층에서 추락한 것으로 추정되는 변사자는 새벽 폐아파트 단지를 촬영하던 드론에 의해 발견되었다. 푸르스름한 새벽빛 속, 잡초가 뒤엉킨 시멘트 바닥에 엎어져 있는 변사자를 드론은 처음에는 제대로 인지하지 못했던 것 같다. 변사자는 마치 한가로이 땅속을 탐구하는 듯한 자세였다. 드론은 변사자 위를 그대로 날아서 지나갔다. 그러나 잠시 후 돌아왔고, 이번에는 변사자 가까이로 하강했다. 땅 가까이에서 드론은 마치 놀란 것처럼 멈칫했다. 그러고는 요동치기 시작했다. 마치 생명이 있어 스스로 놀라는 것처럼. 진저리를 치거나 경악을 하는 것처럼. 드론은 격렬하게 흔들렸다. 경찰에 신고한 것은 물론 드론이 아니라 드론의 주인이었다.

변사자의 신원은 금방 밝혀졌고, 감식 결과도 곧 나왔다. 사인은 경찰의 추정대로 추락에 의한 다발성 골절과 그로 인한 출혈과 쇼크. 타살 혐의점은 없었다. 유서나 유언 같은 자살을 추정할 만한 단서도 없었다.

안찬기가 변사자의 조부에게 연락받은 건 경찰이 사건을 실족사로 결론짓고 수사를 종료한 직후였다. 변사자의 조부는 손주가 그렇게 허망하게 죽었다는 것을 믿을 수 없었고, 따라서 경찰을 조금도 믿지 않았다.

자신의 전화번호를 어떻게 알았느냐고 안찬기가 물었을 때 변사자의 조부는 황가로부터 알게 되었다고 대답했다. "황가, 누구요?"라고 묻자 하인도 문화재단의 황이사장이라는 대답이 돌아왔다. 현직일 때는 물론이고, 퇴임한 후에도 경찰 일과 관련된 전화가 빈번했다. 살다보면 누구에게나 경찰과 엮일 일이 생길 수 있었다. 그는 몇 다리 건너 건너, 누구의 지인인지도 알 수 없는 사람의 전화를 받기도 했다. 그중 가장 많은 것이 음주운전에 관한 전화였다. 황이사장의 소개를 받아 걸려온 전화는 그런 것과는 달랐다.

사람이 죽었다고 했다. 그것도 자신의 손주가. 의뢰인, 즉 변사자의 조부를 '전아무'라고 부르게 된 것은 본인이 자신을 그렇게 소개했기 때문이었다. "아무렇게나 부르시오. 성은 전이오." 그렇다고 전아무씨라고 부를 수는 없는 일이라 부를 때는 전대표님이라 하고 기록할 때는 전아무라고 했다. 전대표는 성이 전씨이기도 하지만 실제로 한 기업의 전 대표이기도 했다.

폐아파트 단지가 있는 곳의 지명이 귀에 설지 않았다. 그 근방에 낚시꾼들 사이에서 유명한 저수지가 있었다. 안찬기는 낚시광이었다. 그러나 그가 그 저수지를 아는 것은 낚시 때문이 아니었다. 바로 그 저수지 인근에 캘리포니아 호텔이 있기 때문이었다.

막상 가보니 호텔도 저수지도 사라진 지 오래였다. 호텔은 문을 닫았고, 저수지도 매립되었다는 것이었다. 대신에 같은 이름의 모텔이 보였다. 원래는 이름이 장미장이었던 여관이 캘리포니아 호텔이 문을 닫자마자 재빠르게 이름을 바꿨다는 건 그곳에 투숙한 후에 알게 되었다.

캘리포니아 모텔에 묵으면서 알게 된 것이 많았다. 그는 전아무 손주 사건을 해결했다기보다 사건의 내막을 알게 되었다. 그 사건에 범인 같은 건 없었다. 대신, 죽은 아이와 관련된 지저분한 사연들이 수두룩이 밝혀졌다. 철없는 행동과 혼숙과 술 등으로 범벅이 된. 철들지 못한 아이들이, 미친놈들이, 서울에서 해도 될 짓을, 아니, 세상 어디에서도 하면 안 될 짓을, 굳이 멀리 떨어진 폐아파트 단지까지 와서, 공포 체험을 하고,

술을 먹고, 여자애들을 때리고, 말썽을 피우다가 그중 한 아이가 제풀에 떨어져 죽었다. 그게 전부였다.

캘리포니아 모텔은 누가 봐도 희한한 곳이었다. 이름을 바꾸면서 리모델링을 한 모양인데, 외부는 일류 호텔처럼 꾸며놓은 반면, 내부는 만지다 만 듯 엉성하기 짝이 없었다. 어떤 객실은 영화 속 호텔방처럼 보였고, 어떤 객실은 들여다보는 것만으로도 낯간지러운 러브호텔처럼 보이는가 하면, 어떤 객실은 싸구려 여관의 달방처럼도 보였다. 그러나 어떤 방이든 공통된 정체성은 더러움이었다. 비싸 보이는 방이나 싸구려로 보이는 방이나 구석구석 더럽기는 마찬가지였다. 벽지를 겹겹이 처바르고 조명으로 아무리 가려놓아도 얼룩은 감출 수 없었다. 말하자면 모텔 전체가 얼룩이었다.

모텔만큼이나 카운터를 보는 청년이 인상적이었다. 거구의 청년이었다. 카운터실 안에 앉아 있는 모습만 보고도 몸집이 큰 걸 알았지만 나중에 밖으로 나오는 걸 보고는 그야말로 깜짝 놀라지 않을 수 없었다. 그 정도까지 클 줄은 몰랐고, 그 정도로 큰 그가 그 좁은 카운터실에 있었다는 것에 또 놀랐다. 그 청년이 범죄소설, 범죄영화, 그리고 범죄 탐사 프로그램 덕후라고 했다. 처음에는 데면데면 굴더니 안찬기가 일종의 '탐정'이라는 것을 안 후에는 갑자기 태도가 달라졌다.

이번 살인사건을 알린 사람도 바로 그 청년이었다. 객실에서 시신을 발견하자마자 경찰이 아니라 그에게 먼저 전화를 걸었다고 했다. 안찬기는 자신의 전화번호를 준 기억이 없었다. 카운터 청년에게 전화번호를 줄 이유가 없었다. 그러나 범죄소설 덕후인 청년은 안찬기보다 더 탐정 노릇을 잘하는 사람일지도 몰랐다. '필요할 때'를 대비해서 가지고 다니던 예전 경찰 명함이 있었다. 그 청년 역시 '필요할 때'를 대비해 그의 명함을 한 장 슬쩍했을지도 모를 일이다. 그러니까, 그 청년은 언젠가 그가 필요할 때가 있을 거라고 생각했다는 뜻이었다.

그가 캘리포니아 모텔에 도착했을 때, 사건 현장은 이미 정리된 후였다. 사건 관할이 영천경찰서라는 것을 확인한 후, 그쪽에 혹시 연줄이 있는지 찾아보았다. 닿는 인맥이 하나도 없었다. 그러나 인맥이란 한 다리 건너도 있을 수 있고, 열 다리 건너서도 있을 수 있었다. 복도에 서 있던 사람이 그에게 인사를 했다.

"안형사님?"

그래놓고는 씨익 웃었다.

"이제는 안탐정님이라고 불러야 하는 건가요?"

이재승이라고 했고, 영천경찰서에서 나왔다고 했다. 십몇 년 전인가 어디에서 만난 적이 있다고 했는데, 안찬기는 기억하지 못했다. 십몇 년 전이라면 그의 끗발이 꽤 높을 때였을 것이다. 신참 경찰의 인사 따위는 안중에도 없었을 테니 기억하지 못하는 것이 당연했다. 그러나 이제는 상황이 달라졌다. 안찬기는 인사를 받으며 활짝 웃어 보였는데, 그 웃음이 분명 비굴하게 보였을 거라고 생각했다.

변사자는 이십대 초반의 여성이었다. '무릎이 꿇린 채 욕조에 머리를 박은 자세로 죽어 있었다. 경부 압박의 흔적이 있지만 성폭행이 의심되지는 않는다.' 카운터 청년은 전화로 그렇게 현장을 묘사했다. 범죄소설에 단단히 미친 놈이거나, 아니면 그냥 미친놈이거나 둘 중 하나일 거라고 생각했었다.

이재승이 알려준 상황은 전혀 달랐다. 카운터 청년이 말한 것처럼 변사자가 발생한 것은 사실이었다. 그러나 시신이 발견된 곳은 객실 내부가 아니라 모텔 인근의 저수지 매립지였다. 객실이 사건 현장으로서 보존된 것은 폭행, 혹은 살인이 객실에서부터 시작된 것으로 추정되기 때문이었다.

"같이 입실했다는 남자는?"

"지금 경찰서에 있어요."

"잡았나? 아니면 제 발로?"

반말도 아니고 말을 높이는 것도 아닌 어정쩡한 상태로, 그러나 결국은 반말이나 마찬가지인 말투로 물었다. 이재승은 개의치 않았다.

"반반요. 폐아파트 단지에서 어슬렁거리고 있는 걸 잡았는데, 여자애가 그렇게 된 걸 전혀 몰랐다는군요. 말만 그렇게 하는 게 아니라 정말로 몰랐던 것처럼 굴어요."

안찬기는 이재승과 함께 객실 안으로 들어갔다. 경찰이 현장을 정리한 후였지만, 여전히 정리되지 않은 것들이 있었다. 말하자면 어떻게 해도 정리될 수 없는 것들이 현장에는 남아 있기 마련이었다. 그런 건 구석구석 살피지 않아도 눈에 띄었다.

그는 방안을 눈으로만 일별한 후, 창가 쪽으로 갔다. 카운터 청년이 여자애를 발견했을 때는 커튼이 쳐져 있었다는데, 지금은 걷혀 있었다. 창밖으로 노을 무렵의 폐아파트 단지가 환히 잘 보였다. 드론 한 대가 날고 있었다. 투숙자는 굳이 폐아파트 단지가 잘 보이는 곳으로 방을 달랬다고 했다. 왜 그랬을까. 여자랑 대낮에 방을 잡으면서, 굳이.

그는 폐아파트 단지를 자기 손금 보듯이 잘 알았다. 전아무의 손주 사건을 조사하면서 구석구석 뒤져보지 않은 곳이 없었다. 나중에는 꿈에서까지 아파트 단지를 돌아다녔다. 그곳에서 주먹만한 쥐를 만나고, 삵처럼 변한 야생 고양이를 만나고, 박쥐처럼 그를 향해 공격해오는 드론을 만났다. 시체를 유기하기에는 참으로 좋은 장소라고, 그때에도 생각했었다. 그러나 피해자의 시신은 폐아파트 단지가 아니라 매립지에서 발견됐다. 매립되기 전이라면 모를까, 개발이 되지 않아 허허벌 판이나 마찬가지인 매립지는 시체를 유기하기에는 좋은 장소가 아니었다.

창밖을 내다보고 있던 안찬기의 눈살이 갑자기 깊이 찌푸려졌다. 자신도 모르는 사이에 욕설이 나오려는 걸 참으려 어금니를 앙다물었다. 경찰에서 퇴임하면서 그는 술과 담배를 끊듯 욕설도 끊었다. 그러려고 했다.

그런데 흰옷 입은 여자가 또 거기에 있었다.

또 거기에서 그를 향해 손을 흔들고 있었다.

젠장…… 다 잊어버린 환영인 줄 알았는데, 돌아오니 또다시 거기에 있었다. 돌아버릴 것 같았다. 카운터 청년의 전화가 은연중 반가웠던 것은 혹시 흰옷 입은 여자를 다시 한번 보고 싶어서였던가. 아니, 지금 무슨 생각을 하고 있는 건가. 만일 다시 이곳으로 돌아와 확인하고 싶은 것이 있다면 그건 흰옷 입은 여자가 여전히 거기에 있다는 것이 아니라, 결코, 결단코 거기에 없다는 것일 터였다.

변사자의 이름은 노진주. 스물두 살. 무직. 같이 입실한 남자는 스물한 살. 조태익. 역시 무직. 조태익의 진술에 의하면 그는 여자친구인 노진주와 함께 장례식장에 가는 길이었다. 고모와 고모부가 교통사고로 사망했는데, 그 장례식장이 이

인근이라고 했다. 잘 모르는 길을 찾아 운전하느라 피곤했고, 졸음도 쏟아졌다. 그때 호텔 간판이 보였는데…… 그 호텔이 어쩌고저쩌고, 유튜브가 어쩌고저쩌고…… 아무튼 노진주는 방에 들어가자마자 그냥 곯아떨어져버렸다…… 걔는 이제 내게 성욕도 안 느낀다…… 또 어쩌고저쩌고…… 여하튼, 자신이 폐아파트 단지를 혼자 돌아다니게 된 이유는 노진주가 혼자 잠들어버렸기 때문이고, 경찰이 자신을 체포하는 이유는 폐아파트 무단 침입 때문인 줄 알았다는 것이었다.

조태익의 동선은 CCTV에 기록되어 있었다. 전아무의 손주 사망 사건 이후, 폐아파트 인근에 CCTV가 보강 설치되었다고 들었다. 사각지대가 거의 없을 정도로 촘촘하게. 그러나 '거의' 그럴 수 있을지는 몰라도, 완전히, 아예 그럴 수는 없다는 걸 안찬기는 알고 있었다.

그렇더라도 CCTV에 잡힌 조태익의 태도는 방금 전 그렇게 광포한 살인을 저지른 자라고 보기에는 어려웠다. 초조해하는 듯했지만, 도망치는 것처럼 보이지는 않았다. 한때는 나쁜 놈들이 순진했던 시절이 있었다. 그러나 나쁜 놈들은 점점 진화했다. 안찬기로서는 조태익이 어떤 종류의 나쁜 놈일지 아직은 알 수 없었다.

"그런데, 왜 그랬을까."

담배를 끊는 중이라는 이재승과 사탕을 나눠 먹으며 안찬기가 말했다. 폐아파트 단지가 바라보이는 모텔 옥상에서였다.
거구의 카운터 청년이 쓰레기봉투를 들고 나오는 것이 옥상
아래로 보였다. 오십 리터는 족히 되어 보이는 쓰레기봉투인
데, 그 안에 무엇이 들어 있는지는 모르겠으나, 마치 빈 에코
백처럼 가볍게 들고 가고 있었다. 조진주의 몸무게는 몇 킬로
나 될까. 그는 아직 시신을 보지 못했다.

"뭐가요?"

"왜 나한테 전화를 한 거지?"

"팬인가보죠."

이재승이 히죽 웃었다.

"펜이든 연필이든."

안찬기가 웃지도 않으며 아재개그를 날린 후, 사탕을 와작
와작 깨물었다.

"쟤도 사는 게 힘들긴 했을 거야. 별명이 면봉이었다더라고."

"아, 이름 때문이겠군요."

청년의 이름이 민봉이었다. 서민봉. 그러나 별명이 면봉이
된 것은 이름 때문이 아니라 큰 덩치 때문이었을 것이다. 그렇
게 큰 아이를 면봉이라 부르며 쾌감을 느꼈을 아이들. 서민봉
이 무슨 말끝엔가 그애들을 다 죽여버리고 싶다고 말한 적이
있었다. 안찬기는 '다 죽여버리고 싶었다'로 해석해 들었다.
'죽고 싶었다'로 해석해 듣기도 했다. 그래서 자신도 모르는

사이에 서민봉의 어깨를 툭툭 쳐주기도 했었다.

전아무 손주 사건을 조사할 때, 서민봉이 그를 졸졸 쫓아다니며 성가실 정도로 말을 걸곤 했었다. 아직 하인도 사건이 화제가 되고 있던 중이었다. 하인도 사건 후 그가 탐정 포와로처럼 유명해지는 일은 생기지 않았지만, 간혹 그를 '탐정'이라고 부르는 사람들이 생긴 것은 사실이었다. 농담이든, 조롱이든.

"몰카를 박아놨더라고요, 저 자식이."

이재승이 말했다. 서민봉이 경찰에 연락하는 대신 안찬기에게 먼저 전화한 이유일 거라는 뜻이었다. 그렇다면 이해가 갔다. 그렇더라도 그게 다일까, 여전히 궁금한 것은 사실이었다.

"혹시 말이야."

"네."

"여기 어디 흰옷 입은 여자가 서성거린다든가…… 귀신처럼 돌아다닌다든가…… 이런…… 내가 지금 뭐라는 거야, 젠장."

스스로 생각해도 한심하기 짝이 없는 말이라 안찬기는 도중에 입을 다물어버렸다. 그런 여자가 없다는 건 전아무 사건 때도 확인했었다. 그렇다면 헛것이거나 귀신일 텐데…… 그럴 리가 없지 않겠는가. 그는 미신도 귀신도 믿지 않았다. 좋은 신도 나쁜 신도, 천국도 지옥도 믿지 않았다. 그가 믿는 것은 사람의 세상이었고, 세상에서 지은 죄는 세상에서 갚아야 한다는 것뿐이었다. 그런데 그러지 못하는 죄가 너무 많았다. 퇴임을 할 때, 그리고 퇴임한 후에도, 그는 벌받지 않은 죄, 그가 벌받게 하지 못한 죄들을 생각했다.

모텔 앞쪽에 설치된 CCTV에는 조태익이 혼자 모텔을 빠져나가 폐아파트 단지 쪽으로 걸어가는 것이 녹화되어 있었다. 출입구는 모텔 뒤쪽에도 있었다. 주차장과도 연결된 출입구였다. 주로 업무 관계자들이 이용하는 곳인데, 그쪽에는 CCTV가 없었다. 원래는 있었다는데, 고장났고—왜 안 그렇겠는가!—그후 고치지 않았다. 수금할 때 말고는 모텔에 잘 나타나지도 않는다는 사장은 CCTV가 고장난 것도 몰랐다.

"왜 그랬을까."

안찬기는 다시 한번 똑같은 말을 했다. 이번에는 '뭐가요?'라는 물음이 되돌아오지 않았다. 잠시 전과 똑같은 말이지만 뜻이 다르다는 걸 이재승 역시 알고 있는 것이다. 이번에는 서민봉이 그에게 전화를 건 이유를 묻는 게 아니었다.

우리나라의 살인사건 검거율은 백 프로에 가까웠다. 어떤 해에는 백 프로가 넘었다. 오래된 미제사건이 해결되면 그런 퍼센티지가 나왔다. 수사력이 좋아진 탓이 컸지만, 무엇보다도 가장 큰 공은 CCTV에 돌아가야 했다. 눈알이 빠지도록 CCTV를 파고 있으면 범인이 그 안에서 기어나왔다. 안찬기의 시대에는 가능하지 않았던 일이다. 세상 전체가 밀실 같았던 시기가 있었고, 그런 시기에 안찬기는 경찰이었다. 그러나 그의 수사 기법은 이제 낡다못해 소용없는 것이 되었다. 그가 잡을 수 있는데 현직 경찰은 잡을 수 없는 범인은 없었다. 노진주가 모텔에서 살해된 후 시신이 유기됐는지, 아니면 매립지에서 살해됐는지, 누가 그렇게 했는지 곧 알게 될 것이다. 물론 그 모든 것은 경찰이 밝혀낼 일이었다.

그러니까 안찬기가 하는 일은, 할 수 있는 일은, 경찰이 못 잡는 범인을 잡는 것이 아니었다. 그는 경찰이 안 잡는 범인을 잡고, 경찰이 밝혀야 할 필요가 없는 동기를 밝혀야 했다. 말하자면 이유…… 치정, 돈, 원한, 이렇게 간단한 말로 설명되지 않는 그것, 말하자면 스토리…… 그러니까 안찬기는 이제 탐정이 아니라 작가여야 할지도 모를 일이었다.

서민봉의 스토리는 무엇일까.

무슨 소리를 들었다고 했다. 자기가 소리에 민감하다고 했다. 그래서 육층에 올라가봤다고 했다. 602호에서 물이 흘러나오고 있었다고 했다. 그래서 마스터키로 열고 들어갔는데, 죽어 있더라는 것이었다. 사실일 수도 사실이 아닐 수도 있지만, 이 이야기를 듣는 사람이 소설 독자라면 누구도 그 서사에 매혹되지 않을 것이다. 허약하고 지루하기 짝이 없는 스토리였다.

독자들을 매혹시키려면 반전이 필요할 것이다. 말하자면 이런 서사. 서민봉은 노진주를 죽일 작정이었다. 문도 두드리지 않고 마스터키로 문을 열었다. 노진주가 놀라 쳐다보는 순간, 한순간도 망설이지 않고 노진주를 가격했다. 쓰러진 노진주를 욕실로 끌고 갔다. 그리고 욕조에 엎어놓고 등을 찍어 누른 채 목을 졸랐다. 그 모든 일이 순식간에 끝났다. 서민봉은 안찬기에게 전화를 걸었고, 잠시 휴식을 취했다. 달콤한, 꿈같은 휴식이었다. 그사이 욕조의 물이 천천히 차오르고 있었다.

찰랑, 찰랑, 찰랑.

그런데, 그렇다면⋯⋯

왜 그래야 했을까. 왜 그렇게까지 단호해야 했을까. 노진주와 서민봉은 서로 아는 사이일까. 그러다 우연히 만나게 된 것일까. 그렇더라도 그렇게 순식간에 결정적으로 살해할 결심이 서고, 그걸 또 그렇게 곧바로 행동으로 옮길 수 있을까. 무엇보다도 그 모든 일들을 저지른 후에 가장 먼저 떠올린 사람이 왜 안찬기여야 했을까.

전아무 손주의 사인을 안찬기 역시 실족사로 결론짓고 모텔에서 철수할 때, 서민봉이 그를 주차장까지 쫓아왔었다. 그러면서 미친놈처럼 제가 하고 싶은 말만 했는데, 귀담아들을 필요도 없다고 생각했던 그 말들이 새삼스레 떠올랐다. 욕조에 잠겼다가 떠오르듯이, 넘치듯이.

실족사라고요?

그 말을 하던 서민봉의 얼굴이 벌겋게 달아올라 있었다. 화가 난 것 같았고, 실망한 것 같았고, 어쩐지 좌절한 것 같은 표정이기도 했다. 그런 표정으로 서민봉은 이어 말했다.

사람이 그렇게 죽는다고요? 아무도 안 떠밀었는데?

평생 동안 떠밀린 자의 말이라는 걸 그때 안찬기는 알아들었다. 덩치가 커서 떠밀릴 데도 많았을 것이다. 덩치가 크니 버티면 되었을 텐데, 어느 순간부터 버티는 일 따위는 무용하다는 걸 알게 되었을 것이다.

다 알아낼 거라며! 왜 죽었는지 알아낼 거라며!

그리고 마지막 말은 낮은 속삭임이었다. 마치 스스로에게 하는 말처럼.

왜 죽이는지 알아낼 거라며……

왜 나였을까. 서민봉은 왜 경찰이 아니라 내게 전화했을까.

안찬기는 옥상에서 로비로 내려가기 위해 계단실의 문을 열었다. 이재승은 먼저 내려간 후였다. 엘리베이터를 이용하려면 일단 계단을 내려가야 했다. 서민봉이 했던 말처럼 누수가 있었던 것 같았다. 계단실이 축축했다. 그는 엘리베이터를 타러 복도로 들어가는 대신 계속 계단을 내려가 구층으로 향했다. 그리고 다시 팔층, 칠층, 그리고 육층에 이르렀다.

문의 손잡이를 향해 손을 뻗을 때였다.

열지 마!

어디선가 그런 소리가 들린 것 같다고 여겼고, 그는 뒤를 돌아보았다. 계단실 창문을 통해 폐아파트 단지가 보였다. 흰옷 입은 여자는 보이지 않았다.

열지 마!

이번에는 분명히 소리가 들렸다. 그는 다시 뒤를 돌아보았다. 흰옷 입은 여자가 나타났다. 여자가 그에게 너풀너풀 손을 흔들고 있었다. 그러나 그때 그의 눈길을 끈 것은 흰옷 입은 여자가 아니었다. 흰옷 입은 여자보다 더 기이한 것이 있었다. 출렁이듯 흔들리는 그림자였다. 거대한 그림자가 그를 향해 올라오고 있었다. 돌덩어리 같은 무언가를 들고서.

도망쳐!

어디선가 다시 소리가 들렸는데, 그건 밖이 아니라 그의 내부에서 들려오는 소리 같았다. 그는 문손잡이를 잡았다. 금속성의 냉기가 그의 손바닥을 얼려버릴 듯했다. 마치 드라이아이스라도 만진 듯 고통스럽기까지 했다. 그러니 놀라서 손을 떼어야 할 텐데, 손이 손잡이에 달라붙은 듯 떨어지지 않았다. 그 와중에도 열지 말라는 소리와 도망치라는 소리가 뒤섞여 들렸고, 그림자는 점점 더 가까이 다가오고 있었다.

그리고 문안에서 소리가 들려왔다. 수런거리는 소리, 악을 쓰는 소리, 우는 소리…… 그리고 노랫소리가 있었다. 웰컴 투 디 호텔 캘리포니아. 서치 어 러블리 플레이스, 서치 어 러 블리 페이스.

그가 잡아들여 그에게 원한을 품은, 그가 잘못 잡아들여 더 욱 원한을 품은, 그가 범인을 잡았음에도 여전히 원한을 풀지 못한, 모든 나쁜 놈들과 모든 피해자들이 한꺼번에 내는 목소 리처럼 이상한 수런거림이었다. 이상하게 익숙한 수런거림이 었다.

손잡이를 잡은 손에 힘이 들어갔다. 도망치라는 소리 때문 이 아니었다. 무언가 단단하고 묵중한 것을 들고 그를 향해 올 라오는 그림자 때문도 아니었다. 수런거림, 그 익숙한 수런거 림이 그를 끌어당기고 있었다.

열지 마!

다시 한번 경고의 목소리가 쨍하게 울려퍼졌으나 그는 마침 내 문을 열었다. 음악소리가 터져나왔다.

웰컴 투 디 호텔 캘리포니아.

문안에서 늙은 남자가 그를 향해 허리를 숙였다. 그 뒤로 샹들리에가 찬란하게 켜진 뱅큇 홀이 보였다. 음악이 흘러나 왔다.

서치 어 러블리 플레이스, 서치 어 러블리 페이스……

흰옷 입은 여자가 춤을 청하듯 그를 향해 다가오고 있었다.

아름다운 여자였다. 그 여자가 아름다워서가 아니라, 그 아름
다움이 너무나 눈에 익어서 그는 여자에게서 눈을 뗄 수가 없
었다. 뒤에서 들려오는 소리도 듣지 못했다.

열지 말랬잖아.

여기, 무슨 일이 있나요

빗방울이었다. 태풍이 지나간 후, 여진 같은 비가 다시 내리기 시작했다. 태풍이 끝나면 곧바로 폭염이 올 거라고 했는데, 무더위에 대한 예보만 맞은 셈이었다. 비가 다시 내린다는 예보는 폭우든 소나기든 가랑비든 없었다. 어쩌면 정전이 되어 듣지 못했는지도 모른다. 전기가 완전히 나가기 전에도 TV는 꺼졌다 켜졌다 했고, 기상 캐스터의 목소리도 같이 끊겼다 이어졌다 했다. 핸드폰 사정은 더 나빴다. 배터리가 남아 있는 사람이 거의 없었다. 너나없이 핸드폰의 플래시 라이트를 켰기 때문이었다.

캘리포니아 호텔에서 일을 시작한 후, 정전은 처음 있는 일이었다. 위급 상황시의 대처 매뉴얼이 어지럽게 떠올랐는데,

그중 가장 먼저 떠오른 생각은 이게 과연 위급 상황이 맞는지였다. 정전이 되자 모든 게 갑자기 고요해졌다. 무엇보다도 클럽의 광란 같은 소음이 일시에 사라졌다. 마시고 춤추고 웃고, 누군가는 울고, 누군가는 듣기만 해도 귀가 너덜너덜해질 것 같은 욕설을 끊임없이 내뱉던, 그야말로 끔찍한 소음이었다. 그래서 정전은 오히려 모든 위기를 묻어버린 후 찾아온 고요와 정적 같았다. 그런 고요와 정적을 품은 완전한 어둠.

그때 그 목소리만 들리지 않았다면, 분명 그러했을 것이다.

여기, 무슨 일이 있나요?

고개를 돌려보았으나 아무도 보이지 않았다. 손전등의 방향을 바꿔보았다. 손전등은 핸드폰 플래시보다 훨씬 밝았지만, 홀의 넓이를 감당할 정도까지는 아니었다. 목소리는 위쪽에서 들려온 것 같았다. 높은 천장을 같이 쓰는 이층의 복도에도 사람은 보이지 않았다. 이층에는 회의실만 있고 객실이 없었다.

전기는 금방 돌아오지 않았다. 한전에서는 전기 공급의 문제가 아니라고 했다. 그렇다면 호텔 내부의 문제일 텐데, 하필이면 그날 변전실 당직 근무자가 없었다. 인건비를 줄이기 위해 직원들의 야간근무를 줄인 것은 꽤 오래전이었지만, 그동안 그로 인해 문제가 발생한 적은 없었다. 그러나 어떤 문제든 영원히 발생하지 않을 수는 없는 법이다. 쌓이면 부패하고, 부패하면 가스가 새어나오기 마련이다.

그는 전기에 대해서는 아는 바가 전혀 없었다. 그렇다고 가만히 있을 수만도 없는 일이라 일단 변전실로 향했다. 지하 복도에 물기가 보였다. 좋은 조짐이 아니었다. 아무래도 누수가 있는 것 같았다. 누수와 정전이라…… 호텔 설비에 대해 아는 게 아무리 없다 하더라도 문제가 심각하다는 정도는 짐작할 수 있었다. 변전실 직원의 핸드폰 번호를 다시 눌렀다. 벌써 열번째인지 열한번째인지 그랬다.

직원은 자기 숙소가 호텔에서 십 분도 걸리지 않는다며 즉시 달려오겠다고 했었다. 그게 벌써 한 시간 전이었다. 그 직원이 게으름을 부리거나 거짓말을 하는 건 아니었다. 직원의 숙소는 하천 건너였다. 태풍으로 인해 하천이 범람했고, 다리가 폐쇄되었다. 직원은 평소 다니던 길을 포기하고 다른 길을 찾아야 했다. 이십 분쯤 후, 그쪽 다리도 폐쇄되었다는 전화가 걸려왔다. 그리고 다시 십 분쯤 후, 그가 일곱번째로 전화를 걸었을 때, 직원은 거의 울먹이는 목소리로 전화를 받았다.

건널 수가 없어요. 어디로 가도 건널 수가 없어요.

하천을 건너지 못해 울먹이는 건지, 앞으로 당할 문책이 두

려워 울음이 터지려는 건지 알 수 없었다. 직원은 아직 아이에 불과했다. 고등학교를 갓 졸업한 수습 직원인데, 비상연락망에 적힌 정직원들이 모두 전화를 받지 않아 그 어린아이에게까지 전화하지 않을 수 없었다. 그라고 해서 그렇게 하는 것이 내킬 리는 없었다. 그러나 정전은 복구되지 않았고, 클럽에서는 다시 소음이 살아나고 있었다. 클럽의 취객들이 어둠에 적응하기 시작한 것이다. 취객들은 클럽에서 나와 맞은편 뱅큇홀로 몰려갔다. 장식 초에 불이 켜졌다. 파티가 끝나기는커녕 더 커지려 하고 있었다.

그는 그 밤이 그렇게 이상한 밤이 될 줄 미리부터 알고 있었다. 그날 낮 뱅큇 홀 예약이 들어왔을 때부터 조짐이 좋지 않았다. 결혼식 뒤풀이라고 했는데, 예식도 아닌 뒤풀이라면서 그토록 넓은 홀을 빌리려는 이유를 알 수 없었다. 게다가 당장 그날 밤 예약이었다. 고작 네다섯 시간 후의 뱅큇 홀 예약은 아무리 생각해도 상식적이지 않았지만, 그는 이유를 물을 수 없었다. 고객의 사연을 묻는 건 그의 권한 밖 일이었다. 그가 물을 수 있는 건 참여 인원수, 연회 음식의 가짓수, 그리고 신용카드의 종류뿐이었다. 이유를 묻고, 정성스러운 선물과 카드를 준비하는 일 같은 건 과거에 묻혔다. 더는 누구도 하지 않았고, 해서도 안 되었다. 적어도 캘리포니아 호텔에서는 그랬다.

한동안 특수를 누렸던 호텔은 근방의 휴양지와 골프장 건설이 지지부진해지면서 경영난을 겪었다. 이름만 대면 알 만한 관광지도 아니고, 풍광이 아름다운 곳도, 역사적인 명소도 아닌 곳에 덩그러니 호텔 한 채가 있었다. 골프장 건설을 반대하는 플래카드는 몇 년째 같은 자리에 걸려 있었다. 리조트형 아파트가 가장 먼저 부도를 맞았다.

그래도 호텔은, 아직은, 괜찮았다. 초기에 아낌없이 자본을 쏟아부어 이벤트를 열곤 했는데, 그게 젊은이들 사이에서 입소문을 탔다. 주변에 골프장이 들어서거나 말거나, 휴양 시설이 들어서거나 말거나, 호텔의 클럽이 놀기 좋은 곳이라고 소문이 났다. 밤새 미친듯이 놀아도 아무 문제가 생기지 않는 호텔. 영천 캘리포니아 호텔을 인터넷에 치면 그런 댓글들이 딸려나왔다. 술과 음악과 춤…… 그리고 언제부턴가 클럽에서 마약이 유통된다는 소문도 났다. 클럽은 통째로 빌릴 수 없었다. 그래서 젊은 고객들은 객실을 열 개, 스무 개씩 빌린 후 클럽을 장악했다.

그렇다고 해도 뱅큇 홀까지 예약한 고객은 처음이었다. 이건 클럽 정도가 아니라 호텔 전체를 장악하려는 시도로 여겨졌다. 예약 문의 전화가 왔을 때, 그는 다른 때와 달리 사장에게 먼저 보고했다. 그의 우려를 사장은 무시했다.

헤이, 이츠 호텔 캘리포니아.

사장은 낮부터 취해 있었다. 취하면 툭하면 영어를 썼다. 그 영어가 그날은 욕설처럼 들렸다. 전에는 농담을 알던 사장은 이제 그 유쾌함을 잃었다.

저녁 뷔페를 예약한 뱅큇 홀의 손님들은 정작 저녁 시간에 나타나지 않았다. 식사시간이 훌쩍 지나서 한둘씩 나타나더니 빗방울이 맺힌 리무진이 도착했다. 리무진 안에서 신랑과 신부가 나타났다. 신부는 웨딩드레스 차림은 아니지만 누가 봐도 방금 웨딩을 마친 사람으로 보일 만한, 그야말로 '눈처럼 흰' 드레스를 입고 있었다. 아름다운 여자였다. 그런 옷을 입고 있으면 누구라도 아름다울 것이다.

불길한 기분에도 여자를 바라보는 그의 얼굴에 미소가 번졌다. 그는 딸을 생각했고, 딸이 아직도 살아 있기나 한 것처럼 딸의 결혼식 장면을 상상했다. 정말로, 정말로 아름답지 않은 가…… 아직 물속에 잠기지 않은 내 딸은…… 그러다가 정신이 번쩍 들어서 그는 손님들을 맞아들이기 시작했다. 사람보다 술냄새가 먼저 다가왔다. 한 사람도 빠짐없이 그랬다. 결혼식을 마치고 뒤풀이를 하러 온 게 아니라, 이미 어디에선가 진탕 마시고 취해서 온 것이다.

예약을 한 뱅큇 홀에서는 음식이 건드려지지도 않은 채 식어갔다. 그의 짐작대로 뱅큇 홀을 예약한 것은 클럽을 통째로 장악하기 위해서였을 뿐이었다. 무거운 커튼이 쳐진 창밖에서는 여전히 빗소리가 그치지 않았다. 태풍은 지나갔지만 바람은 여전히 머물러 있었다. 손님들은 속속 도착했고 그들 모두가 약속한 듯 뱅큇 홀이 아닌 뱅큇 홀 맞은편의 클럽으로 향했다. 몇몇 손님들만이 뱅큇 홀로 가서 음식 트레이의 뚜껑을 열어 손으로 고기를 집어먹고, 그 기름진 손을 테이블보에 닦았다. 와인이 피처럼 흘렀다.

그가 할 수 있는 일은 없었다. 손님들을 말릴 수도, 손님들의 소지품을 검사할 수도 없었다. 그럴 때마다 그는 무력감에 사로잡혔다. 딸을 잃기 전까지 그는 특급까지는 아니어도 일급이라 불리기에 무색하지 않은 서울의 한 호텔에서 매니저로 일했다. 호텔 손님들을 빈틈없이 챙기느라 딸과 아내를 챙길 여유가 없었다. 후회는 뒤늦게 왔다. 아무 소용도 없는 때에 이르러서야. 폐인 같은 시간을 보낸 후 영천까지 내려온 게 고작 일 년 전이었다. 영천의 캘리포니아 호텔은 그가 생각한 것과 많이 달랐지만, 그래도 꾸역꾸역, 일을 할 수는 있었다. 게다가 그때 그에게 호텔 캘리포니아 말고 달리 있을 곳이 어디 있었겠는가.

일은 관성이나 습관처럼 할 수 있었다. 괴로운 것은 때때로 손님 중에 딸을 닮은 사람이 나타나곤 한다는 점이었다. 실은

아주 자주였다. 그때마다 그는 호텔 뒤편으로 난 창 앞으로 가
서 한동안 저수지를 바라보며 숨을 골랐다. 딸을 잃고 얼마 동
안은 아예 물을 바라볼 수가 없었다. 한동안은 그 물을 마실
수도 없었다. 그러나 시간은 흘렀고, 뻔뻔하게도, 그는 괜찮아
졌다. 그는 물을 따르고, 물을 마시고, 물로 씻었다. 딸의 사연
을 뒤늦게 알게 된 사람들이 그와 물을 마시다 말고 그 대신
물컵을 내려놓았다. 그는 그러지 않았다. 어느 날부턴가는 그
러지 않았다.

신부의 흰 드레스 밑단이 젖은 것을 발견한 건 정전이 되기
한참 전, 클럽에서 나온 신부가 뱅큇 홀과 클럽 사이의 홀 소
파에 혼자 앉아 있는 것을 보았을 때였다. 신부의 치맛자락 아
래로 물이 뚝뚝 떨어졌다. 자세히 보니 치마 밑단만 젖은 게
아니라 발과 발목까지 젖어 있었다. 그런데 그게 빗물이 아니
라 자기 눈물에 젖어서인 것처럼 보였다. 신부가 울고 있었다.

울지 마라, 아가야. 울지 마.

그는 말해주고 싶었다. 그러나 그러기 전에 신랑이 나타났
고, 무릎을 구부려 앉아 신부의 손을 잡았다. 신부를 설득하거
나 달래는 듯했는데, 신부의 눈을 들여다보는 태도가 누가 봐
도 정성스러웠다. 신부가 고개를 끄덕이며 일어섰다. 그러나
신부의 발은 마르지 않았다.

그로부터 한 시간쯤이 흘러 그는 사장에게 전화를 걸었다.

사장도 취해 있었다. 여기 상황이 좀 심각해질 수도 있을 것 같다는 그의 말에 사장이 버럭 소리를 질렀다. 정말로 심각한 게 뭔지 압니까? 심각한 건 호텔 사정입니다. 알겠어요, 매니저님? 알겠냐고요! 사장은 농담을 잃었을 뿐만 아니라 이제 품위도 잃었다.

그런데 대체 뭘 알겠냐는 것일까. 그는 알지 못했다. 아무것도 알지 못했다. 호텔 사정이 심각한 건 사장이 빌어먹도록 천박하게 굴어서였다. 그는 그러지 않았다. 그러느라 딸을 잃은 게 아니었다. 그는 호텔을 위해 일했고, 투숙객들을 최선을 다해 모셨다. 자부심이나 긍지와는 상관없었다. 그건 그냥 그의 정체성이었으므로, 그는 흔들리지 않고 일했다. 딸을 잃은 건 호텔리어로서의 정체성이 아비로서의 정체성을 앞섰기 때문은 아니었다. 딸이 물에 빠지던 순간 그는 서울의 호텔에서 근무중이었다. 그뿐이었다. 근무중이 아니었다고 해도 그가 할 수 있는 일은 없었을 것이다.

그러나 과연 그랬을까.

어떻게 하더라도 그는 딸을 잃은 아비라는 낙인에서 자유로울 수 없었다. 남들이 뭐라 하든 그런 건 상관없었다. 문제는 자신이었다. 딸을 잃고 얼마 후, 폐인 같은 마음일 때, 그는 낚시 가방을 메고 돌돔 낚시로 유명하다는 남쪽 바다의 한 섬을 찾아갔었다. 그 섬에서 그는 사흘 밤낮 동안 갯바위 낚시를 했다. 그가 딸을 물속에서 잃은 사람임을 알았다면, 모두가 그를 딱하게 여겼을 것이다. 어쩌면 욕을 했을지도 모른다. 딸이 물에 빠져 죽었는데 여전히 낚시를 다니는 아비라니 말이다.

딸을 지키지 못한 아비는 어떤 욕을 먹어도 마땅한 법이다. 낚시를 해도 욕을 먹고, 낚시를 하지 못해도 욕을 먹고, 물을 바라봐도 욕을 먹고, 물을 바라보지 못해도 욕을 먹을 것이다. 그래야 할 것이다. 그때 그는 물을 마시지도 못했고, 물로 씻지도 못했다. 바라보는 건 할 수 있었다. 점차로 그렇게 되었다. 물을 바라보고, 들여다보고, 그 물속에 낚싯대를 드리워놓고, 그 물에 잠겨 있는 돌에 발을 디디거나 엉덩이를 붙이고 앉아 돌이 되기를 꿈꾸었다.

그러면 너와 거기 같이 있을 수 있겠니.

그러나, 그는 돌이 될 수 없었고, 물은 더군다나 될 수 없었다. 그래서 호텔로 돌아왔다. 딸을 잃는 동안에도 지켰던 호텔을 딸을 잃은 후에도 그냥 묵묵히 지켰다. 지금도 마찬가지였다. 신부는 그의 고객이고, 신랑 역시 마찬가지였다. 그는 클럽 쪽으로 향하는 그들 앞으로 다가갔다. 신랑이 먼저 멈춰 서서 그를 바라봤다. 연미복을 입고 리무진을 타고 등장했던 신랑은 이제 셔츠 차림이었고, 그 셔츠는 술과 안주와 알 수 없는 붉은 얼룩들로 지저분하기 짝이 없었다. 손님의 지저분한 곳을 바라보는 것은 올바른 태도가 아니므로 그는 시선을 약간 내린 채 말했다.

많이 취하셨습니다.

신랑은 그가 누구에게 말하고 있는지 알지 못하는 것 같았다. 자신에게? 아니면 자신의 신부에게? 어느 쪽이든 호텔 직원 따위에게 간섭받을 이유가 없었다. 그래서 신랑은 대꾸하는 대신 걸음을 내처 내디뎠는데, 그건 떠미는 것보다 더 폭력적인 태도였다. 떠밀리듯이 길을 비킬 수밖에 없는 그의 등뒤로 클럽의 음악이 다시 폭발했다. 그는 신랑을 쫓아가는 신부의 팔을 붙잡고 싶었다. 물속으로 걸어들어가는 딸의 팔을 붙잡을 기회는 없었지만, 그 낯선, 아름다운 신부의 팔은 붙잡고 싶었다. 그러나 그러지 못했다. 클럽의 광란은 이제 정점으로 치닫고 있었다. 이글스의 〈호텔 캘리포니아〉가 흘러나오기 시작했다.

디스 쿠드 비 헤븐, 오어 디스 쿠드 비 헬……

합창으로 울려퍼지는 노랫소리는 스피커에서 흘러나오는 음악보다 훨씬 더 폭발적으로 들렸다.

그나저나 사장은 〈호텔 캘리포니아〉의 가사를 알기나 할까? 대충은 알고 있는 것 같기도 했다. 어느 날, 망연자실 호텔 간판을 바라보던 사장이 그에게 말한 적이 있었다. 골프장

준공 심사가 다시 한번 연기되던 즈음이었다.

매니저님……

사장이 넋이 나간 것 같은 얼굴로 그에게 물었다.

여기가 천국입니까, 지옥입니까?

그는 물론 대답할 수 없었고, 할 수 있었더라도 하지 않았을 것이다. 천국은 어디에도 없다. 그러나, 마찬가지로, 천국이 어디에도 없는 것처럼, 지옥 역시 어디에도 없다.

정전이 된 것은 몇 번인가 클럽 바깥으로 나온 신부가 다시 신랑에게 이끌려 클럽 안으로 들어간 후 몇 분쯤 지나서였다. 팟, 하고 소리라도 났을 듯한 정전이었다. 그렇게 갑작스러운 어둠은 클럽의 젊은 고객들을 흥분시켰다. 일 분이나 이 분 정도는 그랬다. 비명과 고성과 환호가 한꺼번에 폭발하고, 병이 깨지고, 접시가 날아가는 것 같았다. 그러나 곧 정적이 내려앉았다. 아무 소리도 들리지 않는 정적이 또다시 일 분이나 이 분쯤 지나갔다. 그리고 누군가 고함을 지르듯 울고, 누군가는 울지 말라고 고함을 질렀다. 그리고 다시 정적. 핸드폰 플래시 라이트들이 켜지기 시작했다.

그리고 누군가 말했다.

여기, 무슨 일이 있나요?

딸에게는 무슨 일이 있었던 것일까.

딸과 함께 있던 딸의 남자친구는 딸이 물에 들어가는 것을 보지 못했다고 했다. 딸이 저수지로 가는 것도 보지 못했다고 했다. 언젠가 딸이 말해줬다는 꿈 얘기만 했다. 꿈이라면서도 그게 꿈이 아니라 정말로 겪은 일 같다고 말하더라고도 했다. 어쩌면 '겪을 일'이라고 했는지도 모른다. 딸이 무슨 말을 했든, 딸의 남자친구가 무슨 말을 하든, 그는 믿을 수 없었다.

딸은 왜 그렇게 되었을까. 그러나 그런 때늦은 질문이 무슨 소용이란 말인가. 그에게는 때늦지 않게 딸에게 물을 기회가 수도 없이 많았다. 딸의 삶에 조금씩 금이 갈 때, 그 실금이 갈라져 균열이 될 때, 그러나 완전히 깨지기 전에 그는 물어볼 수 있었다. 무슨 일이니? 너에게 무슨 일이 있는 거니? 그는 그러지 않았다. 아니, 그러지 못했다. 물어보는 일은 쑥스러웠고, 대답을 듣는 일은 두려웠다. 자신이 감당할 수 없는 말이 나오면 어째야 할지 몰랐기 때문이다. 무슨 일이든 벌어지면 다 감당할 자신은 있었다. 하나뿐인 딸을 위해 못 할 일이 뭐가 있겠는가. 딸이 다치면 딸을 다치게 한 놈을 그만큼 다치게 할 것이다. 딸을 울린 놈이 있으면 그놈을 딸만큼 울게 할 것이다. 그러나 그 모든 일은 딸이 다치고 난 후, 울고 난 후의 일이었지, 다치기 전, 울기 전의 일이 아니었다.

호텔의 고객들은 일어날 것 같은 일로 컴플레인을 하지 않왔다. 언제나 일어난 일로 했다. 호텔 그 자체는 달랐다. 호텔은 살아 있는 생물처럼 그에게 말을 걸거나 불평을 토했다. 일이 벌어지기 전에, 그러니까 무너지기 전에, 금이 가기 전에, 물이 새기 전에, 곰팡이가 피기 전에…… 그러니까 딸의 생에 그어지기 시작한 잔금을 그가 몰랐다고 말하면, 그건 거짓말이다. 그는 평생을 호텔리어로 살았고, 건물이 하는 말을 한마디도 놓치지 않고 다 알아듣는 사람이었다. 그런데 어떻게 자기 딸이 하는 말을, 자기 딸이 온몸으로 하는 말을 못 알아들을 수 있단 말인가.

그는 교회에 가서 울었다. 절에 가서 울었다. 몰랐다고 말했다. 호텔을 지키며 사십 년을 살아온 그의 삶은, 아버지로 살아온 이십 년의 삶을 삼켜버렸다. 그러나 교회에 가도 절에 가도 그는 호텔리어로서의 삶과 아비로서의 삶을 분리해서 생각할 수 없었다. 그 둘은 분리할 수 있는 종류의 것이 아니었다. 하나는 정체성이고, 하나는 존재였다. 아무리 울어도, 온몸의 물이 다 바깥으로 흘러나와 그 자신의 몸이 다 잠긴다 하더라도 그건 달라지지 않는 사실이었다.

변전실에 가까이 갈수록 바닥에 고인 물이 많아졌다. 문 앞에 이르렀을 때는 거의 발목이 잠길 정도였다. 누수가 있다 해도 변전실에서 발생하지는 않았을 터인데 물은 마치 문안에서 쏟아져나오는 것처럼 보였다. 그는 문을 열기 전에 먼저 직원에게 다시 전화를 걸었다. 수습 직원은 전화를 받지 않았다. 하천을 건너려 또다시 다른 다리를 찾아 달리고 있는 중일지도 몰랐다. 대신 전화가 걸려왔다. 관리실장이었다. 자다 깨서 이제야 부재중전화를 확인했다며 횡설수설하는데, 술에 떡이 된 목소리였다. 실장이 응급 대처 방안을 말해주기 시작했으나 그가 알아들은 말이라곤 올라가 있는 레버는 내려보고, 내려가 있는 레버는 올려보라는 것뿐이었다. 변전실 문 역시 레버를 올리고 내리는 방식인데, 그 레버는 올라가 있지도 내려가 있지도 않았다. 말하자면 중립이었다. 올렸다 내리고, 내렸다 올리니 열렸다.

그는 실장에게 다시 전화를 걸었다. 실장은 곧바로 전화를 받았고 화상으로 변전실 내부를 보여달라고 했다. 실장이 알려주는 대로 레버 하나를 올리자 비상 전등이 켜졌다. 또다른 레버를 올리자 비상 전력이 공급되기 시작했다. 지상 상황은 아직 알 수 없었다. 위층에서 환호하는 소리가 들려오는 것 같았다. 클럽에 다시 음악이 울리고 젊은 고객들이 환호하는 소리일 수도 있겠지만, 그 먼 소리가 변전실까지 들리는 것인지는 확신할 수 없었다.

그는 소리를 쫓아가보기로 했다. 어쨌든 누수가 되는 곳을 정확히 확인할 필요가 있고, 정전으로 인해 곤란한 상황에 빠진 고객이 있는지도 확인해봐야 했다. 엘리베이터는 정상 작동되고 있었다. 비상 전력이 가장 먼저, 가장 오래 공급되는 곳이 엘리베이터였다. 다 망해가는 캘리포니아 호텔에도 그 정도 기본은 있었다. 그러나 그마저도 이제 무너지는 중이었다. 무슨 까닭으로든 정전은 발생했고, 정전과 함께 작동했어야 할 비상 전등은 켜지지 않았고, 물이 샜다. 언젠가 벽에 금이 가고, 지붕이 흔들리고, 엘리베이터의 전원 공급도 끊길 것이다. 곧 그런 날이 올 것이다.

그때 그는 호텔 캘리포니아를 떠날 수 있을까. 유 캔 체크아웃 애니타임 유 라이크, 벗 유 캔 네버 리브. 그는 이글스의 노래 〈호텔 캘리포니아〉의 가사를 한글로 적어 수첩에 넣어 다녔다. 캘리포니아 호텔의 매니저로서 어쨌든 알고는 있어야 할 것 같아서였다. 난해한 가사는 끝도 없이 길었다. 그가 외울 수 있는 건, 천박한 사장처럼, 웰컴 투 디 호텔 캘리포니아뿐이었다. 왜 더가 아니라 디처럼 들리냐고 물어볼 사람이 없었다. 딸이 있다면 물을 수 있었을까. 한때는 목사만 믿더니 나중에는 글만 믿게 된 아내에게라면 물을 수 있을까. 아내는 이야기에 빠져버렸다. 하기야 목사든 신이든, 이야기이기는 마찬가지일 것이다.

소리는 첫번째 엘리베이터가 비어 있다는 것을 확인하고 두번째 엘리베이터로 향해갈 때 다시 들렸다. 엘리베이터를 열자 소리가 확연해졌다. 천장 위에서 들려오는 것 같았다. 그러나 그럴 리가 있겠는가. 그는 다시 손전등을 켜 엘리베이터 천장 쪽으로 비춰보았다. 물이 떨어지고 있었다. 뚝뚝뚝.

전기에 대해 알지 못하는 것처럼 엘리베이터에 대해서도 그는 몰랐다. 천장의 구조물을 개폐하는 방법도 알지 못했다. 그래서 그는 손전등의 둥근 불빛 속으로 뚝뚝 떨어지는 물을 보고만 있었다. 그때 갑자기 목이 선뜩했다. 본능적으로 손이 뒷목으로 갔다. 손바닥에 물이 묻어났다. 묻어난 건 물기뿐만이 아니었다. 아이가 건져질 때, 미역처럼 늘어져 있던, 아이의 긴 머리카락…… 사진으로만 봤던 그 촉감이 같이 묻어났다. 아이는 엄마도 아빠도 없는 곳에서 혼자 물에 빠져 죽었다. 아빠가 손님들의 세계에 있고, 엄마도 이야기의 세계 속에 있느라 딸이 죽는 것도 알지 못했다. 그래서 아이가 죽어가며 할 수 있는 일이 자신의 머리카락으로, 죽는 날까지, 아니 죽어서도 지옥에서 살아가게 될 엄마 아빠의 목을 휘어감는 일이었을까. 엘리베이터 천장에서 쏟아져내린 머리카락이 그의 목을 휘어감았다. 그는 그렇게 승천하고 싶었다. 여기가 아닌 거기로 가고 싶었다. 그곳이 아이가 있는 곳이기만 하다면. 그곳이 비록 지옥이더라도. 쿠드 비 헬이더라도.

아빠, 나 여기에 있어.

그런 말을 듣고 싶었다. 그곳이 어디든.

그는 엘리베이터 문을 닫고 계단으로 향했다. 계단실로 들어서자 소리가 좀더 커졌다. 아니, 보다 깊어지고 둥글어졌다고 해야 할까. 소리는 공명하다가 점점 명확해지기 시작했다. 이층, 삼층, 사층…… 웅웅거리던 소리가 점점 음성과 음절로 변해, 그야말로 소리로 들렸다.

무슨, 여기, 있어, 일이.

그는 뚜벅뚜벅 발소리를 내며 계단을 올라갔다. 계단을 걸어오르는 일이 좀체로 없는 그는 곧 숨이 찼다. 헉헉거리는 숨소리가 계단실에서 공명했다. 다시 소리가 들리기 시작했다.

없어, 거기, 아무, 일이.

그게 자기 소리임을 알게 된 건, 육층에 이르러서였다.

그의 딸이 죽기 전 잠깐 머물렀던 방도 육층에 있었다. 캘리포니아 호텔에 취직해 내려온 첫날, 마침 비어 있던 그 방에서 그는 하룻밤을 보냈다. 비어 있는 건 그 방만이 아니었다. 다 망해가는 호텔은 빈방투성이였다. 그는 한숨도 자지 못했다. 그 더러운 방과 침대와 시트, 호텔의 형편없는 관리에 분노했다. 그러려고 그 방에 있었던 게 아닌데, 통곡하는 눈물에 그런 분노가 섞였다. 딸은 왜 이렇게 더러운 방에, 더러운 침대에, 더러운 욕조에…… 무엇보다도 왜 이렇게 더러운 물에 빠졌단 말인가.

딸은 저수지에 빠져 죽었다. 그가 알기로는 그랬다. 그러나 그의 상상은 항상 그 방에서 끝났다. 딸이 그 방에 머물렀다면, 그 방에서 나가지 않았다면 살았을 것처럼. 영원히, 영원히 저수지 같은 곳에는 가지 않았을 것처럼. 그러니까 열지 말렴. 아이야, 제발 그 문을 열지 말렴.

너를 얼마나 사랑했는지…… 내가 너를 얼마나 사랑했는지…… 사랑했는지……

호텔 일을 하다보면 딸의 사진을 꺼내 볼 여유조차 내기 힘들 때가 많았다. 시간이 없어서가 아니었다. 호텔 매니저는 고객을 지키는 사람이었다. 고객을 지키는 일은 시간을 조절해가며 할 수 있는 일이 아니었다. 전력을 다한다거나 전념한다는 뜻이 아니라 그의 존재 자체가 거기 있어야 한다는 뜻이었다. 그는 호텔의 일부고, 고객의 그림자였다. 누가 그에게 그렇게 가르친 적은 없었으나, 그는 삶을 통해 그걸 배웠다. 어린 시절 딸은 그가 일하는 호텔에 놀러오곤 했고 진심으로 그를 사랑했다. 유치원에서 딸이 그려온 그림 속에서 그는 꼬마 병정이었다. 그러니까 그는, 지키는 사람이었다.

딸은 못 지켰다. 못 지키고 있는 줄도 몰랐다. 그래도 딸이 마음에 가득차서, 핏줄에 가득차고 숨에 가득차서, 그와 함께 움직이고, 걷고, 숨을 쉬었다. 평생 그럴 줄 알았다. 딸이 처음으로 가출했을 때, 절도 혐의로 붙잡혔다며 경찰서에서 연락이 왔을 때, 가출 팸 애들한테 맞아 실명 위기에 처했다는 연락을 병원에서 받았을 때, 그때도 그는 꼬마 병정처럼 호텔의 홀을 지키기는 했지만, 그래도 핏속에서 흐르고, 숨 속에서 같이 숨을 쉬는 건 딸이었다.

무슨 일이 있었니.

병원 침대에 누워 있는 딸을 두고, 그날도 그는 근무시간이 남아 있는 호텔로 돌아와야 했다. 병원에 갈 때 달려서 나가지 못했던 것처럼 들어올 때도 걸어서 들어왔다. 호텔에서 일하는 사람이 뛰지 않는 것은 상식이다. 호텔에서 일하는 사람이 뛰면 고객들은 불안을 느낀다. 그날 딸의 수술비를 위해 가불을 요청했으나 받지 못했다. 그건 질서에 어긋나는 일이라고 했다. 대신, 총매니저가 봉투를 내밀었다. 가불 대신 성의라고 했다. 그건 예의라고 했다.

육층 표시가 보이고, 곧 비상문이 보였다. 누수의 근원은 아무래도 육층 같았다. 물이 졸졸 흐르지 않고 콸콸 흘러나왔다. 비상문의 손잡이를 잡자 어디선가 또 소리가 들렸는데, 그게 꼭 '열지 마'라는 소리처럼 들렸다.

열지 마.

그러나 그는 열었다. 질서를 회복하는 일, 그게 매니저인 그가 하는 일이었기 때문이다. 물이 쏟아져나왔고, 그는 급류에 휩쓸리듯이 뒤로 밀려나다가 계단실 벽에 부딪혔다. 육층 열린 문으로 쏟아져나오는 물은 믿어지지 않는 양이었다. 댐의 둑이 뚫린다면 그 정도의 물이 쏟아질까. 생각의 중심을 놓치는 순간 몸이 같이 흔들려 물살에 휩쓸렸다. 그는 계단 아래로 쓸려내려가기 시작했다.

열지 말랬잖아.

다시 홀이다. 그는 다시, 홀의 꼬마 병정 같은 매니저가 되어 있다. 클럽에서는 여전히 요란한 음악이 터져나오고 있다. 품위 있는 호텔에서라면 있을 수 없는 일이다. 클럽에서 터져나오는 음악이 홀까지 울리고, 술냄새가 흥건하고, 심지어 약을 빤 아이들이 홀의 카펫에 침을 흘리고, 여자애들이 그 위에 주저앉아 우는 일은.

흰옷 입은 여자가 클럽에서 뛰어나오는 것이 보였다. 흰 치맛단에서 물이 뚝뚝 떨어지는 정도가 아니라 이제는 줄줄 흐르고 있었다. 신랑이 쫓아 뛰어나와 신부의 손을 잡았다. 다정하고 배려 있는 손이 아니었다. 신부의 손목이 비틀렸다. 신랑은 신부의 손을 잡지 않은 나머지 한 손을 마구 흔들며 악을 썼다. 신부는 잡히지 않은 손으로 얼굴을 가렸다.

질서를 지켜야 했다. 세상의 질서는 못 지켜도, 호텔의 질서는 지켜야 했다. 그는 매니저였다. 한때는 지배인으로 불렸다. 그가 지배인으로 불리던 고전적인 시절에 호텔은 품위 있는 사람들로만 가득찼고, 딸은 그를 존경했다.

그는 신랑 앞으로 다가갔다.

그만하시죠.

신랑이 그를 쳐다보았다.

많이 취하셨습니다.

뭐라는 거야, 이 늙은 새끼가.

정전이 된 것은 어쩌면 그때였는지도 모른다. 팟 하고, 소리라도 났을 듯한 정전이었다. 그리고 피맛이 느껴졌다. 누가 흘린 피일까. 어둠 속에서 그는 자신의 손을 내려다보았는데, 그 손에 무언가가 잡혀 있었다. 흰옷 입은 신부의 손목 같았다. 아니면, 검일지도 모른다. 꼬마 병정의 검 말이다. 이런 건 꼭 칼이 아니라 검이라 불러야 할 것 같다. 꼬마 병정이 아니라 진짜 병정이 들고 있어야 할 것 같은, 그런 검. 뱅큇 홀의 얼음 조각에도 검이 장식되어 있었다. 그러나 이 검은, 시간이 흐르면 녹아내릴, 그런 가짜 검이 아니다. 이 검은 진짜다. 지배하는 자의 검.

고객들은 호텔에 대해 많은 걸 모른다. 아니, 실은 아무것도 모른다. 호텔은 잠시 머물렀다 가는 곳, 현실의 세계가 아니라고 믿는다. 그러나 그들은 틀렸다. 호텔이 완벽한 판타지가 되기 위해 얼마나 엄격한 질서가 요구되는지, 이 어린 고객들은 알지 못한다. 그러므로 가르쳐야 한다. 가르쳐야 할 것이다. 그에게는 세상을 가르칠 자격도 능력도 없지만, 호텔의 질서에 대해서는 가르칠 수 있다.

그래서 검을 휘둘렀나? 그래서 피맛이 나나?

정전이 복구되었을 때, 그는 더는 캘리포니아 호텔에 있지 않았다. 그곳은 아파트 단지 같았다. 캘리포니아 호텔 옆에 지어지는, 아니, 지어지다 만, 리조트형 아파트 단지. 흰옷 입은 신부가 그곳에 있었다. 어쩐지 몹시 낯설었다.

여기가 어딘지 아십니까?

그가 물었고, 흰옷 입은 여자가 대답했다.

웰컴 투 디 호텔 캘리포니아.

그리고 또 한마디.

유 캔 체크아웃 애니타임 유 라이크, 벗 유 캔 네버 리브.

주위를 살피려 고개를 돌리자, 캘리포니아 모텔이라는 간판이 멀리 보였다. 그의 호텔이 아니었다. 그가 몸담은 곳은 캘리포니아 호텔이지 캘리포니아 모텔이 아니었다. 이름만 호텔인 그런 모텔이 아니었다. 그러나 무슨 상관이겠는가. 어디에서든, 그는 질서를 지킬 것이다. 버릇을 고칠 것이다. 그래야 할 것이 아무것도 남아 있지 않은 세계, 텅 비어 있는 세계에 이르렀다는 걸 그는 아직 알지 못했다. 그의 정체성이 너무 강해서, 그 무엇도 그를 완전한 공허와 허무의 세계로 이끌지는 못할 것 같았다.

돌의 심리학

그는 그때 돌밭 위에 있었다. 채석장에서 가까운 곳의 돌무더기 밭이거나 어쩌면 갯바위 근방의 자갈 해변인지도 모른다. 발밑의 돌은 산의 돌처럼 거칠기도, 바다의 돌처럼 둥글기도 했다. 사실 그는 돌에 대해 잘 몰랐고, 산이나 바다에 대해서도 잘 몰랐으며, 소리에 대해서도 마찬가지였다. 돌의 모나거나 둥근 모서리를 디딜 때면 발목이 비틀리곤 했는데, 그때마다 어이쿠 하며 소리를 지른 후에 들려오는 사사삭 하는 소리가 숲을 지나온 바람소리인지 바다를 지나온 파도 소리인지도 알지 못했다. 어쩌면 자신의 숨소리였는지도 모른다. 자신의 숨에 그런 연약한 소리가 남아 있을 거라고 믿기지는 않았지만.

그의 숨에 만일 무슨 소리가 남아 있다면, 그건 아마도 헐떡거리는 소리일 것이다. 그는 오래 뛰어다녔다. 정말이지 오래 뛰어다녔다. 어떤 때는 죽도록 뛰었고, 어떤 때는 숨이 넘어가게 뛰었다. 말 그대로 숨이 넘어가 길 한복판에 그냥 드러누워 버린 적도 있었다. 그때는 칼에 찔려 죽든, 발에 밟혀 죽든, 더 뛰다 죽느니 그렇게 죽고 말지 싶었다. 그 정도로 뛰었다는 소리다.

왜 그랬을까. 뭐하러 그렇게까지 했을까.

그런 생각에 이르자 돌밭 위의 걸음이 저절로 멈췄다. 발목이 비틀리지 않게 조심하며 제자리에 선 채로 사방을 둘러보았다. 보이는 모든 것이 다 돌이었다. 그러니까 여기는 바다는 아니라는 소리다. 산도 아니다. 그렇다면 무엇인가.

혹시 꿈속일까? 그런 것 같지도 않다. 꿈속이라면 감각이 이토록 생생할 수는 없을 것이다. 바람의 느낌이, 소리의 흐름이, 공기의 밀도가 너무나 생생했다. 그중에서도 가장 생생한 것이 외로움이었다. 그는 고독했다.

그런데 고독이라니. 그는 그런 감정에 휘둘리는 사람이 아니었다. 물론 그도 사람이니 가끔은 외로웠겠으나, 그뿐이었다. 그뿐이 아니면 뭐 어쩌겠는가. 나쁜 놈들은 달랐다. 그들은 대놓고 말했다. 씨발, 좆나 외로워서 그랬다고요! 그러면 그는 혀를 쯧쯧 차거나, 아니면 기어코 참지 못하고 나쁜 놈의 머리통을 손바닥이나 주먹으로 후려갈겼다. 맞으면 외로움은 사라진다. 때릴 때도 그랬을지 모른다. 아니, 아마 그랬을 것이다.

그러나 지금, 그에게는 때릴 사람도 맞아줄 사람도 없다. 게다가 그의 내부를 채우고 있는 감정은 배고픔이나 갈증처럼 너무 구체적이고 실체적이어서 이게 외로움이 맞기나 한 건지도 알 수 없었다. 그러나 달리 표현할 말이 뭐가 있겠는가. 몸속에 뭔가가 가득차 그 무게를 못 버티고 밑으로 쿵 떨어지거나 아니면 그 밀도를 못 견뎌 펑 하고 터져버릴 듯한데, 그게 아무래도 고독 같았다. 이럴 때 쓰는 쉬운 표현이 있다는 것 정도는 그도 알았다. 그는 뼈가 저리게 외로웠다.

여기, 누구 안 계십니까.

그는 입을 열어 소리를 내보았다. 사람을 부르는 일은 그가 잘하는 일 중의 하나였다. 대개는 욕설을 섞어 불렀다. 이 새끼, 너 거기 안 서! 그가 어떤 험한 욕설을 섞어 부른다고 해도 멈춰 서는 사람은 없었다. 더 죽어라 하고 뛰었다. 누가 형사가 서란다고 서겠는가. 그걸 알면서도 왜 불렀을까. 왜 서라고 했을까. 다리 중간에서 뛰어내린 놈도 있고, 옥상이나 절벽에서 뛰어내린 놈도 있었다. 차도로 뛰어들어 온몸이 으깨져버린 놈도 있었다. 그러면 그는 헐떡거리며 말했다. 서랬잖아, 새꺄, 그러니까 서랬잖아.

그리고 지금, 그는 서 있다. 누가 서라고 하지도 않았는데, 서 있다. 그는 자신이 어디에서 와서 여기까지 이르렀는지 알지 못했다. 다만 끝없이, 하염없이, 한사코 걷고 있었다는 기억은 남아 있다. 발밑이 전부 돌이었다. 돌들은 젖거나 말라 제가끔 다른 색깔들을 내고 있었다.

여기, 아무도, 안 계십니까? 누구 없어요?

침묵. 사사삭.

또 사사삭 하고 소리가 나는데, 돌이 구르는 소리는 아니었다. 돌이 구르는 소리가 사사삭 하고 날 리는 없었다. 그것은 외부에서 그를 문지르는 소리처럼 들렸다. 그의 테두리, 그의 몸을 문지르는 소리. 그는 곰곰 생각했다. 그게 무슨 뜻일까. 그의 몸에 테두리가 있다는 것은……

조심스럽게 발을 들어올려보았다. 움직이지 않았다. 다른 발을 들어올려도 마찬가지였다. 그는 멈춰 선 자세 그대로 물끄러미 자신의 두 발을 내려다보았다. 그것은 돌의 모양이었고, 돌 아닌 어떤 모양도 아니었다. 혼란스러운 생각이 들어 잠시 앉아서 쉬려고 했으나 앉을 엉덩이가 없었다. 아니, 구부릴 무릎이 없다는 표현이 더 옳을지도 모르겠다. 혼란스러운 생각은 곧 지나갔다. 고독에 대해서도 마찬가지였다.

돌이 되었으니, 외로울밖에.

소리는 계속 들렸다. 사사삭, 사사삭. 무언가의 테두리를 지나 그의 테두리로 건너오는 소리.

그런데 그에게 돌이 되고 싶은 소망이 있었던가? 있었더라도 이런 식으로 되고 싶은 것은 아니었을 터이다. 돌이 되었는데도 생각이 있고 고독이 있다니. 그건 돌이 되지 않느니만도 못한 게 아닌가.

그렇지 않소?

그는 옆의 사람에게, 아니 옆의 돌에게 물었다. 붉은색 반점을 주근깨처럼 가진 돌이었다. 그는 그 돌과 비슷하게 생긴 사람을 알았다. 아니, 돌을 알았다. 혈석이라 불리는 그 돌은 핏자국 같은 붉은 점이 있는데, 그걸 암 치료 효과가 있다며 고가에 팔아먹던 사기꾼 일당이 있었다. 압수품의 양이 어마어마했는데, 다 돌덩어리들이었다. 그래서 함부로 주워담고 던지고 내팽개치고 했는데, 이렇게 옆에서 만나게 될 줄 알았다면 그때 좀 잘해줄 걸 그랬지 싶었다.

붉은색 주근깨 돌은 아무 말이 없었다. 새침한 돌이었다. 아
니면 화가 난 돌일지도 몰랐다. 그것도 아니면 귀찮거나. 그러
나 돌의 마음이 이토록 사람과 다를 바 없다면, 대체 돌은 왜
돌이어야 한단 말인가.

언제부터 여기 계셨습니까.

이번에는 반대쪽 돌을 향해 물었다. 깍듯한 존대를 쓴 건 아
직 돌의 나이를 알지 못하기 때문이었다. 돌은 어쩌면 수천 살
이나 수만 살일 수도 있을 것이다. 붉은 주근깨 때문에 어려
보이던 돌도 어쩌면 수십만 살이거나 수억 살일지도 몰랐다.
몇 살인지 알 수 없는 돌은 대답하지 않았다.

그는 이번에는 그 반응을 이해했다. 무시가 아니었다. 침묵
도 아니었다. 돌은 돌의 정체성을 지키며 거기에 있을 뿐이었
다. 말하지 않고, 스스로는 구르지 않으며, 생각하지 않는 돌.
그런 돌의 세계에 있는 돌.

그가 외로운 것은 그 수많은 돌들 가운데서 그 혼자서만 생
각이란 걸 하고 있기 때문일 수도 있었다. 그는 돌의 모습을
하고 있으나 아직 완전히 돌이 되지는 못한 것일지도 몰랐다.

아마도 그럴 것이다. 돌이면서 돌이 아닌 것 사이에서 흔들리는 존재, 그러므로 뭐라 이름 붙일 수 없는 존재인 그는, 달리 할 수 있는 일이 없었으므로, 물끄러미 지평선을, 혹은 수평선을 바라보았다.

온통 돌무더기뿐이었다. 무엇을 물어도 대답해줄 사람이 없고, 소리 내어 울어도 들어줄 사람이 없었다. 자신이 지은 모든 죄를 사하여달라고 외친다 해도 마찬가지일 것이다. 그러므로 그는 혼자 생각하고, 혼자 슬퍼하거나 혼자 후회하다가, 혼자 발광을 해야 할 것이다. 발광을 할 지경이 되어도 버르적거릴 팔다리가 없으니 사사삭, 사사삭, 테두리를 문지르는 소리만 낼 것이다.

자신이 곧 완전한 돌이 될 것임을 받아들이기는 어렵지 않았다. 지나칠 정도로 자연스럽게 받아들여졌고, 동시에 기억은 빠르게 흐려졌다. 기억이 소실되는 틈마다 무기질이 쌓이고, 굳고, 단단해졌다. 이제 갓 태어나는 존재인 그는 부서진 곳도 갈라진 곳도 없이 날것인 그대로 뾰족하고 거칠었다. 그는 자기 몸이 마음에 들었다. 자신이 바위이거나 암석이기는 커녕, 아마도 진흙이거나 모래 따위가 뭉쳐서 생긴 작은 돌멩이에 불과하리라는 사실 역시 나쁘게 여겨지지 않았다. 작은 것은 부서지는 것 역시 빠를 터이니, 돌의 생이 지루해질 즈음에는 모래나 먼지가 되기를 꿈꿀 수도 있을 것이다. 만일 돌에게도 꿈이란 것이 있을 수 있다면.

돌이 되기 전 그의 꿈은 무엇이었을까. 사람으로 살던 시간 동안, 그의 직업은 형사였다. 그 기억 역시 돌이 부서지고 모래가 흩어지듯이 사사삭, 사사삭 사라져가는 중이었는데, 사람으로 살아가던 시간 동안, 아니, 사람 비슷한 것으로 살아가던 시간 동안의 기억이 사랑하는 아내나 자식에 대한 것이 아니라 세상 말종인 놈들을 쫓아다니던 형사로서의 삶이라는 게 좀 이상하게 여겨졌다. 이상하게 생각하는 순간에도 테두리는 빠르게 문질러져, 어쩌면 자신에게는 아내나 자식이 없었을지도 모른다는 생각이 들었고, 곧 그런 생각조차 사라졌다. 자신이 형사였던 기억이 끈질기게 남은 것은 아마도 달리던 기억 때문일 것이다. 팔다리가 있던 시절의 기억. 그 거추장스럽던 것들, 그래서 달리고, 그래서 붙들고, 그래서 주저앉고, 그래서 끌어안았던 기억들.

붙잡으려고 했던 기억. 붙잡지 않으면 안 될 것 같았던 기억. 그것은 고독이나 외로움, 혹은 쓸쓸함 같은 식으로 표현되는 감상의 문제가 아니었다. 그보다는 더 실체적인 기억이었다. 통증과 구토와 비명과 혐오와 구역질의 기억, 그러므로, 태어나는 순간의 기억인가…… 죽어가는 순간의 기억인가. 어느 쪽이 더 불행한 기억일지 모르겠다.

마지막 기억 속에서, 그러니까 하염없이 걷기 직전에, 그는 물속으로 빠져들고 있었다. 그는 한때 수영 선수를 꿈꿨을 정도로 수영 실력이 나쁘지 않았지만, 그 물은 속수무책이었다. 그가 물 밖으로 고개를 내밀 때마다 무작스럽게 그를 내리치는 몽둥이가 있었다. 맞아 죽든지 익사하든지 둘 중 하나밖에는 선택이 없었다. 그러니까 결국 한 가지 선택은, 죽음.

돌이 된 것은 어쩌면 그 선택을 피하기 위해서였을까. 돌이야 아무리 맞아도 부서지거나 깨지기밖에 더하겠는가. 아무리 물에 처박혀도 가라앉기밖에 더하겠는가. 그래서일까. 그는 지금 돌 비슷한 것이 되어 있다. 아주 빠르게 완전한 돌이 되어가는 중이었다.

사사삭, 다시 소리가 들렸다. 이번에는 소리의 질감이 달랐다. 물속을 휘젓는 소리. 쇠파이프로 물속을 휘젓는 소리, 그러므로 금속과 물이 만나는 소리였다.

죽었어?

아직 안 죽었어, 개새끼.

한 번만 더 올라오라고 그래, 이번엔 아주 머리통을 수박처럼 깨버릴 테니까.

아예 건져서 깨버릴까? 그리고 다시 던져버리자.

뭐하러?

재밌잖아.

아우, 씨발. 근데 왜 이렇게 덥냐?

이따 낚시나 하자. 여기가 돌돔 낚시가 끝내준다잖아.

돌도 몇 개 주워갈까?

뭐하러?

던지게.

왜?

죄 안 진 새끼는 돌 던져도 된다는 말 있지 않냐?

그런 말을 들어본 것도 같다고 생각하며, 그들은 물 밖으로 솟아오르는 머리를 향해 이제 돌을 던지기 시작했다. 그저 심심풀이처럼. 그들에게 죄가 없어서가 아니었다. 저 새끼에게도 죄가 있기 때문이었다. 세상에 죄 없는 인간은 없어서였다. 모두 쌤쌤이어서였다.

우리 애가 조약돌 주워오라고 했는데.

이게 조약돌이냐? 자갈이지!

조약돌이랑 자갈이 다른 거냐?

내가 아냐, 새꺄.

어우, 씨발. 그건 그렇고 경치 드럽게 좋다…… 아름답지 않냐, 여기……

그치. 좆나 아름답다…… 여기.

노을이 지고 있었다. 쇠파이프를 든 두 명의 남자는 갯바위 해변 자갈밭 끝에 서서 그 노을을 바라보고 있었다. 둘 중의 하나, 누구인지는 알 수 없지만, 둘 중의 하나가 소리 없이 눈물을 흘렸다. 노을이 너무 아름다워서였다. 사람을 죽이면서 울어보기는 처음이었다.

유카

섬에 이르자 안찬기의 죽음이 새삼 실감이 났다. 돌이 많아도 너무 많았다. 갯바위 해변에도 있고, 바닷물에 반쯤 잠겨서도 있고, 부서지는 파도 속에도 있었다. 그나저나 '부서지는'이라니. 섬에 이르자 섬과 어울리는 단어들이 줄줄이 떠올랐는데, '밀려드는' '끝없는' '철썩이는' 등등과 함께 '부서지는' 역시 마찬가지였다. 그에 이어 떠오르는 또하나의 말. 죽음. 삶과 죽음은 섬뿐만 아니라 어디에나 다 어울릴 말이겠지만 하인도에 이르자 더욱 선연해졌다.

배는 저쪽 항구를 떠나자마자 이쪽 부두에 도착했다. 느낌이 그랬다. 하인도는 뭍에서 그토록이나 가까웠다. 과장을 좀

하자면 배에 엉덩이를 붙일 새도 없이 섬에 이르렀다고 해도 좋을 것 같았다. 그랬음에도 그 잠깐 사이 파도인지 너울인지가 엄청났다. 배는 곤두박질치듯이 흔들렸다. 롤러코스터가 따로 없었다. 배를 타고 가는 동안 섬에서 해야 할 일들을 다시 한번 정리해야겠다는 생각은 짧은 탑승 시간 때문이 아니라 뱃멀미로 인해 사라졌다. 사방에서 질러대는 비명과 구토 소리로 귀가 먹먹할 지경이라고 생각했는데, 비명은 몰라도 구토 소리는 바로 자신이 낸 것이었다. 비명소리도 마찬가지였을지 모른다. 아마도 그랬을 것이다. 풍랑 직전에 뜬 마지막 배에는 섬 주민들로 보이는 몇 안 되는 승객만 타고 있었다. 그들은 배와 함께 흔들리며 동요라고는 없이 곤두박질치는 바다를 가만히 내다보고 있었다.

시체 같은 몰골이 되어 배에서 내리는 그를 주민인 노인이 부축해주었다. 짐도 대신 들어주었다. 창피해 죽을 지경이었지만 다리가 풀려 누군가의 도움 없이는 부두의 계단을 내려갈 수도 없었다. 다행히 예약해둔 민박집이 부두 바로 앞이었다.

방에 눕자마자 잠이 쏟아졌다. 잠자는 내내 요란한 소리가 들렸다. 층간소음으로 인해 살인사건이 발생한 꿈을 꿨는데, 깨어보니 그 소음은 꿈 밖의 숙소 천장에서 쿵쿵 우당탕 하고 나는 소리였다. 바람이 지붕을 흔드는 소리임을 알게 된 건 방문을 열어본 후였다. 파도 소리와 함께 바람소리, 그리고 모든 혼들리는 것들의 소리가 한꺼번에 쏟아져들어왔다. 그중에는 키 큰 식물의 잎이 흔들리는 소리도 있었다. 그의 키보다 더 큰 식물이, 줄기라고는 없이 오직 잎으로만 자란 것처럼 보이는 그 식물이, 길고 푸른 잎을 흔들어 숙소의 벽을 갈기듯이, 슥슥, 척척 하는 소리를 내고 있었다.

집은 텅 비어 있었다. 짐을 풀 때, 필요한 게 있으면 옆집으로 오라는 말을 주인에게 들은 것 같았다. 멀미 때문에 모든 게 건성으로 들려 제대로 기억나는 게 없었다. 바람이 심하니 해변 가까이는 가지 말라는 말도 들었던 것 같았다. 이런 날 파도에 휩쓸리면 그냥 물고기밥이 된다는 말을 들은 것도 같은데, 주인에게 들은 말인지 꿈을 꿨던 것인지도 아리송했다. 어느 쪽이든 결국 안찬기를 떠올리게 되는 말이었다.

집밖으로 나가자 곧바로 바다가 보이고 부두가 보였다. 인적은 전혀 없었다. 주민이든 관광객이든 마찬가지였다. 섬이 통째로 텅텅 비어 있는 것 같았다. 배에서 내릴 때 보았던 부두 근방의 카페나 상점, 식당의 문도 전부 닫혀 있었다. 볼 사람이 없으니 바꿔 걸 필요도 없다고 여긴 듯한 '영업중' 팻말이 바람에 나부꼈는데, 방파제를 넘어온 파도가 그 팻말 앞까지 올라왔다.

그는 다부진 몸매에 체중이 적지 않게 나갔음에도 바람에 등을 떠밀렸다. 작은 섬이었다. 얼마 걷지 않아 바람의 방향이 바뀌었다. 이번에는 바람이 가슴을 막아섰다. 후드가 너풀거리려 시야는 자주 가로막혔고, 제때 이발하지 않은 머리가 계속 눈을 가리다못해 얼굴을 때려 곧 뺨이 얼얼했다. 해변의 억새들은 아예 자빠진 듯이 누워 뿌리가 뽑힐 듯이 흔들렸는데, 그래도 절대로 뽑히지만은 않겠다는 듯 돌 많은 땅을 억세게 붙잡고 있었다. 가만, 그러고 보니 그래서 억새인가…… 안찬기가 자주 그랬듯 아재 감성인지 아닌지 모를 생각을 하며 그는 힘겹게 한 발자국씩 걸음을 옮겼다. 새들이 강풍 속 갯바위에 한방향으로 앉아 있다가 그가 다가오자 일제히 날아올랐다.

섬에 독수리가 날더라는 말을 안찬기에게 들은 기억이 있었다. 사진을 보여주기도 했는데, 건성으로 보고 말았다. 그는 새들이 있던 곳에 잠시 멈춰 서서 무서운 기세로 달려드는 파도를 바라보았다. 파도는 갯바위들을 삼킬 듯했고, 실제로 삼켰다가 뱉어내곤 했다.

안찬기는 그곳에서 돌이 되는 꿈을 꿨다고 했다.

캘리포니아 모텔 살인사건 현장에서였다. 하인도 사건이 여전히 화제였던 때라 안찬기를 만난 김에 그 사건에 대해 물었더랬다. 그 사건이 희한했다. 증인도 있고 증거도 있는데, 자백이 없었다. 물론 부정할 수 없는 증거에도 불구하고 끝끝내 자기 죄를 실토하지 않는 나쁜 놈들은 수도 없이 많았다. 오동수의 경우가 희한했던 건 그가 했던 무죄 주장 때문이었다. 오동수에 의하면 소설가의 손톱 밑에서 검출된 DNA부터 시작해 모든 증거가 조작된 것이며, 증인들도 다 소설가와 공범이라는 것이었다. 그야말로 소설 같은 얘기였다.

안찬기가 오동수를 잡아넣었다는 걸 알았을 때, 그동안 그를 못 잡아넣었던 형사들 모두가 쾌재를 불렀다. 오동수는 무기징역을 받았다. 소설가의 딸을 살해한 혐의에 대해서는 여전히 직접증거가 없었지만, 그 사건이 소설가를 살해한 동기가 되었으리라는 점이 인정되었다. 워낙 사회적으로 화제가 된 사건인데다가 그동안 묻지 못했던 다른 사건들에 대한 괘씸죄까지 붙어 최대 형량이 선고됐다.

그후, 오동수의 똘마니들 중 두어 명이 성지순례랍시며 하인도를 찾았다가 그즈음 툭하면 하인도에 머물곤 하던 안찬기와 마주쳤다. 그러고는 깊이 생각할 것도 없이 안찬기를 죽여버렸다. 경찰에 잡혔을 때, 가장 어리둥절해 있는 게 바로 그들 같았다. 경찰에 잡힌 후에야 생각이란 걸 시작한 듯했는데, 그 생각이란 고작 이런 것들이었다.

정말로 죽일 것까지 있었을까. 그냥 그 아름다운 노을만 보고, 돌돔 안주에 소주나 마시다 돌아와도 되지 않았을까. 하인도에 그러려고 간 게 아니었던가. 무엇보다도 그 노을이 얼마나 아름다웠나. 설마 나쁜 짓을 하러 갔더라도 그 노을을 계속 보고 있다보면 나쁜 마음이 사라지지 않았겠나.

조사를 받는 내내 그 나쁜 놈들이 어찌나 노을 타령을 해대던지 이재승마저 하인도 노을이 보고 싶을 지경이었다. 그러나 이재승이 그래서 하인도를 찾은 것은 아니었다.

하인도 사건은 마치 잘 쓰인 추리소설 같았다. 아귀가 너무 잘 맞아서 오히려 이상하기까지 했다. 살인의 기법과 트릭이 그 정도로 절묘했다는 게 아니라 그 배경이 그랬다. 태풍으로 인해 고립된 섬, 재벌이 운영하는 예술가 레지던시, 머리가 살짝살짝 돈 것 같은 예술가들, 게다가 전직 경찰의 등장······ 지나치게 소설 같았다. 그러나, 세상의 일은, 특히나 범죄는 오히려 소설보다 더 드라마틱했다. 너무 비현실적이라는 뜻에서 그랬다. 어떤 나쁜 놈은 현실에 도저히 존재할 수 없을 것처럼 개새끼이고, 어떤 범죄는 형사들조차 믿을 수 없을 정도로 잔혹했다.

말이 안 되는 일들, 소설 같은 일들에서 현실을 건져올리는 것이 형사들이 하는 일이었다. 있을 수 있는 이유와 있을 수밖에 없는 결과를 찾아내는 것. 없으면 만들어내기라도 해야 하는 것. 그게 안찬기가 가장 잘하는 일이었다고 들었다. 그리고 이재승이 하인도에 온 이유이기도 했다. 그는 안찬기가 죽은 이유를 알아야 했다. 대체 왜 돌에 맞아 죽어야 했는지. 돌이 되는 꿈을 꾼다더니 어쩌다가 돌에 맞아 죽었는지.

그리고 물론 더 중요한 이유가 있었다.

안찬기가 하인도에 온 이유를 알아내는 것이었다.

"저수지가 매립되지 않았으면 노진주도 물에 빠졌으려나."

캘리포니아 모텔 사건에 매달려 있던 어느 날이었다. 점심을 먹던 안찬기가 그 말을 툭 내뱉어놓고는 한참 밥만 먹다가 또 불쑥 말했다.

"물에 빠져 죽는 얘기가 지속적으로 나와."

무슨 맥락 없는 소린가 했더니 섬에서 죽은 소설가에 관한 얘기였다.

"딸이 그렇게 죽은 다음부터는 물에 빠져 죽는 얘기만 썼나봐. 무대가 호텔이든, 섬이든…… 하여간에 다들 물에 빠져 죽어."

소설가가 죽기 전에 자기 소설의 줄거리를 얘기해주었다는 것이었다. 그런데 자꾸 죽는 얘기만 나와서, 그것도 물에 빠져 죽는 얘기만 나와서 듣다보면 묘하게 기분이 나빠지더라고 했다.

"왜, 어떤 소설은 이루어진다고 하잖아."

이재승은 들어본 적이 없는 말이었다. 설령 그런 말이 있다 하더라도 그게 소설을 쓴 사람에게 해당되는 일이지 그 소설을 읽은 독자에게 해당될 일이겠나 싶기도 했다.

안찬기가 소설가에게 직접 들을 때는 어땠을지 모르지만 그
가 듣기에 죽은 소설가의 소설들은 하나같이 황당했다. 그는
끝까지 듣지 못하고 중간에 물었다.

"그런 얘기가 재미있다고 듣고 있었어요?"

"재미없어. 재미는 없지. 그런데 이상하게, 듣다보면 빠져
들어가더란 말야."

그리고 안찬기가 이어 말했다.

"게다가 툭하면 발이 젖어 있단 말야."

"누가요?"

"그 소설가."

"바닷가에서 발 젖어 있는 게 이상해요?"

"그치……"

노망이 났나 싶었다.

"난 젖는 게 싫어. 그건 왠지 불길하단 말이야."

그리고 잠시 침묵 후, 안찬기가 말을 이었다.

"불길하고 기분 나쁘기로 따지자면 사이비 종교 사건만한
게 없지. 그런 사건은 잊어버려지지도 않아."

이재승은 쯧쯧 혀를 찼다. 그 역시 마찬가지였다. 모든 사건
이 다 싫었지만 사이비 종교 사건은 그중에서도 더 싫었다. 더
럽고, 끔찍했다. 무엇보다도 무서웠다. 종교가 무서운 게 아니
라 거기에 빠져드는 사람의 마음이 무서웠다. 그 완전한 믿음

과 순정한 악의를 맞닥뜨리면 거기도 사람 사는 세상이 맞나 싶어졌다. 거기가 사람들의 세상인가, 귀신들의 세상인가 싶어졌다.

"사이비 종교 집단에서 애가 죽은 사건이 있었어. 거기서는 신자들이 애를 낳으면 그애를 물속에 담갔다가 꺼내. 일종의 세례지. 근데 너무 오래 담근 거야. 미친 새끼가. 그 목사라는 새끼가."

"그래서요?"

"목사를 잡아넣었는데, 신자들이 난리가 났지. 목사 잘못이 아니라면서."

"그래서요?"

"그럼 누구 잘못이겠냐? 애기가 죽었는데? 애기가 발까지 젖어 있었는데? 너라면 누구 잘못이라고 하겠냐?"

안찬기가 되물어오는 질문에 이재승은 부대찌개 국물을 떠먹는 것으로 대답을 대신했다. 간단한 질문이었다. 굳이 대답할 필요도 없었다. 당연히 죄는 목사가 지은 것이다.

그러나 답이 그렇게 간단할까. 질문은 간단할 수 있지만 답은 결코 간단할 수가 없다. 물론 형사들은 언제나 간단한 대답의 유혹에 빠진다. 나쁜 놈은 나쁜 놈, 좋은 사람은 좋은 사람.

안찬기가 죽었다는 걸 알았을 때, 이재승이 가장 먼저 떠올린 건 캘리포니아 모텔 사건도 아니고 하인도 사건도 아니었다. 그 사이비 종교 사건이 가장 먼저 떠올랐다. 아니, 그 모든 사건이 한꺼번에 떠올랐다고 말하는 게 더 맞을지도 모를 일이다. 그 사건들은 어딘가 모르게 비슷했다. 찝찝했고, 불길했다.

그리고 세 사건 모두 피해자의 발이 젖어 있었다. 매립지에서 발견된 노진주의 발은 물이 아니라 피에 젖어 있었다. 피에 젖기 전에는 모텔방 욕조의 물에 흠뻑 젖었을 것이다. 사건은 종결됐다. 감식 결과, 그리고 CCTV 확인 결과 노진주는 매립지에서 사망한 것으로 확인됐다. 서민봉의 주장과는 달리 모텔방에서 살해된 후 시신이 유기된 것이 아니었다. 노진주는 살아 있었다. 서민봉이 객실 밖으로 나가 안찬기에게 전화를 거는 사이 정신을 차려 탈출했다.

누구를 피해서였을까. 조태익이었을까, 서민봉이었을까. 아니면 둘 다였을까.

매립지에서 발견된 노진주의 맨발이 너덜너덜했다. 발등에 날개 문신이 있었는데, 그 날개 역시 찢어져 철철 피를 흘리는 듯했다. 노진주의 직접적인 사인은 매립지의 비탈에서 굴러떨어져 생긴 두부 손상이었다. 떠밀린 건 아니고, 길을 잃었다가 스스로 그렇게 되었다.

조태익과 서민봉은 각기 살인미수에 해당하는 폭력 행위와

불법 촬영 행위 등으로 형사처벌을 받았다. 서민봉은 불법 카메라 설치는 인정했지만 폭행은 끝끝내 부인했다. 증거가 없었다. 조태익은 달랐다. 더는 부인할 수 없는 상황이 되자 자폭하듯이 말했다. 노진주가 자기를 쫄로 봤다고 했다.

그래서 가르쳐주려고! 누가 대장인지 가르쳐주려고! 다시는 욕을 못하게 하려고! 그 입을 찢어버리려고!

안찬기가 잡아넣었던 목사의 종적은 쉽게 찾을 수 있었다. 목사는 더는 목회 활동을 하지 않았다. 신을 잃었다고 했다. 목사 시절의 기억도 잃었다고 했다. 그러나 안찬기에 대해서는 기억한다고 했다. 정의감에 불타던 젊은 형사로 기억한다고 했다. 죄지은 사람 하나를 잡으면 세상을 그만큼 구할 것처럼, 죄지을 사람을 하나 잡으면 세상 전체를 한번에 구할 것처럼, 그렇게 믿는 것 같았다고.
"그리고, 나는, 그가 보기에는 죄지을 사람이었던 거죠."
"죄지은 사람은 아니고요?"
그가 늙은 전직 목사에게 마치 취조라도 하는 듯한 말투로 물었을 때, 전직 목사는 웃어 보였다. 한때 목사여서인가, 아니면 한때 목사였던 기억을 전부 다 잃지는 않아서인가, 혹은 그 반대인가, 세상 맑은 웃음이었다.

"그 답은 안형사님만이 아실 겁니다."

그 답을 유일하게 알 안찬기가 세상을 떴다는 말은, 그것도 살해당했다는 말은 하지 않았다. 아무리 세상 맑아 보이게 웃는 전직 목사라고 하더라도 자기를 잡아넣었던 형사의 죽음에는 다른 반응을 보일 수도 있기 때문이었다. 인과응보, 그렇게까지 생각은 안 하더라도 고소하다, 그 새끼, 라고 생각할 수는 있었다. 형사의 죽음은 형사들끼리 애도하면 그만이었다.

그 사건을 기억하는 현직 경찰도 있었다. 안찬기와 같은 기수였는데, 안찬기처럼 퇴임하지 않고 경찰청의 간부로 진급했다. '범죄와의 전쟁'이 선포된 시기였다고 했다. 일선 경찰들은 성과를 올릴 수만 있다면 동네 꼬마들 코 묻은 돈을 훔친 애들까지 잡아 조폭을 만들어야 했다고, 그는 회상했다. 아무튼 누구든 잡아넣기만 하면 성과가 올라갔다. 그러나 목사를 잡아넣은 건 그 때문만은 아니라고 했다. 그 집단은 누가 봐도 사이비 종교였다고. 가만 놔두면 돈도 뜯고, 여자애들을 유린하고, 종국에는 집단자살도 할 단체가 확실했다고.

그러나…… 결론을 말하면…… 아직은 발생하지 않았던 일들……

그 사이비 종교의 신자였던 사람 몇몇도 어렵게 수소문해 만날 수 있었다. 그중 일부는 자신들이 안찬기 덕분에 구원받았다고 말했다. 그때 교회가 깨지지 않았다면 자신들이 지금 어떻게 되었을지 모르겠다고. 매일 휴거를 기다리거나, 교회에 바칠 돈을 벌러 다니거나, 목사한테 바칠 딸을 낳게 해달라고 기도하면서 살았을 거라고. 안찬기 덕분에 세상으로 돌아왔고, 그 세상이 안전했다고.

그러나, 모두가 그렇게 말하는 건 아니었다. 누군가는 천국에서 쫓겨났다고 했다. 안찬기가 들이닥쳐 천국을 부쉈다고 했다. 천국만 부순 게 아니라 가정도 부쉈다. 교회가 깨지면서 봉합된 가정도 있지만, 오히려 더 박살이 난 가정도 있었다. 소설가가 그 경우였다. 교회를 고발한 사람이 바로 소설가의 남편이었다. 교회가 깨진 후 소설가는 남편에게 돌아가지 않고 딸 하나를 키우며 살았다. 교회는 마음속으로만 품었는지 아니면 마음에서도 떠나보냈는지 다시는 입밖에 꺼내지도 않았다.

딸하고는 잘 지내지 못했다. 딸은 자라는 내내 지독히 말썽을 피웠다. 저지를 수 있는 모든 말썽을 다 부렸다. 차라리 어디 가서 아주 죽어버리라고 악을 쓴 적도 있었다. 너는 죽어서도 지옥에 갈 거라고 악담을 퍼부은 적도 있었다. 그러고 나면 마음이 괴로워져 길거리를 마구 서성였는데, 교회가 보일 때마다 눈을 질끈 감아야 했다. 교회가 너무 많아서 눈을 뜨고 있을 수가 없을 정도였다. 딸은 도대체 어디서부터 잘못된 것일까…… 그런 생각이 들 때마다 아이의 세례식 날이 떠올랐다. 그날 세례를 받던 한 아기가 잘못되는 바람에 세례식을 계속할 수가 없었다. 그래서 세례를 받은 것도 아니고 안 받은 것도 아니게 된 딸…… 그때부터 시작된 문제였을까.

실은 그런 생각이나 하는 자신이 문제라는 걸, 자신이야말로 문제라는 걸 소설가는 딸이 죽은 후에야 깨닫게 될 터였다.

안찬기와 소설가가 섬에서 만난 것은 당연히 우연이 아니었다. 소설가가 안찬기를 택했다는 것은 의문의 여지가 없었다. 그가 사이비 종교 사건을 담당했던 형사여서인지, 아니면 그와 오동수 사이에 악연으로 얽힌 사건이 있어서인지는 알 수 없었다.

오래전 안찬기가 오동수를 폭행과 갈취 사건으로 조사할 때, 둘은 피의자 조서를 작성하는 대신 낚시 얘기나 했다. 그럴 수밖에 없었다. 안찬기에게는 결정적인 법적 증거가 없었고, 오동수도 그걸 알고 있었다. 오동수와 낚시 얘기나 하다가 풀어줄 수밖에 없었을 때, 젊은 형사였던 안찬기는 결심했다. 저 새끼를 언젠가 길에서 우연히 만나면 쥐도 새도 모르게 죽여버려야지. 물고기만도 못하게 아가리를 찢어버리고, 바닥에다 패대기를 쳐버려야지. 물론 젊은 시절의 마음이었다. 늙어가면서 그 결심을 잊은 줄 알았다. 그런데, 하인도에서 오동수를 딱 마주치자 거짓말처럼 그날의 결심이 떠올랐다.

물론, 기억만 떠오른 줄 알았다.

그 마음까지 떠오를 줄은 몰랐다.

그렇더라도, 오동수가 갯바위에서 추락하는 일만 없었다면, 아니면 추락하는 김에 아주 죽어버리기까지 했더라면, 그 마음은 그냥 그대로 지나가버리지 않았을까. 그러나 죽지도 않고, 죽을 만큼 다치지도 않은 오동수를 보았을 때, 안찬기는 생각하지 않을 수 없었다.

저 새끼는 떨어져도 안 죽네.

신은 절대로 저 새끼를 안 죽이네.

신은 꼭 죽을 필요가 없는 사람들만 죽이네.

소설가의 소설은 그런 식으로 완성됐다. 그렇더라도 누군가의 조력이 없었다면, 소설은 시작조차 될 수 없었을 것이다. 누군가 힘있는 사람이 도왔을 것이다. 가장 먼저 떠오른 사람이 하인도 문화재단의 이사장이었다. 이사장은 무관했다. 대신 이사장이 취임하면서 같이 선임된 이사들 중 한 사람이 눈에 띄었다. 소설가와 같은 고향 출신이어서 파봤더니 그가 소설가와 같은 교회를 다녔고, 소설가 딸의 대부라는 사실이 확인됐다. 안찬기도 이미 그 사실을 확인했던 모양이었다. 목사를 만난 후 이재승은 그 문제의 이사와도 만났는데, 그는 자신이 연루되었다는 사실을 부인하려고 하지도 않았다. 안찬기가 죽었다는 걸 이재승에게 처음 들었다는데, 그 충격이 대단한 듯 보였다.

"그런 걸 원한 게 아니었습니다. 내가 원한 건 그게 아니었습니다. 우리가 원한 건 그런 게 아니었어요."

그는 그 말만 반복했다. 대화가 불가능할 정도였다. 그렇다면 뭘 원했던 거냐고 물어볼 수도 없었다.

그가 원한 건 무엇이었을까. 그가 말하는 '우리'는 누구를 말하는 것일까.

안찬기가 하인도에서 뭔가를 찾고 있었다는 걸 그 이사 덕분에 알게 됐다. 그게 사이비 종교 사건과는 관계가 없는 것이라는 건 나중에 알게 되었는데, 그때 이재승은 오히려 안도했다. 세상의 모든 일이 톱니처럼 딱딱 맞물리는 것은 아니다. 톱니는 어긋났다가 다른 톱니와 만나고, 또 어긋났다가 다른 톱니를 문다. 도처에 우연한 자국들, 깨문 자국들, 깨물린 자국들을 만든다.

섬을 한 바퀴쯤 다 돌아 부두가 다시 바라보일 때, 바닷가 쪽으로 불쑥 솟은 큰 바위가 보였다. 저런 것도 바위라고 부를 수 있나 싶을 정도로 큰 바위였다. 누구에게 물어보지 않아도 오동수가 추락한 바위라는 것을 짐작할 수 있었다. 그는 바위를 살펴보기 위해 도로에서 바닷가 쪽으로 내려섰다. 종이 타는 냄새를 맡은 건 그때였다. 아무도 없는 줄 알았더니 해안도로 아래 바위 뒤쪽에서 종이 쓰레기를 태우는 사람이 있었다. 마을 주민인 모양인데, 늙은 사람이 그를 바라보고 있다가 말했다.

"거기 올라가는 거 아닙니다."

섬 사람이 쓰는 사투리를 알아들을 수가 없어 가만히 있자 늙은 사람이 이번에는 사투리를 빼고 다시 말했다.

"올라가면 안 된다고요. 거기 올라가면 용왕님이 노해요. 죽어요."

오동수에 관한 이야기일 거라고 짐작했다. 오동수는 죽지는 않았지만, 자칫하면 죽을 뻔했다. 그 바위에 올라가는 걸 섬 사람들이 금기로 친다고 들었다. 용왕이 노해서라고는 했지만 실은 위험해서일 것이다. 바위가 그 정도로 높았다.

"혹시 하인도 주인장님 아니십니까?"

그는 바위 쪽으로 가던 방향을 바꿔 쓰레기를 태우는 노인에게 다가가며 물었다. 안찬기가 묵었던 민박집 이름이 섬의 이름과 같아서 그 민박집 주인을 하인도 주인장이라고 부른다는 걸 알고 있었다.

"뭐하러 묻소, 그건? 여기 살러 왔소?"

"살 만한가 둘러보는 중입니다."

"그럼 거긴 올라가지 마시오. 거기 올라가면 죽소."

"떨어지면 죽겠는데요."

"그런데도 꼭 올라가는 인간이 있단 말이오."

그러면서 주인장이 잔불의 불씨를 죽이려 쓰레깃더미를 밟기 시작했다. 그런데도 꼭 올라가는 인간, 쓰레기 같은 놈을 밟는 것처럼 보였다.

주인장이 올라가지 말라고 했으므로 이재승은 바위에는 올라가지 않고, 대신 바위가 잘 내려다보이는 곳을 찾아 언덕 위로 올라갔다. 섬 전체가 한눈에 내려다보였다.

안찬기가 죽은 섬이었다. 안찬기는 돌에 맞고 물에 빠져 죽었다. 하필이면 그날 오동수의 똘마니들을 이곳에서 만나는 바람에 생긴 일이었지만, 애시당초 안찬기가 이곳에 다시 오지 않았다면 발생하지 않았을 일이기도 했다. 범죄자가 범죄 현장을 다시 찾는다는 것은 일반인들의 상식이다. 형사들도 가끔은 그런다. 안찬기도 그래서였을까.

소설가의 죽은 딸의 대부인 문화재단 이사는 안찬기가 하인도에서 뭔가를 찾고 있었던 것 같다고 말했다. 소설가가 남긴 기록에 대해 안찬기가 물었다는 것이었다. 하인도 사건 당시 소설가가 남겼던 기록이 전부 폐기되고 말았는데, 뒤늦게 다시 확인해보고 싶은 것이 생겼다고. 소설가와 안찬기의 관계가 각별하니─실은 하인도 사건을 공모한 것이나 마찬가지인

사이니―소설가가 그에게만 따로 말한 것이 있을지도 모른다
고 여기는 것 같더라고 했다. 그러면서 소설가의 노트와 그 노
트에 적혀 있었다는 어떤 이름과 사건들에 대해 말했는데, 노
트에 대해서도 그 이름이나 사건에 대해서도 아는 바가 전혀
없어 얼떨떨하게 듣고 있기만 했다고 했다.

안찬기가 하인도에 갈 예정이라는 걸 알았을 때, 이재승은
그 이유를 물었었다. 하인도에 뭐하러 가겠냐, 낚시하러 가지.
안찬기는 그렇게 대꾸했지만, 이재승은 그가 무언가에 사로잡
혔다는 것을 알 수 있었다. 사건이 종결된 후에도 끝나지 않는
무언가, 끝낼 수 없는 무언가에 사로잡힌 것이다.

그러니까 그냥 흘러가버리게 할 수는 없는 어떤 것…… 너
무나 어린 애가, 아직은 너무나 예쁜 나이의 아이가 죽어버렸
는데…… 죽인 사람도, 이유도 없다니…… 어떻게 그런 식으
로 '종결'할 수 있단 말인가 하는 그런 마음. 실제로 안찬기와
그런 대화를 나눈 적도 있었다.

"그런 건 없어."
안찬기가 말했었다.
"죽이지 않았는데 죽는 건 없어."
"수도 없이 많던데요?"
이재승이 부대찌개 국물을 떠먹으며 가볍게 대꾸했을 때,

안찬기가 말했다.

"하다못해 병에 걸려도, 병에 걸린 채 태어났어도, 그 이유는 있는 거야."

"그런 거 생각하다가는 범인 못 잡습니다. 그렇게 생각하고 파기 시작하면 한 사건에 범인이 감자처럼 딸려나온다고요. 감자 캐보셨어요? 그거, 웃기거든요. 줄줄이 나와요. 나도, 나도, 나도! 이러면서 나온다고요."

이재승이 하는 말이 웃겼을까. 난데없이 안찬기가 이를 드러내며 웃어 보였다. 그리고 이재승의 말을 따라 했다.

"나도, 나도, 나도……"

그리고 잠깐의 침묵.

"누가 돌을 던질 수 있을까."

"뭔 소리예요?"

안찬기는 대답하지 않았다. 안찬기는 자주 그랬다. 자기가 하고 싶은 말만 했고, 자주 대답을 끊어먹었다. 그때도 마찬가지였다. 한동안 침묵하다가 맥락 없이 말했다.

"너도 나도 쌤쌤이라면 말이야."

그리고 또 이어 말했다.

"그런데 내가 틀린 거면 어떻게 하지?"

"뭐가요?"

"그래도 나쁜 놈은 나쁜 놈인 거지."

"당최 무슨 소리를 하는 건지."

안찬기가 수첩을 꺼내 이재승 앞으로 내밀었다. 부대찌개 국물이 떨어진 곳을 피했는데도 붉은 자국이 묻었다. 그 붉은 자국 옆에 날짜 하나가 적혀 있었다.

"캘리포니아 호텔에서, 여기 모텔 말고 전에 있던 캘리포니아 호텔 말이야, 실종사건이 있었어. 결혼식 피로연이 끝나고 한 커플이 사라졌어."

좀더 자세히 알아봐달라는 뜻이었다. 어려울 게 별로 없는 일이라 이재승은 그 수첩의 내용을 사진으로 찍었다. 한 사람이 사라진 게 아니라면 실종이 아니라 동반 잠적일 가능성도 있을 것이다. 잠적이었다면 그사이에 나타났을 수도 있을 것이다. 그때 안찬기가 또 말했다.

"내가 틀렸을 리가 없어."

"대체 뭐가요?"

형사들은 자주 고민한다. 혹시 잘못 잡았으면 어쩌지? 저놈이 나쁜 새끼인 건 확실한데, 당장에 패대기를 쳐 죽여도 마땅한 놈이긴 한데, 그렇더라도 잘못 잡은 거면 어쩌지? 그리고 형사들은 자주 생각한다. 잘못 잡았으면 어때. 어차피 나쁜 새끼인 건 마찬가진데. 이렇게라도 잡아넣었으니 다행인 거지. 그리고 형사들은 또 생각한다. 과연 그럴까?

안찬기도 마찬가지일 거라고 이재승은 생각했다. 안찬기 역시 그런 고민을 하고 있는 거라고 말이다. 그러나 안찬기가 죽은 후, 생각이 달라졌다. 안찬기의 고민은 그게 아니었던 것 같았다. 적어도 오동수를 잡아넣은 것에 대한 후회는 아니었을 것이다. 다시 같은 상황이 오더라도 안찬기는 오동수 같은 놈은, 어떤 방법을 쓰든, 무조건 잡아들일 것이 뻔했다. 방법이 있기만 하다면 말이다.

그렇다면 무엇이었을까. 잡아넣어야 한다고 생각한 사람이 더 있었다는 뜻일까.

안찬기의 말대로 실종자가 있었다. 잠적이 아니라 여전히 실종 상태였다. 결혼식을 막 끝낸, 혼인신고도 하지 않은 어린 신부와 신랑이 사라졌다. 그 실종사건을 조사하는 와중에 호텔의 클럽에서 마약이 유통된다는 사실이 밝혀졌다. 호텔 이름이 연일 언론에 오르내렸고, 호텔은 문을 닫았다. 동시에 주변 골프장 건설 계획도 완전히 폐기되었다. 호텔은 그곳에 방치되어 폐건물이 되었다가 철거되었다. 캘리포니아 모텔 사건이 일어났을 무렵에는 그 흔적을 찾기도 어려웠다.

실종사건은 좀 희한했다. 실종된 신랑이 고위급 정치인의 아들이었는데, 마약 파티를 주도한 게 바로 그라는 게 수사 과정에서 밝혀졌다. 집안에서는 아들을 찾아달라고 압박하는 대신 수사를 무마하는 데 전력을 다했다. 어린 신부의 집안은 달랐다. 딸을 찾아달라며 울고 또 울었다. 경찰이 신랑 집안의 압박 때문에 어린 신부까지 찾지 않은 것은 아니었다.

그러나…… 혹시 그랬을까……

아니, 그럴 리가 없었다. 경찰을 욕하는 많은 소설과 영화와 드라마들이 있지만 현실의 경찰들은 그렇지 않다. 그들은, 그러니까 '우리들'은 할 수 있는 한 최선을 다한다.

그러나 혹시 안 그러지는 않았을까……

안찬기가 죽은 후 그는 실종사건을 더 파헤쳤다. 그래야 할 것 같았다. 그리고 그 저수지 근방에서 사라진 사람들이 더 있다는 것을 알아냈다. 죽은 사람도 더 있었다. 자살이라고 했고, 잠적이라고 했고, 미제라고 했다. 정치인의 아들을 빼고는 다들 여자들이었다.

서민봉이 자주 목격자나 참고인으로 등장했다. 이상하다고도 할 수 있고, 이상하지 않다고도 할 수 있었는데, 서민봉의 집이 바로 저수지 옆이고, 직장이 또 캘리포니아 모텔이기 때문이었다. 집에서도 직장에서도 저수지가 잘 보였다. 매립지도, 폐아파트 단지도 잘 보였다. 그렇더라도, 소설가의 딸이 사망할 당시 유일한 목격자가 서민봉이었다는 사실은 아무래도 의미심장하지 않을 수 없었다.

서민봉에 대해서 알아보는 건 어렵지 않았다. 놀랄 만큼 평판이 좋은 청년이었는데, 그 좋은 평판 뒤에 항상 '그런데……'라는 말이 붙었다. 그런데 애가 좀 어둡지. 그런데 애가 좀 이상한 데가 있긴 하지. 그런데 애가 좀……

'그러니까'와 '그런데' 사이.

그 사이에서 사라진 흔적들.

사라진 여자들.

그 여자들이 피 흘리며 걷던 흔적.

저수지로 향하던 맨발의 흔적.

눈물의 흔적.

그 여자아이와 그 여자아이 이전의 여자아이와 그 여자아이 이후의 여자아이……

무엇이 그 여자아이들을 자꾸자꾸 그리로 가게 한 것일까. 자꾸자꾸 물속으로 걸어들어가게 한 것일까.

그리고 그런 질문을 품은 안찬기는 왜 다시 하인도로 향해야 했던 것일까.

"누가 죽였냐가 중요하지. 경찰한테는 그렇지. 그런데 그것만 중요한 게 아니야. 어째서 그들은 자꾸 죽음으로 달려가느는 거야. 걸어가는 것도 아냐. 자꾸자꾸 뛰어가는 거야. 거기에 저수지가 있든 없든, 바다에 태풍이 불든 말든, 자꾸. 죽을 줄 알면서도 달려가. 달려가서 빠져 죽어. 그리고 나는 아무도 구하지 못해. 그게 분하고 원통해서 나는 나쁜 놈을 한 놈이라도 더 잡아 처넣어. 누군가는 그렇게 해야 하지 않겠니? 하느님만 그런 일을 하라는 법은 없잖아. 신이 얼마나 바쁘겠어. 세상에 나쁜 놈들이 그렇게 많은데, 신이 얼마나 바쁘겠냔 말이야…… 그런데 재승아, 너는 그런 생각이 안 드니? 너는 네가 쌤쌤이란 생각이 안 드니? 네가 틀릴 수도 있다는 생각이 안 드니?"

하인도에 있는 안찬기와 통화를 했었다. 그게 하필이면 안찬기가 돌에 맞아 죽기 하루 전이었다. 그동안 알아낸 것들을 말해주고, 도대체 거기에서 뭘 찾는 거냐고 물으려고 전화를 했던 것인데, 안찬기는 딴소리만 했다. 그러고는 그런 얘기를 했던 것이다.

안찬기가 틀렸다고 말했던 건 뭘까. 알 것도 같고 모를 것도 같았다. 한 놈만 잡아서 끝나는 사건은 세상에 없다. 형사 생활을 오래하는 동안 가장 기운 빠지는 일이 바로 그것이었다. 한 놈을 잡으면 또다른 놈이 나타났다. 감자밭에서 감자 딸려 나오듯이 나왔다. 나도, 나도, 나도! 하면서 나왔다.

그러는 동안, 여자아이들이 사라졌다.

자꾸자꾸 사라졌다.

안찬기가 뭔가를 발견한 것만큼은 분명했다. 소설가가 남긴 기록. 소설가 본인은 몰랐겠지만, 그리고 안찬기도 처음에는 몰랐겠지만, 나중에 연결된 어떤 단서들이 있었을 것이다.

언덕에서는 생각만큼 바위가 잘 내려다보이지 않았다. 대신 연기가 잘 보였다. 하인도 주인장이 여전히 쓰레기를 태우고 있는 모양이었다. 그 연기가 붉게 물들기 시작했다. 노을이 오기 시작한 것이다. 노을이 지는 게 아니라 오고 있었다. 수평선에서 서서히, 그러다가 완전히…… 하늘을 불태워버리는 노을이었다.

미친 듯한 노을이었다.

사람을 홀리는 노을이었다.

파도 소리는 지속적으로 척척 들렸다. 곧 그 소리가 파도 소리가 아니라 등뒤에서 나는 소리라는 걸 알았다. 그곳에 키 큰 식물들이 많았다. 그 식물의 이름이 유카라는 걸 인터넷 검색을 통해 알았다. 유카 잎이 흔들리는 소리가 이어졌다. 등을 후려갈기듯이 서로 부딪치며 흔들리는 소리였다.

노을이 절정에 이르자 난데없이 바위의 둥근 자태가 좀더 선명해졌다. 바위에도 유카가 자라고 있었다. 바위 아래서부터 자라난 길쭉길쭉 미끌미끌한 풀이 바위 위까지 올라와 흔들렸다. 그러다 바람이 불자 그 키 큰 풀들이 휘청휘청 일어섰다. 주유소 풍선 인형처럼 팔을 흔들며 일어섰다. 미친 여자의 머리카락처럼 늘어졌다 일어서고 일어섰다 늘어졌다. 발목을 거머쥐겠다는 듯이, 입맛을 짯짯 다시듯이, 혀를 내밀듯이.

열지 마.

그 소리를 이재승도 들었다. 그런 소리를 들었다고 누구한 테도 말할 수가 없었다. 그러기에는 그가 아직 너무 젊었다. 그러나 캘리포니아 모텔에 있는 동안 그는 그 소리를 지속적 으로 들었다. 늙은 안찬기와 달리 그때마다 그는 문을 열었다. 그리고 안찬기와 달리, 그는 아무것도 보지 못했다. 문은 그저 문일 뿐이고, 문안과 문밖은 그저 문안과 문밖일 뿐이었다.

수사가 종결된 후에도 바로 그것이 그를 괴롭혔다. 어쩐 일 인지 그는 문안에도 문밖에도 있지 않은 것 같았다. 그는 어떤 경계에 서서 문안으로 들어가는 안찬기를 바라보고만 있고, 문안에서 걸어나오는 흰옷 입은 여자를 또 바라보고만 있는 것 같았다. 할 수 있는 일이 없었다. 문을 여는 것도 닫는 것도 그가 할 수 있는 일이 아닌 것 같았다.

나는, 여기에, 있어. 있어, 여기에.

어떤 날은 그런 소리를 들은 것도 같았다. 꿈결인 듯 꿈 밖 인 듯, 문안인 듯 문밖인 듯 그랬다. 오래전에 실종된 여자아 이가 속삭이는 소리였다. 그후에도 지속적으로 사라진 여자들 의 소리였다. 그들의 흔적을 찾아내기 위해서는 폐아파트 단 지를 다 파헤치고 매립된 저수지까지 완전히 파헤쳐야 할지도 모른다. 고작 사라진 여자들이 남긴 흔적을 찾아내기 위해.

그러나 고작이라니.

그러나 고작이라니.

그러나 고작이라니.

안찬기는 대답을 찾기 위해 하인도로 가는 게 아니라고 했다. 질문을 찾기 위해서라고 했다. 하인도 갯바위에 앉아 미친 듯이 붉어지는 노을을 보고 있으면 자신도 모르는 사이에 돌이 되는 것 같다고 했다. 그런데 돌이 되어 무감해진, 무감해진 것 같은 그의 등을 어떤 소리가 쓸어준다고 했다.

키 큰 풀잎이 흔들리는 소리. 그 소리는 뭔가를 지워내는 소리처럼 들린다고도 했다. 세상은 채우는 것만으로 이루어지지 않는다. 어쩌면 지울 때 더 많이 이루어지기도 할지 모를 일이다. 나쁜 놈을 세상에서 지워버린 세상은 조금 덜 나쁜 곳이 될 수도 있을지 모른다. 아니, 안찬기는 그렇게 믿고 싶을 것이다. 그러려면 흔들리지 않는 마음이, 돌의 마음이 필요했을지도 모를 일이다.

그리고 그건, 이재승 역시 마찬가지였다.

미친 노을 속, 유카 잎 흔들리는 소리가 계속되었다. 지우는 소리였다. 빗자루로 쓸어내듯이 쓱쓱 바람도 쓸고, 바다도 쓸고, 갯바위도 쓰는 소리였다.

세상의 모든 죽음들, 모든 나쁜 놈과 좋은 놈의 죽음을 쓱쓱 쓸어버리는 소리였다.

섬

맑은 날이었다. 이런 날이면 섬의 햇살이 얼마나 강한지, 얼마나 투명한지 새로 섬으로 들어온 예술가들은 아직 알지 못할 것이다.

4회 차 레지던시가 시작되고 며칠이 지났다. 마지막 참가자인 소설가가 개인 일정상 도착이 늦었다. 이경훈은 부두에서 그를 기다리고 있는 중이었다. 숙소에는 이미 다섯 명의 예술가들이 들어와 있었다.

레지던시가 4회 차, 정확히 말하면 다섯번째 진행되는 동안 섬 주민들도 예술가들에게 익숙해졌다. 다들 이방인에게 다정하게 인사를 건넸고, 누군가는 텃밭에서 딴 야채를 주기도 했다. 친절하고 정이 넉넉한 사람들이었다. 예술가들은 허리를 깊이 숙여 그들에게 인사했다. 섬 생활이 아직 익숙하지 않은 예술가들은 자주 이경훈을 찾았고, 예술가들이 뭘 하는지 궁금한 섬 주민들도 자주 이경훈을 불렀다.

이경훈은 한 번도 웃음을 잃는 적이 없었다. 부르면 전속력으로 달려갔다. 홀린 듯 잠깐씩 멈추는 때는 예술가들의 등뒤를 지날 때였다. 예술에 홀린 시선이 잠시 머물렀다가 현실에 밀려 깨어나곤 했다.

배가 도착하려면 아직 시간이 남아 선착장을 거닐다보니 하인도 민박집 주인장이 뭔가를 잔뜩 들고 갯바위 해안으로 걸어들어가는 것이 보였다. 쓰레기를 태우러 가는 것 같은데, 도와드릴 시간이 있으려나 하며 이경훈은 선착장에 걸린 시계를 보았다. 그는 자주 섬 주민들의 일을 도왔다. 예술에 홀린 것처럼 그는 섬에도 홀린 사람이었다. 섬이 좋았고, 섬 사람들이 좋았다. 섬 사람들의 일을 도우면서 그들과 이런저런 얘기를 하는 것도 좋았다.

하인도 민박집에는 투숙객들이 남겨놓고 가는 쓰레기들이 항상 넘쳤다. 아무렇게나 두고 갔기에 버려도 되는 쓰레기인 줄 알고 태우고 나면 그걸 다시 찾는 사람도 있다고 했다. 한번은 이경훈이 쓰레기 태우는 걸 돕고 있는데, 뭐 태우면 안될 게 있는지 한번 살펴봐달라는 부탁을 받았다. 소설가의 노트를 그때 발견했다. 전직 형사가 섬을 떠나기 전 직접 태우려

는 걸 주인장이 대신 해주겠다고 했고, 형사는 잠깐 망설이는
듯하더니 그래달라고 말하며 넘겨주더라고 했다. 그러니 태워
버려도 되겠지, 묻는 주인장에게 이경훈은 그럴 거 같다고 대
답하지 않았다. 그 노트를 그날 그가 챙겼다.

안찬기 형사는 그 노트를 찾으러 오는 것일까. 곧 도착할 배
를 타고 섬으로 들어오는 사람이 마지막 참가자만이 아니었
다. 안찬기 형사도 들어온다고 했다. 돌돔 낚시를 하러 온다면
서 굳이 그에게 전화를 걸어 입도 사실을 알렸다. 노트가 그에
게 있다는 사실을 민박집 주인에게 들어 이미 알고 있는지도
몰랐다. 문제가 될 건 없었다. 돌려주면 그만이었다. 어차피
죽은 소설가의 노트에는 그가 이해할 수 있는 내용이 없었다.

이경훈은 문학보다 시각예술을 사랑하는 사람이었다. 소설
가가 노트 속에 남겨놓은 코드들은 시각으로 들어오지 않았
다. 그런데도 노트에 기록된 이름들은 기억에 남아서 악몽에
등장하기도 했다. 오동수라는 이름은 이미 익숙했다. 서민봉
이라는 이름도 자주 등장했다. 알지 못하는 여자들의 이름이
가장 많았다. 시각으로 변환되지 않는 문자는, 이름은, 훨씬
더 불길하게 여겨졌다. 괜한 호기심으로 그 노트를 챙겼다고
후회했는데, 안형사에게 그걸 넘길 수 있다면 오히려 다행일
것이다.

배가 들어왔다. 관광객들이 내리기 시작했다. 섬에 내리자

마자 관광객들의 입에서 탄성이 쏟아졌다. 이경훈의 입가에도 미소가 번졌다. 그치? 아름답지? 마치 자기 섬을 자랑하기나 하는 것처럼.

그러나 곧 그 미소가 사라졌다. 안찬기가 내리는 걸 보고 다가가려고 할 때 그의 뒤를 쫓아 내리는 사람들이 눈에 띄었기 때문이다. 오동수의 졸개들이었다. 저자들이 뭐 때문에 또 섬에 들어오는 것일까, 걱정스러운 눈으로 바라보고 있는데, 마지막으로 내리는 소설가가 보였다. 소설가는 걱정이 많은 사람인지 이경훈이 자기를 알아볼 수 있도록 넓은 챙의 흰 모자를 쓰고 있겠다고 했다. 그 모자에 꽃도 달려 있다고 웃음을 섞어 말하기도 했었다.

이경훈은 눈을 의심했다.

이해할 수 없게 그 얼굴이 너무 익숙했다. 죽은 소설가와 쌍둥이같이 닮은 얼굴이 아닌가. 소설가가 먼저 활짝 웃어 보였다. 마치 오래전부터 아는 사이라는 듯이.

오랜만이야, 그치?

라고 말하는 듯이.

쌍둥이같이 닮은 얼굴이 아니었다. 바로 그 소설가였다.

아니, 그럴 리가 없지 않은가 하면서도 그는 자신이 이야기의 세계 속으로 빠져버렸다는 걸 깨닫지 않을 수 없었다. 소설가의 노트를 지니고 있는 탓이었다. 예술을 사랑하는 사람에게가 아니라면 열리지 않았을 어떤 세계의 문이 이경훈에게 열려버린 것이다.

문 저쪽 역시 화사한 한낮, 햇살이 쨍한 섬이었다. 흰옷을 입은 여자들이 거기에 있었다.

그들은
영원히
떠나지
못할 것이다

소송

그날 소환장이 도착했다. 샤워중에 초인종이 울리는 것을 들었지만 젖은 몸으로 뛰어나갈 수는 없었다. 그랬다가는 맨몸으로 소환장을 받아야 했을 것이다. 나중에 문을 열어보니 현관문에 우편물 도착 안내문이 붙어 있었다. 발송처는 법원이었다.

그날 책상 서랍을 뒤집어엎었다. 필요한 증거자료나 메모 같은 것을 찾게 될지도 모른다고 생각해서였지만, 실은 이미 수십 번도 더 해본 짓이었다. 뭔가를 새로 발견하리라는 기대는 처음부터 없었다. 소송에 대한 생각은 마치 신발 바닥에 달라붙은 껌 같았다. 아무리 떼어내도 말끔히 떨어지지 않았다.

한 걸음 한 걸음 걸을 때마다 바닥에 쩍쩍 달라붙었다. 그러나 동시에, 고작해야, 껌이었다. 재판에 진다고 해서 내 인생이 복구 불가능할 정도로 망가질 일은 없었다. 그토록 하찮은 소송이었다. 그토록 하찮은 소송이라고, 사람들이 말했다. 그런데도 내 인생은 왜 매일같이 망가져가고 있는가.

책상 서랍 속, 앞의 몇 페이지만 쓰다가 팽개쳐버렸던 노트에서 그 메모를 발견했다. 서랍에서 쏟아져나온 온갖 잡동사니들, 아무짝에도 쓸모없는 물건들을 내려다보며 망연자실해 있을 때였다. 그런 식으로 가만히 앉아만 있으니 뭐라도 해야할 것 같아 노트를 집었고, 펼쳤고, 그 메모를 보았다. 소송과 아무 관련도 없는 메모였다.

Amnesia를 기억할 것

이상한 문장이 아닐 수 없었다. 내 인생이 추리소설 같다면 아마 이 문장은 어떤 단서로 읽힐 수도 있을 것이다.

한동안 책의 인상적인 문장이나 구절을 노트에 옮겨 적던 때가 있었다. 기억력이 나빠지면서부터였다. 그전까지 메모는 나의 습관이 아니었다. 약속 날짜나 시간, 중요한 내용까지도 대개는 그냥 기억했다. 기억해야 할 것은 기억하지 않을 수 없을 거라고 믿고, 기억하지 못하는 것은 그럴 가치가 없어서라고 생각했다. 좋은 시절을 살았던 셈이다. 그렇게 살아도 문제가 되지 않았던 걸 보면.

그러나 시절이란 지나가기 마련이었고 메모를 하지 않으면 안 되는 때가 다가왔다. 그런 일은 나이가 아주 많이 들어서야 생기는 줄 알았는데, 내 경우에는 서른을 넘기자마자 그랬다. 처음에는 긴장이 풀어져서라고 생각했다. 지금 와서 생각하면 무용하기 짝이 없고, 심지어 낯뜨거운 일이지만 한동안 전공서적은 물론이고 물리학 책이나 경제서, 더욱이 자기계발서, 심지어는 소설책과 시집에서까지 문장을 옮겨 적었다. 노트가 가득찼다.

그 시절의 노트에는 이런 문장도 있었다.

베이컨을 먹을래, 나를 먹을래.

문장의 출처는 알 수 없었다. 다른 모든 메모들 역시 마찬가지였다. 기억하지 못할까봐 적는 건 아니라고 믿고 싶은 시절의 일이었다. 기억하리라고 믿고, 기억되리라 믿고 싶었다.

그러나 이제 와서는 정말이지 궁금하지 않을 수가 없다. 대체 이 문장은 어디에서 온 것일까. 나는 왜 이 문장을 옮겨 적은 것일까. 레시피나 요리가 등장하는 소설? 그렇지는 않을 것 같다. 성인잡지? 그럴 수도 있겠지만 그럴 리는 없다. 나는 그런 사람이 아니다.

나는 절대로 그런 사람이 아니다.

그러나 그렇다면 나는 어떤 사람인가. 저 문장은 갈고리처럼 나를 꿰고 절대로 놓아주지 않는다. 아니, 내가 붙잡는 중이다. 그러지 않으면 다시 소송 생각이나 하게 될 것이다.

그러므로 나는 기억상실을 기억해야 한다. 베이컨을 먹겠는지 나를 먹겠는지 묻는 문장의 출처를 기억하려고 애쓰는 것보다는 그쪽이 그나마 수월해 보이기 때문이다. 의미심장한 문장이 아닐 수 없다. 그 뜻은 상실할 뻔했던 기억을 기억하라는 뜻일까, 아니면 기억을 상실해버린 순간을 기억하라는 뜻일까. 어쨌든 상실보다는 기억이 낫다는 뜻일까.

문장의 출처를 기억할 수는 없지만, 기억상실과 관련된 것들이 떠오르기는 한다. 영화 〈메멘토〉는 굉장했지. 나 자신의 기억상실에 대한 기억이란 고작 만취 끝의 블랙아웃이 전부다. 아무리 취해도 깨어보면 언제나 내 집이었다. 전철이나 버스 안에서 토한 적은 없고, 흔들리는 몸으로 건널목에 서서 건너왔는지 건너가야 하는지를 혼란스러워해본 적도 없고, 화장실을 찾지 못할 정도로 낯선 숙소에서 눈을 뜬 적도 없다. 오히려 술 취한 티가 너무 안 나서 마지막까지 술자리 정리를 하는 사람이 나다. 나는 그런 사람이다.

기억상실에 관한 누군가의 흥미로운 일화를 들은 기억도 있다. 미국에 있을 때 차 안에서 라디오방송으로 들었는데, '이런 것도 기억상실이라고 말해도 좋을지는 모르겠지만……'이라며 출연자가 했던 얘기다. 콜롬비아의 목축지에서 겪은 일이라고 했다. 무슨 일로 그곳까지 이르렀던 건지는 말하지 않았는데, 그런 건 중요한 게 아니라고 여기거나, 아니면 말할 수 없는 이유로 갔거나, 그것도 아니라면 그 이유를 잊었거나―하기야 그런 게 뭐가 중요하겠는가. 어떤 일은 벌어지는 순간 벌어진 이유 같은 것은 완전히 무용해지니―어쨌든 그 출연자는 콜롬비아 어느 지역의 목축지에 있다가 기억을 잃었다고 말하기 시작했다.

깜빡하고 전구가 나갔다가 다시 불이 켜지기까지의 시간, 그는 난데없는 장면 속에 던져져 있었다. 지프차가 목축지를 가로질러 달려와 혼란스러워하고 있는 그의 앞에 섰다. 한 남자가 손을 내밀어 그를 태웠다. 그는 그 남자가 데려가는 대로 남자의 집으로 갔고, 그 남자의 아내가 내준 양철로 된 컵의 커피를 마셨다. 그리고 그들 셋은 함께 TV로 축구 경기를 보았다. 그는 자신이 집에 온 것 같다고 생각했고, 남자는 아버지, 여자는 어머니라고 생각했다. 엄마 아빠가 축구 경기를 보며 뭐라 뭐라 말하는데, '이국의 언어처럼' 알아들을 수 없기는 했지만, 아마도 이런 말이겠거니 했다. 저 자식은 뭘 처먹고 저렇게 해롱대는 거야. 언제 철이 들려는지, 쯧쯧.

기억을 잃기 직전, 그러니까 깜빡하고 전구가 나가기 직전 그의 마지막 기억은 목축지의 들판에서 실로시빈 머시룸을 발견한 것이라고 했다. 그날 나는 시리에게 실로시빈이 뭔지를 물었고, 시리는 그것이 중남미 지역의 야생 버섯에 들어 있는 환각 성분이라고 대답했다. 그러니까 출연자가 콜롬비아의 목축지에서 발견했다는 것은 환각버섯. 그렇다면 그 출연자의 경험은 기억상실이 아니라 환각의 기억이겠다. 그를 차에 태워 자기 집으로 데려가 정신을 차릴 때까지 머물게 해주었다는 그 콜롬비아 사람에게는 그 들판이 온통 그런 젊은이들로 들끓는 곳이었는지도 모르겠다. 그래서 그렇게 선뜻 친절을 베풀었던 것일 수도. 어쩌면 그 자신 역시 때때로 버섯을 뜯어 먹고, 들판을 거닐고, 콜롬비아가 월드컵 결승골을 넣는 황홀한 꿈을 반복해 꿀지도.

무슨 까닭인지는 모르지만 그 라디오방송이 기억에 깊이 남았다. 방송을 듣고 나서 얼마 후에는 꿈까지 꿨는데, 나는 낯선 집에 있고, 낯선 엄마 아빠와 밥을 먹고 있었다. 낯선 엄마와 낯선 아빠가 알아듣지 못할 언어로 뭐라 뭐라 말하는데, 나는 너무나 자연스럽고도 태연하게 밥만 먹고 있었다. 꿈속에서, 그곳은, 누가 뭐래도 나의 집이었다.

그러나 꿈의 밖에서는 시간이 흐른다. 시절이 지나간다. 그리고 나는 낯선 엄마 아빠의 낯선 언어를 해독하기 시작한다. 세상의 모든 낯선 언어를 해독한다. 내용증명. 법적 조치. 신속히. 모든 책임. 귀하가 끼친 손해. 그런 단어들에는 친절이 없다. 그러니까 나는 지금 친절하지 않은 언어들을 해독하는 중이고, 방송 출연자의 기억상실에 관한 에피소드를 떠올리는 것도 그래서이다. 알지도 못하는 이국 청년을, 그것도 환각에 빠진 청년을 집까지 데리고 가 커피를 주고, 그가 정신을 차릴 때까지 그저 축구 경기만 보고 있었던 그 사람들.

친절과 다정함. 나 역시 누군가에게 마땅히 베풀고 싶은 종류의 어떤 것. 나 또한 그런 사람이라고 믿고 싶게 만드는 어떤 선의.

그 방송을 차 안에서 들으며 자살 장소로 유명한 다리를 건넜다. 우리나라 마포대교가 그렇다는 말을 들었는데, 그때 그곳, 샌프란시스코에서는 골든게이트브리지가 그랬다. 다리에서 뛰어내려 스스로 생을 마감하는 사람들을 점퍼라고 했다. 골든게이트브리지에서 뛰어내리는 자살자들을 기록한 다큐멘터리가 상영되기도 했다. 제목이 '점퍼'인 그 다큐멘터리는 윤리라든가 인간성이라든가 하는 측면에서 논쟁을 불러일으켰다. 제작진이 뛰어내리는 사람들, 즉 자살자들의 점핑 순간을 고스란히 촬영했기 때문이었다.

샌프란시스코에 머물던 오 년 동안 수도 없이 그 다리를 건 넜지만, 그 다큐멘터리를 본 후의 다리와 보기 전의 다리가 같 지 않았다. 다시는 같을 수 없을 것 같았다. 일부러 그 다리를 건너지 않으려고 애쓰거나 하지는 않았지만, 일부러 건너려고 하지도 않게 되었다.

부모님은 나를 보러 여러 차례 미국을 다녀가셨다. 미국의 도시 이름을 한국식으로 부르던 '촌스러운 시절' 이야기를 하 셨고—"엘에이를 나성이라고 부르던 때도 있었단다"—그런 말을 하면서는 코웃음을 치기도 하셨다. 그런 노래도 있었잖 아, 왜. 나성에 가면 편지를 띄우세요, 뚜비뚜바. 그렇게 두 분 이 서로를 쳐다보며 웃기도 하셨다. 로스앤젤레스가 나성이던 시절에도 샌프란시스코는 샌프란시스코였다고, 한국어로도 번안된 스콧 매켄지의 노래 〈샌프란시스코에 가면 머리에 꽃 을 꽂으세요〉 얘기도 하셨다. 그런데도 골든게이트브리지는 금문교라 불렀다. 가끔은 금문교 다리이기도 했다.

부모님과 그 다리를 걸어서 건너 소살리토까지 갔었다. 다 리를 건너는 동안 물론 점퍼들에 관한 얘기는 하지 않았다. 했 더라도 부모님이 각별히 걱정했을 것 같지는 않다. 점핑보다 총 맞는 것이 먼저 걱정되는 나라, 한국의 부모들에게 미국은 그런 나라였다.

그러나 오랜 후, 나의 부모님이 악몽에 시달리기 시작했을 때, 그 꿈이 항상 '금문교 다리' 한가운데에서 시작된다는 사실을 나는 어떻게 이해해야 할지 알 수 없었다. 바람이 불었다고 했다. 다리가 휘청휘청 흔들렸다고 했다. 그래서 다리난간을 붙잡았다고 했다. 미국 애들이 오 쉿, 오 마이 갓 하는 동안, 당신들은 아이고아이고 했다고 했다.

왜 너는 그걸 기억 못해?

부모님은 말했다.

네가 죽고 싶다고 말하는 바람에 얼마나 가슴이 내려앉았는지.

그럴 리가. 나는 그런 사람이 아니다. 유학중인 아들을 보러 미국까지 온 부모와 하루 관광을 하면서 죽고 싶다는 말을 하다니. 나는 그런 말을 하는 사람이 아니다. 나는 그런 사람이 아니다.

형도 나를 보러 샌프란시스코에 온 적이 있었다. 부모님과 그랬듯이 나는 그와도 도시 관광을 다녔다. 부모님과 탔던 노면전차에 오르는 대신 가파른 언덕길을 걸어올라가 중국인 거리를 지났고, 그 중국인 거리가 배경인 영화 얘기를 했다. 배경은 뒤죽박죽 섞였고 영화도 시리즈물로 넘어갔다가 원작 소설로도 넘어갔다. 그 소설이 뭐지, 뭐였지? 둘이 한참을 얘기했는데, 뒤죽박죽 섞인 줄거리와 또 뒤엉킨 기억들 때문에 끝내 그 소설 제목이 뭔지는 알아낼 수 없었다.

우리는 바닷가로 내려가 피어39를 지나 피셔맨스워프까지 걸어갔고, 회전목마 앞에 앉아서 젤라토를 먹었다. 히피 이야기를 했고, 반전 이야기를 했고, 아주 오래전의 골드러시와 포티나이너에 대해서도 얘기했다. 지진과 대화재에 대해서도 얘기했다. 형은 나보다 더 오래 그곳에 살아온 사람처럼 그 도시의 역사를 많이 알고 있었다. 심지어는 명소와 맛집에 대해서도 나보다 더 잘 알았다. 워프의 클램차우더로 유명한 식당이 어디인지를 알던 사람 역시 내가 아니라 형이었다.

해변이 너무 뜨겁고 날이 너무 더워 게 요리와 차우더의 맛은 제대로 느껴지지도 않았다. 너무 오래 걸은 탓이었다. 앨커트래즈로 가는 관광선을 멀리 바라보며 형과 나는 게 껍질과 사워도 부스러기를 식탁 위에 수북이 쌓아놓은 채 말없이 앉아 있었다. 식당에 들어오기도 전에 말은 이미 다 떨어졌다. 대화가 아니라 말이 떨어졌다. 워프 식당에서 나온 이후에는 또 걸었다. 목적이 무조건 걷기인 여행을 하는 사람들처럼 보일 지경이었다. 그러다 미션덜로리스 공원묘지에 이르렀다.

주께서 나를 박해한 자들에게 자비를 베푸시기를.

어떤 무덤 앞에 멈춰 서서 형이 갑자기 웃었다. 웃으면서 그 무덤의 묘비명에 대한 자기 해석이 맞냐고 내게 물었는데, 뭐가 웃긴 건지 알 수 없어 나도 웃었다.

나중에야 나는 그 무덤이 꽤나 유명한 사람의 것임을 알게 되었다. 그 사람이 유명한 것은 그 자신 때문이 아니라 그를 심판한 자들 때문이라는 것도. 19세기 중반, 치안이 어지러웠던 샌프란시스코에 자경단이 생겼고, 그 자경단은 미국 여러 도시의 자경단들 중에서도 유명했다. 그들이 공개 처형한 사람이 바로 그 묘지의 주인이었다. 자경단다운 신속한 결정과 전광석화 같은 집행이 이루어진 모양인데, 그렇다면 망자는 언제 유언을 남긴 것일까?

자경단이 유명했던 탓에 도시 역사박물관에는 그에 관한 자료들이 많았다. 그의 공개 처형 장면도 그림으로 남겨져 있었다. 이층짜리 건물의 외벽에 두 사람이 나란히 목매달린 채 죽어 있는 것을 단원들이 지켜보는 장면이었다. 둘 중 누가 자신의 박해자, 혹은 집행자에게 자비를 베풀어달라고 마지막 말을 남겼을까. 그런데 형은 왜 웃었을까. 묘지의 주인을 알았을 거라고 생각하지는 않는다. 다만 그 묘비명이 형의 어딘가를 건드렸을 테다.

형이 그때 결혼을 약속했던 여자친구와 헤어졌고, 그래서 둘이 여행하려고 했던 뉴욕 대신 내가 있는 샌프란시스코로 홀로 오게 되었다는 사실은 형이 도착하기 전부터 알고 있었다. 계획대로라면 형과 형의 여자친구는 뉴욕에서 출발하여 시카고를 거쳐 2박 3일 동안 암트랙을 타고 샌프란시스코로 올 작정이었다. 형은 그 여행을 위해 미국 각지의 역사를 공부하고, 여행 서적과 유튜브를 보고, 심지어는 나와 얽힌 유년의 기억들도 복기했다. 멋있는 동생의 멋있는 형으로 보이고 싶었던 것이다.

그러나 실연을 한 형은 홀로 내게로 와서 거의 침묵이나 다름없는 시간을 보냈다. 그러면서도 가봐야 할 곳은 다 가보려고 들었다. 샌프란시스코의 온갖 곳들을 돌아다니면서 한없이 떠들다가 한없이 침묵했다. 그러다가 난데없이 말했다.

죽어버리고 싶어.

형의 그 말은 위협적으로도, 위험하게도 들리지 않았다. 오히려 침을 흘리듯이 흘러내리는 말처럼 들렸다. 그 말을 들으면서 가슴이 내려앉지 않았으니 붙잡을 난간을 찾아야 할 필요도 없었다. 나는 형처럼 그냥 멈춰 서서 샌프란시스코의 밤거리를 망연자실 바라보았을 뿐이다. 그때 왜 그 노래가 떠올랐을까.

샌프란시스코에 가면 머리에 꽃을 꽂으세요. 뚜비뚜바.

샌프란시스코에 가면 평화를 사랑하는 사람들을 만날 거예요. 뚜비뚜바.

그럴 리가 없다. 뚜비뚜바는 나성에 가서 편지를 띄우라며 부르는 노래라고 했다. 그러니까 나성에서 불러야 할 노래. 그러나 그렇기만 하겠는가. 평화를 사랑하는 사람이 샌프란시스코에만 있을 리는 없다. 뚜비뚜바. 죽고 싶은 사람이나 죽여버리고 싶은 사람 역시 어디에나 있을 것이다. 뚜비뚜바. 머리에 꽃을 꽂으면 미친년 취급을 받는 나라에서도 남몰래 머리에 꽃을 꽂는 사람은 있을 것이다. 뚜비뚜바.

그리고 무엇보다도, 그날 밤, 나는 형의 말을 잘못 들었을지도 모른다. 금문교 다리 위에서 부모가 내 말을 잘못 들었던 것처럼. 뚜비뚜바.

형과 형의 오래된 여자친구가 헤어진 것은 구시대적이게도, 혼수 문제 때문이었다고 들었다. 표면적으로는 그랬다는 뜻이다. 혼수 문제로 시작된 말다툼이 다른 문제로 번졌고, 오랜 세월을 함께한 사이인 만큼 한번 터지자 다퉈야 할 문제들이 쏟아져나오기 시작했다. 그러니까 그들 사이에 존재했던, 수두룩이 많았던 다툼의 소지들.

도대체 어떻게 싸웠길래 헤어지기까지 해야 했을까. 나는 어쨌거나 형의 편이었다. 동생이어서가 아니라, 아니 십중팔구 동생이어서겠지만, 형이 얼마나 순한 사람인지를 알아서였다. 순해서 억울한 게 많은 사람이기도 했다. 어릴 때의 기억이 떠오른다. 두 살 차이인 형과는 그야말로 밥먹듯이 싸웠는데, 당연히 시시하기 짝이 없는 이유에서였다. 내가 대들고 형이 때리고 내가 울고 형이 어쩔 줄을 모르고, 그러고 나면 다시 놀고, 또 대들고 얻어맞고 울고…… 그러다가 형이 장난감을 만지작거리면 나는 또 한쪽에 앉아 다른 장난감을 만지기 시작하고, 그러다가 배트맨, 슈퍼맨, 이러면서 또 놀고……

그러나 그 사이에 부모가 개입하면 사정이 달라졌다. 어느 쪽에서든 억울함이 생겼다. 우리 부모는 콜롬비아 목축지의 낯선 엄마 아빠와는 달리 묵묵히 축구 경기가 끝나기를, 그러니까 시간이 지나가기를, 모든 것이 그저 순리대로 흘러가기를 바라는 사람들이 아니었다. 그들은 적극적으로 개입했고, 중재했고, 훈계했다.

부모는 누구의 편도 들지 않았다. 그러나, 그래서, 억울함은 둘 다에게 남았다. 벌을 받는 것도 둘 다였다. 형이 벌을 받는 이유는 주로 동생을 때려서였고, 내가 벌을 받는 이유는 항상 고자질, 즉 '형이 때렸다는 걸 쪼르르 달려와 일러서'였다. 형이 동생을 때리는 것은 나쁜 짓이고, 마찬가지로 형제 사이에 고자질을 하는 것도 나쁜 일이라고 했다. 그래서 어린 형과 어린 나는 각기 다른 방에 갇혀 반성과 참회의 시간을 보내야만 했다. 벽을 사이에 둔 방이었는데, 방의 한쪽 벽에 내가 등을 기대고 섰고, 다른 방의 같은 벽에 형이 등을 기대고 앉았다. 그렇게 하나의 벽을 사이에 둔 채, 어린 형과 어린 나는 통렬하고도 격렬하게 울었다. 둘 다 울었다. 둘 다 억울해서.

형이 억울했던 이유는 무엇일까. 내 이유는 정확히 알았다. 누군가는 때렸고 누군가는 맞았는데, 그걸 누구에게도 말할 수 없다면, 엄마 아빠에게도 말할 수 없다면, 그건 아무래도 공정하지 못한 게 아닌가? 고자질이 왜 나쁜가? 이르는 게 왜 나쁜가? 사실대로 말하는 게 왜 나쁜가?

그런데 형은 왜 울었을까. 더 때리지 못해서? 겨우 뒤통수 한 대 때리고 어두운 방에 갇힌 게 분해서?

어떤 사람에게는 특별한 기억이 어떤 사람에게는 아무것도 아니다. 나이가 들면서 점점 더 콜롬비아의 부모를 닮게 된, 그러니까 친절하고 선량한 얼굴의 커피숍 주인이 된 형은 술만 취하면 어린 시절 얘기를 하는 내게 양철 컵 모양을 카피한 머그잔에 따른 커피를 내주면서 매번 사람 좋게 웃었다. 그 얘기 좀 그만하라고 하는 대신 매번 같은 말로 답해주었다.

내가 그랬어? 내가 그렇게 널 맨날 때렸어?

그리고 미안하다고, 잘못했다고 말했다. 웃으며 하는 그 말이 매번 진심으로 들려서 만취한 와중에 나 또한 매번 당황했다. 잘못했다는 말은 얼마나 쉬운가. 그러나 형처럼 선량한 사람이 아니라면 저렇게 진심으로, 다정한 목소리로 잘못했다 말하지는 못하리라.

소송이 시작되었을 때, 내가 언제나 형의 편인 것처럼 형과 부모님 역시 당연히 내 편이었다. 가족이어서겠지만, 내가 그렇듯, 부모님도 형도 단지 그 때문만은 아니라고 생각하는 것 같았다. 그들에게 나는 '공부만 하는 아이'였다. 공부만 하느라 남에게 해를 끼칠 것도 없고, 본인이 해를 당할 일도 없는 사람이었다. 선의와 애정으로 가득찬 그들의 생각은 당연히, 틀렸다. 내가 공부만 하는 동안, 학위를 따기 위해 세월을 허비하고 소모하는 동안, 그리고 그 결과로 고작 첫번째 직장인 연구소에서 소송이나 당하게 되는 동안, 그로 인한 모든 손해는 내 가족들이 입었다. 단순히 내 유학 비용에 대한 얘기만은 아니다. 그러나, 그게 가장 핵심이기도 하다. 소송의 핵심은 결국 돈이다. 돈으로 환산되는 모욕, 돈으로 환산되는 환멸과 좌절, 또 돈으로 환산되는 모든 것의 심판.

물론 내 가족은 나를 심판하지 않는다. 한 번도 그렇게 한 적이 없었다. 그들은 내 유학 비용을 대주고, 나를 보러 미국에 오고, 미국에 와서는 내 고달픈 유학 생활 이야기를 밤새 들어주고, 시차의 피로와 졸음을 참아가며 내 등을 쓸어주었다. 그러나 한국에서 마침내 그들의 고달픈 밤이 다가오면, 그들의 억울한 밤이 다가오면 그들은 당장이라도 내게 내용증명을 보내고 싶었을지 모른다. 귀하가 끼친 극심한 경제적 손해, 정서적 손실에 대해 신속히 보상하십시오. 그러지 않을 경우 모든 법적 조치를 취할 것임을 밝힙니다.

현실의 부모와 현실의 형은 그러지 않는다. 결코 내게 책임을 요구하지 않는다. 그러나 알고 있었다. 내가 피고라면 나의 원고는 나의 부모와 나의 형이었다. 무엇보다도 내가 소모한 나의 인생이었다.

오래전에 형과 나는 골든게이트파크에도 갔었다. 공원 잔디밭에 쓰러진 동상이 있었다. 빨간색 페인트를 뒤집어쓰고 모욕적인 낙서로 범벅이 된 채 동상은 나동그라져 있었다. 그 파괴의 흔적을 보러 온 사람들 중 누군가는 통탄했고, 누군가는 분개했고, 누군가는 통쾌해했다. 도시의 창건에 기여한 공적을 칭송받아 동상으로 세워졌던 사람인 모양인데, 오늘날에 이르러서는 원주민을 노예화한 정책으로 비난받은 끝에 땅바닥으로 끌어내려졌다는 것이었다. 나와 형과는 상관없는 일이었다. 우리는 공원에서 나와 또 많이 걸었다. 걷고 또 걸었다.

이 도시엔 왜 저런 게 저렇게 많지?

형이 혼잣말처럼 말했는데, 미션덜로리스 공원묘지에 이어

동상의 죽음을 본 여파 때문인 듯했다. 그러나 심판 없는 도시가 있겠는가. 역사는 심판으로 이루어지는 것이 아닌가. 청산되지 못한 흔적에 대한 끝없는 심판, 그뒤에 다시 사부작사부작 쌓여가는, 청산되어야 할 것들. 청산되지 않으면 유해한 쓰레기가 되어 쌓일 것들. 그러다가 시간이 지나면 쓰레기의 역사가 되는 시절들.

나는 아니다. 아니라고 믿고 살았다. 내가 알고 있는 사람들, 내가 관계했던 사람들 중 누구도 나를 죽고 싶게 만들거나 내가 죽여버리고 싶게 만든 사람은 없었다.

그러니까 나는 그런 사람이다.

내가 한국에 직장을 얻어 미국에서 돌아왔을 때, 형은 작은 브런치 가게를 운영하고 있었다. 다행히 장사가 잘된다고 활짝 웃는 얼굴로 얘기했지만, 몇 달 후에는 그 가게 문을 닫고 파스타 가게를 열었고, 또 그 얼마 후에는 타파스 가게를 하더니, 난데없이 튀김 가게를 하다가, 지금은 테이크아웃 커피숍의 사장이 되었다. 그게 고작 삼사 년 사이의 일이다. 몇 달 뒤에는 또 무엇이 될지 알 수 없는 형은 여전히 미혼이다.

형이 브런치 가게를 할 때, 가게문을 닫고 둘이 술을 마신 적이 있었다. 내 회사생활에 대한 얘기가 주로 화제에 올랐다.

형은 추임새처럼 그래도 돌아와 다행이다, 여기서 자리를 잘 잡아 다행이다, 말했다. 나 역시 들떠 있었다. 잘해낼 수 있을 것 같았고, 그럴 작정이었다. 그로부터 얼마 지나지 않아 나를 환대했던, 그렇다고 믿었던 직장으로부터 소송을 당하게 될 줄은 알지 못한 때였다.

회사로부터 첫번째 내용증명을 받았을 때도 형을 찾아갔었다. 형은 그날도 가게문을 일찍 닫았다. 은행과 베이컨을 구운 안주를 술과 함께 좁은 테이블 위에 올려놓았다. 내용증명에 관해 말하자 형이 내게 물었다.

"누가, 뭘 보내?"

회사에서 보냈다고 말을 했는데도 형은 얼떨떨한 얼굴로 물었다. 정말로 아무것도 이해하지 못하는 표정이었는데, 그래서 그 질문이 내게는 더 이상하게 들렸다. 그러게, 누구일까. 회사에서 내용증명을 보냈다는 말에 대한 반문이라면, '누가'가 아니라 '뭐가'라고 물어야 하는 것이 아닐까. 그런데 회사는 나를 알기나 하는 것일까. 회사의 누군가는 나를 알겠지만 내게 내용증명을 보낸 회사는 나를 알까. 잘못된 발언, 잘못된 출처, 잘못된 수습과 해명…… 나의 모든 잘못으로 인하여 훼손되었다는 명예는 무엇, 혹은 누구의 것일까.

"근데, 왜?"

잠시 후, 형이 또 물었다. 잠깐 사이에 여러 생각을 한 얼굴이었다. 내용증명의 내용을 말해주었음에도 여전히 형이 생각하는 건 횡령, 성추행, 따돌림, 내부 고발, 기밀 유출, 그런 것들 같았다. 내가 갑이 아니어서 다행이었다. 그렇다면 형은 가장 먼저 갑질이라는 말도 떠올렸을 것이다. 그리고 결국에는 마찬가지겠지만, 그중 어떤 것도 형이 이해하는 나와는 어울리지 않는다고 생각했을 것이다. 형이 이해하는 나는 그토록 야비하지도, 그토록 부당하지도, 무엇보다도 그런 일을 저지를 정도로 대담하지도 않았다. 그러니까, 그런 사람이 아니었다.

그러나 그런 사람이란 대체 어떤 사람이란 말인가.

"형, 근데, 우리 그때 말야."

형은 내용증명에 대한 이야기를 들을 때와는 달리 이번에는 금방 알아들은 얼굴이었다. 형의 얼굴이 변했다. 선량한 표정이 사라지고, 얼떨떨하던 표정도 사라지고, 찰나적으로 냉정하고 무자비한 얼굴이 되었다. 내 착각이었을 것이다. 소송이 시작된 후 아무에게나 공격을 당하는 듯한 피해 의식에 빠지곤 했다. 회사가 아니라 사람에게 당한 소송이었으면 좋았을 것이다. 그러면 나를 공격하는 대상이 아무가 아니라 누구일 수 있었을 것이다.

"먹어. 베이컨이나 먹어."

형이 말을 자르듯 베이컨과 은행이 든 안주 접시를 내 앞으로 밀었다. 형이 그랬는지 내가 그랬는지, 접시 위의 베이컨과 은행이 줄이라도 선 듯 일렬로 배열돼 나누어져 있었다. 그러고 보니 베이컨과 은행만 있는 게 아니라 버섯도 있었다. 실로 시빈 버섯은 환각버섯. 먹기만 하면 웃음이 실실 나온다고 해서 일명 웃음버섯. 그러나 안주 접시 위에 베이컨과 함께 있는 것은 고작해야 양송이버섯.

　그날 밤 형은 헤어진 여자친구 이야기를 했다. 형의 여자친구 이름이 미소였다. 미소랑 있으면 미소 짓게 된다고, 형은 여자친구와 같이 있을 때 종종 그런 농담을 했는데, 그 농담은 형의 여자친구 미소가 가장 듣기 싫어하는 말이기도 했다. 미소의 학생 때 별명이 된장이었다고 했다.

　미소는 화가 나면 무서워졌다. 혼수 문제로 시작된 오해와 다툼이 파탄으로 치닫게 되었을 때, 미소는 화조차 내지 않았다고 했다. 화를 낼 때는 미안하다고 사과라도 할 수 있었는데, 화조차 내지 않으니 형은 어찌할 바를 알 수 없었다. 그래서 형은, 별수없이, 또 미안하다고 말했다. 이번에는 진심을 다해 미안하다고 말했다.

　지겹다고 하더라고. 미안하다고 하면 다야, 넌 미안하면 다지, 뭐든지 미안하기만 하면 끝이지. 그러고는 묻더라. 그런데 나하고 살면 그건 안 미안하겠니? 진심으로 미안하지 않겠니? 그때부터는 방법이 없더라고. 미안하다는 말로도 안 되면 어떻게 해? 그럼 어떻게 그애한테 미안하다는 걸 표현할 수가 있어? 그런데 어느 날, 이런 생각이 드는 거야. 안 미안하다고. 하나도 안 미안하다고. 그 말을 대놓고 했으면 조금 더 갈 수 있었을까? 그러다가 화해할 수 있었을까? 그런데 그 말까지는 못 하겠더라고. 안 미안하단 말을 굳이 하는 건 나쁜 놈이잖아. 헤어지면서 나쁜 놈까지 되고 싶지는 않잖아.

그래서 말하는데 말이야.

미소 이야기를 하다 말고, 형이 말했다.

개새꺄. 난 너한테 안 미안해.

한 잔 두 잔 마신 술에 만취했던 밤이었다. 형은 자기가 무슨 얘기를 하는지도 모르는 것 같았고, 나 역시 무슨 말을 듣고 있는지 몰랐다. 사과에 대해 이야기하는 것도 같았고 잘못에 대해 이야기하는 것도 같았다. 진심에 대한 이야기가 아닌 것만큼은 분명했다. 아니, 오히려 진심에 대한 이야기였을까.

그 밤, 형과 내가 했던 얘기는 소송과 형의 헤어진 여자친구에 관한 얘기가 전부였다. 만취 끝에 블랙아웃이 될 지경이기는 했지만, 적어도 우리가 '그때' 이야기를 하지 않았다는 것은 분명했다. 내가 시작하려고 했으나 다행히 형이 잘라버린 그 이야기. 그러나 그 이야기는 한 번도 끝이 난 적이 없고, 한 번도 도중에서 끊어진 적이 없었다. 시작된 이후로, 줄곧. 형도 나도, 그걸 잘 알았다.

어린 형과 내가 아파트 옥상에 있었다. 열 살인 형과 여덟 살인 내가 하나씩 손에 들고 있던 빨간 벽돌. 싸우려는 게 아니었다. 자주 싸웠지만 대개는 사이가 좋았던 우리는 그 벽돌을 옥상에서 바닥으로 나란히 던져볼 참이었다. 이유는 잊었다. 누구 벽돌이 더 빨리 떨어지는지 알아보려는 과학적 탐구심 때문이었을 수도 있고, 그게 아니라면 머리를 깨버리고 싶을 만큼 미운 누군가가 십오층 아래에서 지나가고 있었을 수도 있고—그냥, 그저 그런, 실제로는 행해지지 않는 순진한 악의 같은 것 말이다. 그러나 역시 그것도 아니라면 벽돌을 훔쳐온 걸 들킬까봐 갑자기 무서워져서 빨리 증거인멸을 해버리려고 했을 수도 있을 것이다.

누가 먼저 던졌을까? 누구 벽돌이 먼저 떨어졌을까?

형과 나는 결코 모른다.

평생 동안 몰랐고, 앞으로도 모를 것이다. 만취했던 브런치 가게에서의 밤, 형이 미안하지 않다고 말하지만 않았어도 우리는 마침내 그 진실에 도달했을지도 모른다. 최소한 결말에는 도달하지 않았을까. 누가 먼저 하자고 했는지, 누가 먼저 던졌는지, 누가 진심으로 미안해해야 하는지…… 그러나 남은 것은 오직 벽돌이 떨어질 때의 소리뿐이다. 그후 십 년, 이십 년, 수십 년의 세월이 흘렀어도 남은 건 여전히 소리뿐. 누군가의 비명소리와 동시에 퍼지던, 세상을 두 쪽으로 빠개버릴 것 같던, 실제로 빠개버렸던 그 소리…… 퍽!

그런 일은 절대로 일어나지 않았다고 부모님이 말했다. 그래서 우리는 반성의 시간을 가질 필요도 없었다. 절대로 일어나지 않은 환상에 존재하는 것은 진실과 거짓이 아니다. 그 구분이 무용하다는 깨달음뿐이다. 그래서 가능한 것은 조정뿐이다. 그날 우리는 각자의 방, 각자의 벽에 붙어앉거나 서서 반성과 참회가 아니라 화해와 조정의 시간을 간절히 기다렸다. 맨발로 달려나간 부모가 집에 돌아오기를, 부모가 우리를 각자의 방안으로 밀어넣으면서 보여준 그토록 당황한 얼굴 대신 엄한 훈육과 용서로 충만한 얼굴을 다시 볼 수 있기를. 그러는 동안 계속해서 소리가 들렸다. 퍽, 퍽, 퍽! 세상의 바닥이 두 쪽 나고, 누군가의 머리가 빠개지고, 그리고 피가 강물처럼 흘렀다. 거기에 형이 있었다. 형은 무고하다 말하고 있었다. 형은 자기는 그런 사람이 아니라고 말하고 있었다. 나는 물어야만 했다. 그러면 나는? 그러면 나란 말이야?

내 기억 속에서는, 어떻게 해도 잊혀지지 않는 그 기억 속에서는 항상 벽돌이 떨어졌다. 영원히, 영원히 떨어져내리고 있었다. 추락은 길고도 너무 길어 평생을 기다린다 해도 결코 바닥에는 이르지 못할 것 같았다. 다행이다. 다행이라고 생각하며 잠들곤 했다. 그러나 안도하며 잠들던 밤이 지나고 깨어나면 피로에 지쳐 박살이 난 듯 쓰러져 있는 것은 벽돌이 아니라

나였다. 꿈속에서 어느 날의 아침은 미국이고, 어느 날은 연구소고, 어느 날은 브런치 가게거나 테이크아웃 커피숍이기도 했다. 술에 취했던 밤의 커피숍 테이블에는 어쩐지 부모님도 같이 있었던 것 같다. 아들 둘을 둔 부모. 죽고 싶은 아들과 죽이고 싶은 아들을 둔 부모. 그 부모도 어쩐지, 그날 밤, 그 테이블에서는 무죄를 주장하고 싶은 얼굴들이었다.

술을 마시지 않은 밤, 맨숭맨숭한 밤에, 형과 나는 샌프란시스코를 걸었던 것처럼 망원동의 좁은 골목을 걸었다. 샌프란시스코, 그 넓은 도시는 안 가본 데가 없을 정도로 구석구석 걸어다녔지만 서울에서는 그렇게 하지 않는다. 가본 데보다 안 가본 데가 더 많은데도 굳이 가본 데, 가본 길로만 걷는다.
그러다가 한강 변을 걷고, 그러다가 마포대교를 건넜다. 다리의 중간에 이르러 형과 나는 나란히 투신이라도 할 사람들처럼 같이 강을 내려다보았다. 예전에는 다리에 자살을 예방하는 문구가 있었다고 형이 말을 꺼냈다. 그런데, 자살 예방 문구가 자살을 예방하기는커녕 오히려 역효과를 내서 철거한다는 뉴스를 본 적이 있다고 형이 말을 이었다. 그 예방 문구 중 하나가 '하하하하하'였다는 말도 했다. 그러면서 형이 웃기 시작해서 나도 따라 하하하하하, 웃지 않을 수 없었다. 맙소사, '하하하하하'라니. 누군가는 갑자기 기분이 나빠져서 죽기 싫어졌을 수도 있을 것이다.

마주해보니 하찮은 것, 그 순간에 이르기까지의 고통과 슬픔과 수치와 분노와 좌절이 아니라, 바로 그 순간의 하찮음. 지나가면 그냥 지나간 것이 되어버리는, 그러나 누군가에게는 끝…… 누군가에게는 죽음.

미안해, 형.

내가 말했다. 마포대교 난간에 기대어 서서. 형이 난간에서 떨어져 서서 나를 유심히 쳐다보았다. 뭐가?라고 물을 줄 알았다. 그게 아니라면, 괜찮아, 이해해라고 말해주기라도 할 줄 알았다. 왜냐하면 형은 선량한 사람이니까. 그러나 형의 대답은 이랬다.

이 새끼가 미쳤나.

형은 알아들었을 것이다. 어떤 종류의 미안하다는 말은 사실 악의에 가까울지도 몰랐다. 난 먼저 갈게, 넌 거기 있어, 와 같이. 홀로 빠져나가려는 말.

선량한 얼굴로 얼마든지 미안하다고 말할 수 있는 형이야말로 누구보다 그 말을 잘 알아들을 사람인지도 모르겠다. 그곳이 다리 중간이 아니라 형의 브런치 가게였으면 좋았을 것이다. 그랬다면 이번엔 내가 말했을 텐데. 베이컨이나 먹자.

그 밤 집에 돌아왔을 때, 현관문에 안내문이 붙어 있었다. 전에 온 걸 안 뗀 것인지, 새로 붙은 건지 알 수 없었다. 아니,

거짓말이다. 그런 건 확인하면 금방 알 수 있다. 그러므로 그때 내가 확인해야 할 것은 내가 확인하고 싶지 않은 것이 무엇인지였다.

안내문이 붙은 문을 열 수가 없었다. 그것은 건드리면 법적으로 문제가 된다는 차압 딱지 같아 보였다. 그래서 나는 현관문의 비밀번호를 누르는 대신 계단실의 문을 열었다. 내 집은 사층. 옥상까지 올라가려면 앞으로 십사층을 더 올라가야 했다. 한 층 한 층 올라갈 때마다 숨소리가 거칠어져 계단실을 가득 채웠다. 센서 등이 켜졌다 꺼지기를 반복하면서 아래로 아래로 점점 더 깊은 동굴 같아지는 계단실. 그러나 나는 올라가고 있었다. 다행히도 그때 내 손에 벽돌 같은 것은 없었다. 그리고 역시 불행히도 그때 내 손에는 벽돌 같은 것이 없었다.

---

* 실로시빈 머시룸에 대한 에피소드는 미국의 라디오방송 〈This American Life〉 42회(1996. 11. 15.), 181회(2001. 4. 6.)에서 빌려왔다.

그해 여름의 수기

그해 여름, 수기는 파란 대문 집에서 살았다. 동네에는 파란 대문들이 많았지만 그 집처럼 선명하게 파란색인 대문은 없었다. 페인트칠을 한 사람이 주문을 잘못 이해했거나 지나치게 독창적이었는지도 모른다. 수기가 그 집에 들어가기 직전 초여름의 어느 날에 새로 한 칠이었다. 칠장이는 칠이 곧 자리를 잡을 거라고 장담했지만 시간이 흘러도 색은 그윽해지지도, 바래지도 않았다. 그 선명한 색에 적응하지 못한 것은 누구보다 그 집 식구들이었다. 누구나 한 번씩은 대문 앞에서 깜짝 놀라는 표정을 지었다. 대개는 한 번 놀라고 끝이었지만, 매번 놀라고, 매번 속이 상하는 사람도 있었다. 수기가 선생님이라고 불렀던 집주인, 정말로 고등학교 수학 선생님이던 김숙희가 그랬다. 퇴근을 해 집에 돌아올 때마다 서쪽으로 난 대문이 찬란하게 파랬다. 김숙희는 매번 가슴이 더럭 내려앉을 뿐만 아니라 어떤 날은 몹시 기분이 나빠지기까지 했다. 여름이 오기만을 기다렸다. 곧 한여름이 오면, 한여름의 해가 끓고 비가 쏟아붓고 또 거친 모래바람이 불었다가 지나가면, 세상의 그 어떤 파란색이라도 저토록 말갛게 버텨내지는 못하리라고 생각했다.

그해 여름, 김숙희의 기대대로 해가 끓고 비가 쏟아붓고 거친 모래바람이 불고 흙먼지가 쌓였다. 그 모진 바람이 중국에서 건너온다고 말하는 사람도 있었지만, 실은 골프장이 조성되는 산에서 내려오는 것이었다. 파란 대문 집으로 오기 전에 살던 수기의 집 마루에는 매일같이 흙먼지가 쌓였다. 하루에도 몇 번씩 마루를 닦아야 했다. 걸레가 지나간 자국이 매번 뿌옇게 남았다.

비가 쏟아붓던 그날 밤, 가장 먼저 무너진 건 그 산이었다. 산에는 '좆섬'이라고 이름 붙은 유명한 바위가 있었다. 예전에는 사람들이 그 바위를 찾아가 아들 낳기를 빌었다고 했다. 바위가 남자의 그것처럼 생겼는데, '아주 장하게 서 있다'는 것이었다. 수기의 집 마당에서는 그 바위가 보이지 않았다. 그랬음에도 산을 향해 고개를 돌릴 때마다 '그것'이라는 말이 떠올라 뺨이 붉어졌다.

폭우가 산을 무너뜨린 후에도 바위는 그곳에 있었다. 그곳에 있었으나 더는 장하게 서 있지 않고 물 한가운데 동동 소리를 내듯이 떠 있었다. 폭우에 잠긴 동네도 마찬가지였다. 집들은 붉고 푸른 지붕으로만 남아 있었는데, 그 지붕들도 원래 그 자리에 있던 것인지 알 수 없었다. 지붕들이 집을 떠나 어딘가로 떠내려가는 중인지도 몰랐다. 수기네 집도 마찬가지였다. 수해가 났을 때, 산사태에 가장 먼저 무너진 집들 중 하나가 수기네 집이었다.

그날 밤, 수기는 소리에 놀라 잠에서 깼다. 그것이 무너지는 소리였음을 알게 된 건 나중 일이었다. 잠에서 깰 때는 뭔가가 자신을 건드리는 소리 같았다. 눈을 뜨자마자, 아니 눈을 뜨기도 전에 이미 방문 쪽 벽이 무너지고 있었다. 흙더미가 쏟아져 들어왔다. 비와 물은 그 뒤로 쫓아 들어왔다. 비가 쏟아져 산을 무너뜨리고 흙을 밀었을 터인데, 마치 흙더미가 비를 끌고 오는 것 같았다. 비는 방안으로 들어오고 싶어 아우성이다가 반대편 뚫린 벽으로 기어나가는 수기의 온몸으로 달려들었다. 사나운 송곳니, 짐승의 이빨 같은 비였다.

그러니까 비라는 게, 도대체, 그렇게 사납게, 그렇게 엄청나게 퍼부을 수도 있는 것인지. 하늘에 구멍이 뚫렸다는 말은 비유가 아니었다. 세상 저 위쪽의 모든 물이 한꺼번에 쏟아부어졌다. 하느님은 팔이 아팠을 것이다. 그 많은 물을 순식간에,

그렇게 한꺼번에 쏟아부으려니. 비를 내리는 것은 하느님에게도 그만큼 필사적인 일이었으려나. 그후 오랜 세월, 그해 여름이 떠오를 때마다 수기가 했던 생각이다.

그날 밤, 어머니 아버지는 못 빠져나왔다. 어머니 아버지는 흙더미에 깔려버렸고, 그들이 데리고 자던 동생도 마찬가지였다. 동생은 죽고 그들은 살았다. 놀랍게도 스물여섯 시간 만에 구조가 되어 TV 뉴스에까지 나왔다. 그해 여름 수기가 파란 대문 집에서 살게 된 이유였다. 생명력으로 가득찬, 영웅적으로 살아남은, 이 고결한 부부의 아이를 대피소 따위에서 지내게 할 수 없다는 어떤 결연한 의지가 누군가에게 작용했던 것이다. 시장인가, 부시장인가, 아니면 도지사인가. 김숙희의 남편은 시청 공무원이었는데, 시장인가 도지사인가 하는 사람이 결연한 의지를 발휘하는 순간에 하필이면 그 자리에 함께 있었고, 또 하필이면 그 자리에 있던 사람들 중 수기의 학교와 가장 가까운 곳에 부부가 살았다. 여름방학이 끝나려면 아직 멀었지만, 그 도시의 슬로건이 '멀리 보는 도시'였다. 비는 그쳤지만 또 내릴 테고, 무너진 집들이 언제 새로 서게 될지도 알 수 없었다.

수기에게는 가까이 사는 친척이 없었다. 어머니 아버지가 입원해 있고, 곧 동생의 장례식도 치러질 그 도시를 떠나고 싶지도 않았다. 그렇더라도 김숙희의 집에서 머물기로 한 결정에 수기의 의견이 보태진 것은 없었다. 수기 입장에서 보면, 그건 그냥 갑자기 그렇게 된 일이었을 뿐이다. 그 집에 들어간 첫날, 수기는 김숙희 부부와 나란히 대문 앞에 서서 사진을 찍었다. 도청 소식지에 실릴 사진이었다. 수기는 창피했다. 자신이 수재민이라는 사실이, 그래서 남의 집 신세를 져야 한다는 사실이, 그리고 무엇보다도 동생이 죽었다는 사실이. 아니다. 동생이 죽은 것은 창피한 일이 아니다. 그러나 그렇다면 무엇일까.

느닷없이 한 여자아이를 떠맡게 된 김숙희는 다른 사람들의 염려와 달리 그 일을 그리 불편하거나 괴롭게 여기지 않았다. 봉사하는 일이고, 공명심 있는 남편에게 도움되는 일이었다. 기꺼이 할 만한 일이었다는 뜻이다. 그랬음에도, 간혹 김숙희는 도무지 이해할 수가 없었다. '저 아이'가 불쌍한 아이일 뿐만 아니라 특별한 아이이기도 하다고? 저 아이의 어머니 아버지는 고작 살아남았을 뿐이 아닌가. 살아남는다는 것은 충분히 고결한 일이지만, 문제는 어린 아들을 구하지도 못하고 그들만 살아남은 사실이었다. 어떻게든 살아남는다는 것은 분명히 영웅적일 수 있지만, 뭐, 그럴 것도 같긴 하지만, 아니다, 뭐 그게 그리 영웅적인가, 아무튼, 영웅적이든 뭐든, 자식을 잃고 살아남는다는 건 전혀 다른 문제가 아닌가. 게다가 동생이 죽었는데도 '저 아이'는 어찌 그리 밥을 잘 먹는지.

김숙희에게는 서울에서 대학을 다니는 아들이 하나 있었다. 방학을 맞아 아들이 집에 내려올 테지만 김숙희는 별로 걱정하지 않았다. 아들은 대학생이고 수기는 고작 중학생이었다. 둘 사이에 무슨 일이 생기겠는가. 그러나 그해 여름, 그 깜짝 놀라게 선명한 파란색 대문 집에서 모든 일이 벌어졌을 때, 낮부터 밤까지, 밤부터 낮까지 함께 있던 사람은 수기와 명기, 하필이면 이름의 끝 자가 같아서 친남매처럼 여겨지기까지 한 그들이었다. 정작 그해 여름 그들은 서로의 이름을 정확히 알지조차 못했다. 명기는 수기라는 이름이 실은 '숙이'인 줄 알았고, 그게 이름의 끝 자로만 부르는 애칭일 거라 생각했는데, 왠지는 모르지만 그런 처지에 놓인 아이를 그런 식으로 부른다는 것이 부당하게 여겨졌고, 그래서 아예 부르지 않았다. 나이 많은 명기를 이름으로 부를 일이 없던 수기 역시 마찬가지였다. 낯을 가리느라 오빠라고 똑똑히 발음해서 부른 적도 없었다. 수기가 명기를 그렇게 부른 건, 그것도 있는 힘을 다해 부른 건, 그로부터 아주 오랜 세월이 흘러서였다.

조심해요, 오빠! 떨어져요!

수해가 발생한 그해 여름, 수기가 그 선명한 파란색 대문 집에서 살던 그해 여름, 명기와 함께 다리 아래로 떨어지던 밤에는 그렇게 소리지르지 못했다. 수기는 그냥 외쳤을 뿐이다. 떨어진다는 말도 못 하고 그냥, 우어어어, 그렇게 비명만.

그 일이 발생하기 일주일쯤 전에 명기가 서울에서 내려왔다. 선명한 파란색 대문에 먼저 깜짝 놀란 후, 명기는 집안으로 들어섰다. 김숙희가 마당에서 빨래를 널다가 명기를 맞았다. 대문이 왜 저렇게 되었냐는 명기의 말에 인상을 찌푸렸고, 그앤 집에 있느냐고 묻는 물음에는 더 깊이 인상을 찌푸렸다. 명기의 물음에 대답하기 전에 김숙희가 먼저 물었다. 넌 옷이 왜 그래? 안 더워? 한여름인데도 명기는 긴팔 옷을 입고 있었다. 팔목에 감긴 붕대도 언뜻 보이는 듯했다. 그럼에도 김숙희는 더 캐묻지 않았다. 명기가 물은 말에 대답하고 싶은 마음이 더 컸기 때문일 것이다. 집에 없어. 근데 애가 좀 이상해. 넋이 나간 거 같아.

명기는 수기를 만나기도 전에 '그애'를 이해할 수 있다고 생각했다. 그런 일을 겪고도 정신이 온전하다면 오히려 그런 애가 이상한 애일 것이다. 명기는 수기의 부모가 구조되는 장면을 TV에서 보았다. 그들의 구조 장면은 심지어 생중계되기까지 했다. 명기는 학교 앞 김치찌개집에서 그 생중계를 친구들과 같이 보았다. 식당 안 사람들이 손에 들린 수저를 잊은 채 화면을 바라보다가 환호했다. 박수를 보내는 사람도 있었다.

누군가 조용히 해보라고 소리질렀다. 구조되던 수기 어머니가 들것 위에서 눈을 떴기 때문이고, 그와 동시에 생존자가 무슨 말을 하는 것 같다고 아나운서가 소리질렀기 때문이고, 바로 그 순간에 수기 어머니가 아들의 이름을 불렀기 때문이었다. 그들의 아들은 구조되지 못한 채 발굴되었다. 환호하던 사람들이, 김치찌개를 먹던 사람들이 탄식을 하거나 눈꼬리를 적셨다.

수기는 저녁식사 시간이 되어서야 돌아왔다. 신발이 젖어 있었다. 자세히 보니 신발과 양말뿐 아니라 반바지 밑단까지 젖어 있었는데, 맑은 물에 젖은 게 아님이 확연했다. 수해 지역에 다녀온 모양이었다. 종아리를 적신 흙탕물은 말랐지만 대신 진흙 부스러기로 남아 있었다. 명기에게 남은 수기의 첫인상은 바로 그 흙 묻은 야윈 종아리였다.

물은 더디게 빠졌다. 수기가 살던 동네로 가려면 낮은 다리를 건너야 했다. 다리는 여기저기 부서지고 한쪽으로 완전히 기울어졌지만, 그래도 간신히 모양은 유지하고 있었다. 그러나 여전히 물에 잠긴 채였다. 수해가 나고 며칠이 지나서야 발목을 적시며 그 다리를 삼분의 일쯤 건널 수 있었다. 그 앞부터는 종아리까지 물이 찼다. 발목과 종아리의 느낌이 너무 달랐다. 발목까지 적실 때는 건너간다는 느낌이었지만 종아리까지 젖자 그때부터는 빠져드는 느낌이었고, 더는 그 다리를 건널 수 없었다. 수기는 종아리까지 적신 곳에서 몇 걸음 다시 물러서, 자기가 살던 동네 쪽을, 물에 잠겼다가 다시 모습을 드러내기 시작한 집들을 멀리서 바라보았다. 비는 어느 때나 내렸다. 그 비가 지붕을 적시고 벽을 적시고 마당을 적셨다. 창문 틈으로 비가 들이칠 때도 있었고, 비가 새서 방안의 벽이 젖을 때도 있었다. 그러나 통째로 젖은 집은, 속속들이 물에 잠겨버린 집은, 어떤 모양일까. 수기는 도무지 알 수가 없었다.

수기는 매일같이 그 다리에 그렇게 서 있었다. 여름방학이고, 어머니 아버지는 병원에 있고, 집은 무너졌다. 수기처럼 수재를 당한 친구들은 친척집으로 가거나 가족들과 함께 대피소에 머물고 있었다. 그들 중 누구도 무너진 집에 깔린 사람은 없었고, 동생을 잃은 사람도 없었다. 수기는 친구들을 만나러 대피소에 가고 싶지 않았고, 어머니 아버지를 만나러 병원에 가고 싶지도 않았다. 엄마는 자꾸 울고, 아버지는 자꾸 아프다고 소리질렀다. 마치 눈물 대신 소리를 쏟아내려고 작정하기나 한 것처럼.

수기에게는 갈 곳이 필요했다. 가서 있을 곳이 필요했고, 그러다가 돌아갈 곳도 필요했다. 자기 집이 아닌 김숙희의 집으로 돌아가야 하는 저녁이면, 그 선명한 파란색 대문이 멀리서 보이기 시작하면, 수기의 마음은 점점 더 어두워졌다. 밤에는 악몽을 꿨다. 늘 물이 덮치는 꿈이었는데, 물의 색깔은 그냥 물의 색깔이다가 선명한 파란색이기도 하다가 어느 날 밤에는 시커먼 색이기도 했다. 그 물들이 콸콸 어딘가로 쏟아져내렸다. 욕조 물이 빠지듯이 요란한 소리로 소용돌이쳐가면서 사라질 때도 있었다. 그러고 나면 다른 세상이 나타났다. 모든 것이 젖고, 모든 것이 무너지고, 닭과 돼지와 개와 고양이의 사체들이 있는 세상. 수기는 매번 눈을 질끈 감았다. 죽은 돼지와 개와 고양이 들과 함께 거기에 누워 있는 동생을 보고 싶지 않았기 때문이다.

명기가 내려온 날에도 수기는 악몽을 꿨다. 그날은 느낌이 이상했다. 이마가 뜨끈한 느낌이 들었던 것이다. 눈을 떴을 때, 뭔가 시커먼 형체가 수기를 내려다보고 있었다. 수기는 꼼짝도 못 한 채 그것을 마주 바라보기만 했다. 곧, 다시, 엄청난 물에 잠기듯, 엄청난 흙더미에 깔리듯 잠이 왔다.

그즈음에 수기는 괴담 같은 이야기를 하나 들었다. 어느 학교에 수영장이 있는데, 그 수영장의 배수구에 몸이 빨려들어가 여자아이가 죽었다는 얘기였다. 여자아이는 물속에 빠진 물안경을 건지려다 배수구로 빨려들어갔다. 물안경이 먼저, 그다음엔 그걸 잡으려던 손이, 그리고 어깨가…… 그리고…… 수기의 꿈속에서 그 아이는 언제나 동생이었다. 알 수 없는 구멍에 빠진 동생이 수기를 올려다보고 있었다. 구멍에 팔이 끼여버린 동생, 그 상태로 물에 잠겨버린 동생, 아가미처럼 입을 뻐끔뻐끔하며 수기를 바라보는 동생…… 어쩌면 살려줘, 살려줘 하고 있을지도 모르는 동생.

명기가 내려온 후에는 난데없이 그가 꿈속에 등장하기도 했다. 그들은 다리 위에 서서 물이 구멍 속으로 빨려들어가는 것을 같이 내려다보았다. 동생은 보이지 않았다. 낯을 많이 가렸던 동생은 꿈속에서조차 낯을 가리는 것 같았다. 누군지도 모르는 사람에게 자기가 죽어가는 모습을 보이고 싶지 않은 것 같았다. 배수구를 막고 있는 동생이 없으니 그 구멍으로 물이 콸콸 흘러들어갔다. 소용돌이를 치며 콸콸, 아주 콸콸. 그토록 많은 물을 빨아들이는 구멍이라면 그건 그냥 깊은 구멍인 게 아니라고 수기는 생각했다. 수기는 지구를 관통하는 홀을 떠올렸다. 모든 걸 빨아들여 지구 저쪽으로 쏟아내는 구멍. 그렇다면 지구 저쪽 어느 곳도 물에 잠길까. 누군가의 집이 무너지고, 누군가의 동생이 죽을까. 그런 생각을 하면서 수기는 종종 꿈속에서 울었고, 꿈에서 깨어난 후까지 울 때도 있었다.

그 밤에도 마찬가지였다. 울다가 자기 울음소리에 깨어났을 때, 시커먼 것이 또 귀신처럼 내려다보고 있었다. 이번에는 저것이 뭔가 어리둥절해할 필요도 없었다. 명기임이 분명했기 때문이다. 수기는 시체처럼 누워 꼼짝도 할 수 없었는데, 너무 놀라서라기보다 아마도 갑자기 너무 무서워서였을 것이다. 명기의 얼굴이 점점 수기의 얼굴 가까이로 다가왔다. 가까이 다가올수록 윤곽이 사라져 점점 더 시커먼 것으로 변해갔다. 축축하고 뜨거운 숨이 바로 콧등에서 느껴졌다. 명기의 뺨에서 떨어진 땀이 수기의 이마를 적셨다. 소리를 질러야 하는데 입을 열 수가 없었다. 그때 갑자기 무슨 소리가 들렸고, 수기의 입이 비로소 열렸다. 그러나 그때 소리를 낸 건 수기가 아니었다.

명기는 뭐라고 말을 했던 것일까. 조용히 하라고 했을까. 조심하라고 했을까. 아니면, 입 닥치라고 했던 걸까. 시끄러워, 이 기집애야. 입 닥치란 말이야. 잠시 후, 명기는 방을 나갔다. 나가면서 열려 있던 방문을 닫았는데, 술냄새가 그를 마저 쫓아 나가지 못하고 방안에 남았다.

그 밤의 명기. 그 밤의 시커멓던 것. 그 밤의 소리. 그후 오랫동안, 때때로 그날 일이 떠오를 때마다 수기는 그날 밤에 명기가 한 말을 떠올려보려고 애쓰곤 했다. 나쁜 꿈을 꾸고 깨어나는 밤에는 특히 그랬다. 어떤 밤에는 다시 그곳, 김숙희의 집 작은방으로 돌아간 것처럼 그날 밤의 기억이 선명했다. 무서운 마음도 여전했다. 그런 밤에는 다시 잠들어도 어김없이 그 악몽이 이어졌다. 그러나 대부분의 꿈이 그토록 무서운 지경까지 이르렀던 것은 아니다. 세월이 흐르면서 어둠은 흐릿

해지고, 시커먼 것도 부드러워졌다. 그 밤에 명기가 한 말을 기억해보려는 시도도 마찬가지였다. 뭔가를 잃어버리긴 했는데 그게 무엇인지조차 잊어버린 것 같았다. 가려움은 여전했으나, 긁을 수 없는 곳의 간지러움 같은 것이었다. 무서움은 안타까움이 되고, 안타까움은 그리움이 되기도 했다. 그러나 그리움이라니. 그것은 무엇에 대한 그리움이었을까.

수기에게 맨홀 이야기를 해준 남자가 있었다. 한때의 연인이었다.

"우리 동네에도 맨홀이 있었어."

맨홀은 어느 동네에나 있었을 것이다. 세상에 맨홀 없는 동네가 어디에 있겠나.

그들이 헤어지기 전날 밤이었다. 마지막 밤이므로 같이 잠들고 싶지 않았으나, 마지막 밤이므로 같이 자야 한다고 그가 우겼다. 그리고 마지막 선물로 비밀 하나씩을 털어놓자고 했다. 마지막 선물로 비밀이라니. 수기는 농담이라고 생각했다. 마지막 선물이 아니라 마지막 농담.

"어느 날 그 맨홀 속으로 사람이 들어가는 거야. 무슨 공사 중이었던 거 같아. 동네 애들이 전부 구경을 나왔지. 맨홀 뚜껑이 열린 걸 본 건 처음이었으니까. 게다가 그리로 사람이 들어가다니, 정말 굉장한 일이잖아. 들여다볼 수는 없었어. 애들이 접근하지 못하게 다른 사람들이 지키고 있었거든. 작업복을 입고 허리에 연장을 찬 어른들이 맨홀 주변에 둘러서서 담배를 피웠어. 그 담배 연기가 맨홀로 빨려들어가는 거 같더라. 착각이었겠지. 그렇지만, 정말로 그런 느낌이었어. 네 말처럼, 세상 모든 게 다 빨려들어가는 거 같더라고. 그런데 말이야. 그 사람이, 맨홀로 들어간 사람이 다시 나오지를 않는 거야. 그런데 뚜껑을 닫더라고. 담배를 다 피운 사람들이 심지어는 그 담배꽁초를 맨홀 속으로 던져넣기까지 했다니까. 그러고는 뚜껑을 닫아버리는 거야. 얼마나 무서웠겠니. 그 사람들을 슬금슬금 쫓아가는데, 눈물이 막 나더라고. 동네 입구에 봉고차 하나가 서 있었어. 봉고차 앞에서 그 사람들 중 하나가 물어보더라. 꼬마야, 왜 우니? 그때부터는 막 통곡이 쏟아져나오더라고. 펑펑 울면서, 흐느끼느라 잘 나오지도 않는 목소리로, 사람이 있는데, 거기 사람이 있는데, 안 나왔는데……"

그가 잠깐 웃음소리를 냈다.

"그런데, 그 어른이, 그 어른이라는 작자가 뭐라고 했는지 알아? 꼬마야, 너도 나쁜 짓을 하면 그렇게 될 거야."

그가 수기 쪽으로 돌아누웠다.

"그래서 나는 생각했지. 아니 지금도 생각하고 있는 거야. 나는 뭘 잘못했을까. 뭘 그렇게까지 잘못한 걸까."

그의 호흡이 가빠지는 듯했다. 그러다가 갑자기 숨이 멈추듯 그의 호흡소리가 사라졌다.

"너 안 듣고 있구나. 끝까지 내 말은 안 듣는구나."

그의 목소리는 쓸쓸하게 들리는 대신 차갑게 들렸다.

그가 하는 말을 수기가 안 들은 건 아니었다. 수기는 대답하고 싶었다. 안 무섭다고. 살다보니 무서운 게 하도 많아서 사람 같은 건 안 무섭더라고, 농담처럼 말하고 싶었다. 그러나 사실이 아니었다. 사실일 리가 없었다.

남자의 튀김집은 망해가는 중이었다. 완전히 망한 것은 아니지만 망해가는 날들이 끝나지 않는 지겨운 이야기처럼 이어졌다. 가게를 열어 기름통에 첫 기름을 넣었는데, 기름이 끓는 소리가 맥박처럼 들렸다고 말한 남자였다. 심장이 뛰는 소리로 기름이 끓는 걸 알았던 남자는 이제 기름냄새만 맡아도 토를 할 지경이었다. 기름은 소리였다가 냄새였다가 참을 수 없는 끈적임이 되었다. 기름이 엉겨붙은 머리카락은 샴푸를 몇 번씩 해도 여전히 엉긴 느낌이었다. 다 끝이지 뭐. 내가 뭐, 별수 있겠어. 돈 몇백만 있어도 막을 수 있는데, 그걸 못 막네. 내가 뭐, 나 같은 놈이 뭐, 별수 있겠냐고. 수기는 그의 얘기를 듣기가 괴로웠고, 그중에서도 돈 얘기가 무서웠다. 무엇보다도 궁지에 몰린 사람이 무서웠고, 돈 몇백 때문에 궁지에 몰린 사람은 더 무서웠다.

"괜찮아. 어떻게 되겠지. 다 빠져나올 구멍이 있더라고."

남자가 수기의 머리에 손을 얹었다. 잠시 후 수기의 뺨을 만지기 시작했다. 끓는 기름에 여기저기 데어 화상 자국투성이인 손이었다. 그 손으로 수기의 뺨을 만지면서, 그날 맨홀로들어간 사람은 다른 맨홀로 나왔다더라, 말했다. 비밀이랄 것도 없게 싱거운 이야기라고 생각하고 있는데, 그가 덧붙였다.

"세상에 맨홀이 하나뿐인 건 아니잖아. 그렇잖아? 그런데너는 이 얘기가 안 무섭니?"

그리고 그가 또 말했다.

"자, 이제 너의 비밀을 얘기해봐."

수기는 어리둥절했다. 남자의 이야기 중 어디가 무섭고 어디가 비밀인지 알 수 없었기 때문이다.

그 남자가 죽었음을 알게 된 건 헤어진 지 몇 달 후였다. 스스로 목숨을 끊은 건 아니었다. 교통사고라고 했다. 그렇더라도 그가 맨홀에 갇혀버렸다는 사실은 다르지 않았다. 수기는그후 오랫동안 남자가 마지막 밤에 해준 이야기를 곱씹지 않을 수 없었다. 세상에 맨홀이 하나뿐인 건 아니지만 두번째 맨홀마저 빠져버릴 구멍이라면 어찌하겠는가. 하나만 빼놓고 세상의 모든 뚜껑이 다 닫혀 있으면 어찌하겠는가.

그해 여름에는 많은 일이 있었다. 그러나 동생이 죽은 것보다 더 괴로운 일은 있을 수 없었다. 수해 보상 문제로 늦어졌던 합동 장례식이 치러진 날은 엄마도 휠체어를 타고 참석했다. 엄마보다 부상 정도가 약했던 아버지는 오지 않았다. 아버지는 그때에도 아마 병원에서 소리지르고 있었을 것이다. 아프다고, 새끼들아. 아파 죽겠단 말이야, 이 새끼들아. 모두가 소리를 질러댔던 날이다. 장례식장 밖에서 사람들이 소리를 지르고, 높은 사람인 누군가의 옷깃을 잡은 채 악을 쓰고, 울부짖고, 구호를 외치고, 바닥을 뒹굴었다.

엄마는 장례식만 간신히 참석한 후 병원으로 돌아가야 했다. 휠체어에 앉은 엄마의 고개가 바닥으로 툭 떨어져 있었다. 죽은 동생보다 더 죽은 사람 같은 모습이었다. 수기는 병원으로 돌아가는 엄마를 쫓아갈 수 없었다. 동생 대신 살아남은 창피함이 너무 커서, 그 부끄러움이 마침내 무서움이 되어버린 것 같았다. 장례식 내내 수기는 엄마와 너무 가까이 붙어 있지 않으려고 애를 썼다. 자신이 슬퍼하는 대신 창피해하거나 무서워한다는 것을 들키고 싶지 않았기 때문이다.

아무데나 헤매고 다니다가 저녁때가 되었는데, 김숙희의 집 앞에 이르렀을 때는 늦게 지는 여름해도 떨어져 그토록 선명한 파란색 대문도 더는 파랗게 빛나지 않았다. 수기는 집안으로 들어갈 수가 없었다. 들어가고 싶지 않았는지도 모른다. 수기는 다리가 저릴 때까지 남의 집 대문 앞에 쪼그려앉아 있었다. 김숙희가 두어 번 나와 골목 저쪽을 바라보다 들어갔다. 직장에 나갔던 김숙희의 남편이 귀가했고, 잠시 후 김숙희와 같이 집밖으로 나왔다. 둘 다 그날 합동 장례식에 참석했었다. 수기의 귀가가 늦어 불안한 모양이었는데 수기의 눈엔 둘 다 몹시 골이 난 것처럼 보였다. 이수기! 김숙희가 먼저 수기의 이름을 불렀다. 세상 어디에 있든 들으면 당장 달려오라는 듯이. 혼날 줄 알라는 듯이. 김숙희의 남편은 여전히 수기의 이름을 잘못 알고 있어서 이숙아! 하고 불렀다. 그들이 골목 저쪽으로 사라진 후, 수기는 그들과 반대편 방향으로 걷기 시작했다. 빈집으로는 들어갈 수 없었고, 빈집인 남의 집으로는 특히 더 그랬다.

골목이 많은 동네였다. 그 동네의 몇번째 골목엔가 구멍가게가 있고, 그 구멍가게에 공중전화가 있었다. 명기가 그 공중전화에 매달려 있었다. 전화를 건다기보다 매달려 있다고 말하는 것이 훨씬 더 옳게 여겨지는 모습이었다. 마치 구명줄을 붙잡듯이 공중전화 수화기를 붙잡고, 서 있지도 못해서 쭈그려앉은 명기가, 길게 늘어난 공중전화 줄을 흔들며 아슬아슬하게 울고 있었다. 누군가의 이름을 거듭 부르고 있었는데, 여자 이름 같았다. 평상에 앉아 있던 구멍가게 할아버지가 난데없이 달려들어 들고 있던 부채로 명기의 등을 때리기 시작했다.

"전화 줄 다 끊어진다, 이놈아! 이 한심한 놈아. 사내놈이 사람들 다 보는 데서 울고 지랄이냐, 이놈아. 전화기값 물어낼

테냐, 이놈아. 울지 마라, 이놈아."

둘의 눈이 마주친 게 그때였다. 할아버지의 난데없는 매질에 놀라 울음을 멈춘 명기가, 우는 것보다 할아버지를 피하는 게 더 먼저가 되어버린 명기가, 그래서 고개를 돌리던 명기가, 거기 서서 자신을 바라보는 수기를 발견한 것이다. 명기는 일어섰고, 공중전화 옆에 놓여 있던 자전거를 세워 올라탔다. 자전거는 중심을 잡은 후에도 비틀비틀했지만, 그러나 무서운 속도로 달리기 시작했다. 명기는 곧 돌아왔다. 자전거가 수기의 바로 앞에 멈춰 섰다. 고개를 숙인 수기의 눈에 땅을 디디는 명기의 운동화가 먼저 보이고, 그후에 자전거 바퀴가, 그리고 핸들이, 그리고 핸들을 붙잡고 있는 명기의 손목이 보였다. 오래 붕대를 감고 있었던 손목은 다른 사람의 것처럼 눈부시게 하얬다.

"타."

수기가 명기의 자전거에 올라탈 때, 할아버지가 다시 한번 말했다.

"울지 말란 말이다, 이놈아."

그날 둘은 물에 잠긴 다리를 향해 자전거를 타고 달려갔다. 수기에게는 묻지도 않고 명기는 자전거를 수해 지역으로 몰았다. 다리를 건널 수는 없었다. 자전거를 다리 초입에 세우고, 둘은 여전히 물에 젖어 있는 다리를 삼분의 일 지점까지 걸어서 갔다. 수기가 다리난간에 손을 얹었을 때, 명기도 같이 난간을 잡았다. 아주 잠깐, 둘의 손이 닿았다. 수기가 얼른 그 손을 떼어냈는지, 아니면 명기가 그랬는지, 아무튼 그 순간은 찰나처럼 짧았다. 그랬음에도 수기는 온몸이 소용돌이치는 듯한 현기증을 느꼈고, 깊은 홀 속으로 빠져들어가는 듯한 느낌에 사로잡혔다.

조심해!

외쳐야 했으나, 둘 다 비명만 질렀을 뿐이다. 다리가 갑자기 무너지듯이 흔들렸고, 꿈에서 보곤 했던 홀이 나타났고, 꿈에서 언제나 그랬던 것처럼 그 홀 속으로 모든 게 빨려들어가기 시작했다. 수기와 명기가 동시에 추락했다. 엄청난 속도였고, 엄청난 깊이였다.

눈을 떴을 때, 놀랍게도 수기는 하늘을 바라보며 누워 있었다. 또 놀랍게도 쨍한 하늘, 물기라고는 조금도 보이지 않는 하늘, 김숙희의 집 대문 색깔처럼 선명하게 파란 하늘 아래였다. 잠시 후, 그 하늘 한가운데 김숙희의 둥근 얼굴이 나타났다. 김숙희가 놀란 눈으로 수기를 내려다보며 물었다.

"어디서 떨어진 거야, 너희들?"

수기야말로 묻고 싶었다. 자신은 어디에서 어디로, 어느 시간에서 어느 시간으로 떨어진 것인지. 꿈이었을까. 꿈이었겠지. 아니라면 어쩌겠어.

오랜 후, 그러니까 그로부터 수십 년이 흘러 수기는 김숙희를 길거리에서 만났다. 김숙희는 여전히 그 동네, 그 집에 살고 있었다. 수해를 당한 후 몇 번 이사하기는 했지만 수기의 부모 역시 여전히 그 수해 지구 근방에 살았다. 서울에서 살고 있는 수기가 집에 내려올 때마다 어머니가 김숙희의 소식을 알려주곤 했다. 수기의 어머니는 김숙희를 늘 '그 고마운 선생님'이라고 불렀다. 그 고마운 선생님이 퇴직을 했고, 그 고마운 선생님 아들이 결혼을 했고, 그 고마운 선생님 남편이 늙어 죽었고, 그러다가 그 고마운 선생님이 정신이 오락가락한다고도 했다. 그 말을 들은 바로 그날 길거리에 서 있는 김숙희를 보았다. 그때 수기는 터미널로 가는 버스에 앉아 있었고, 김숙희는 동네 정류장에 서 있었다. 수십 년이 흘렀으나 김숙희는 어찌나 달라진 것이 없는지 마치 젊은 배우에게 노인 분장을 시켜놓기라도 한 듯한 모습이었다. 마당에 떨어진 그들을 내려다보던 젊은 김숙희의 얼굴이 고스란히 거기 있는데 세월이 지나간 자국만 꿈틀꿈틀했다.

버스가 출발한 후에야 수기는 허겁지겁 기사에게 내려달라고 말했다. 몇 미터 가다 선 버스에서 내려 김숙희가 서 있는 곳까지 갔을 때, 김숙희는 수기를 금방 알아보았다.

"아, 그 동생 죽은 애."

동생이 죽고 그야말로 까마득한 세월이 지난 후였다. 수기는 어찌나 당황했는지, 자신이 들은 말이 혹시 '그 동생 죽인 애'는 아니었을까, 생각하지 않을 수 없었다. 그런 생각을 해본 것도 그야말로 수십 년 만의 일이었다.

그때 누군가의 손이 김숙희의 팔을 잡았다. 그 손이 땀과 짜증으로 범벅이 되어 있었다. 수기 또래로 보이는 여자였다. 그 여자가 김숙희를 '어머니'라고 불렀다. 딸은 없으니 며느리일까. 아닐지도 모른다. 요새는 아무나 어머니라고 부르는 사람들투성이니까. 수기도 어머니라고 불린 적이 있었다. 마흔을 갓 넘긴 때였는데, 치과 간호사가 그랬다. 어머니, 아프시면 왼손 드세요. 얼굴이 천에 덮여 있어 다행이었다. 게다가 치과여서 다행이었다. 놀람과 통증이 가려졌을 테니.

김숙희를 어머니라고 부른 여자는 명기의 아내가 맞는 모양이었다. 아이처럼 끌려가면서 김숙희는 여자에게 명기가 어디 있느냐고 물었고, 여자가 대답했다. 어디 있겠어요. 시청 앞에서 맨날 그 지랄이지. 어무닌, 또 거기 가려고 그랬어? 그 등신 보려고? 백날 말해도 말 안 듣는 건 노친네나 아들이나 똑같아. 안 그래요, 어무니? 여자가 윽박지르는 말에 김숙희가 아야, 아야 하고 대답했다. 잡힌 팔목이 아픈 모양이었다.

터미널로 가는 버스는 시청 앞을 지나갔다. 광장에서 시위가 있는 것 같았다. 교차로에서 차가 막혀 꼼짝도 하지 않았다. 시위대가 계속해서 광장으로 진입하고 있었는데, 그중에는 일제히 돼지를 끌고 오는 대열도 있었다. 장관이었다. 광장에서 밀려난 사람들은 보도 한편에서 시위를 이어갔다. 그중에는 일인 시위를 하는 사람도 있었는데, 그는 시위 대열에 밀려날 뿐 아니라 돼지에게도 밀려나는 중이었다. 명기였다. 명기가 분명했다.

삼오치킨집 보증금을 떼어먹은 건물주는 각성하라.

구호가 적힌 종이옷을 입은 명기는 간판 같았다. 삼오치킨집의 간판. 그렇구나. 명기는 한때 치킨집 주인이었구나. 그런데 보증금을 떼어먹혔다면 그게 각성하라고 할 일인가. 각성만 하면 될 일인가. 명기는 조용히 서 있었다. 간판처럼, 그저 조용히.

점점 더 큰 대열이 다가오고 있었다. 돼지들이 우는 소리가 버스 안까지 들렸다. 어머, 저 돼지 똥 싸는 것 좀 봐. 버스 안의 누군가가 조용히 말했다. 사람들이 일제히 그쪽으로 시선을 돌렸다. 명기는, 이제 돼지 똥에도 밀린 명기는, 점점 더 길가로 밀리다가 보도에서 차도로 떨어질 지경이었다. 더는 떠밀리지 않으려는 듯 명기가 두 손바닥을 펴 들어올렸다. 그랬음에도 보도와 차도 사이의 연석에서 비틀했다.

조심해요, 오빠! 떨어져요!

정말로, 있는 힘껏 얼마나 소리를 질렀을까. 그것도 버스 안에서. 수기는 당황해서 두 손으로 얼굴을 가렸다. 아니면 저 사람을 안다는 사실이 부끄러워 그랬을까.

명기가 두 손바닥을 펴 들어올렸을 때 그 손목을 보았다고 생각했지만, 그것도 어쩌면 사실이 아닐지 모른다. 그러나 보지 않았다면, 그 손목의 주저흔이 어찌 그리 선명했겠나. 가로로 그어진 서툰 칼자국들. 한 번에 깊이 베지 못하고 긋기만 한 자국들. 그해 여름에, 그래서 명기는 참담했을까. 그해에 명기가 몇 살이었는지 수기는 정확히 알지 못한다. 스무 살, 스물한 살…… 실연의 흔적으로 칼자국들을 남긴 그 남자, 그러나 평생 가지고 가게 될 주저흔만 손목에 남긴 남자.

그해에, 수기는 열다섯 살이었다. 무너진 자기 집 대신 수기가 그해 여름 머문 곳은 김숙희의 집, 명기의 방이었다. 고등학교 시절을 갓 보낸 스무 살 청년의 방에는 시집과 이념 서적과 록그룹 포스터와 전공과 상관없는 철학책들이 있었다. 그리고 부치지 못한 편지들이 있었다. 당신을 만나러 갈 겁니다. 대학에만 붙으면 꼭 만나러 갈 겁니다. 그러니까 꼭 거기에 있어주십시오. 나이들지도 말고 늙지도 마십시오. 꼭 지금처럼만 계셔주십시오. 선생님, 내가 당신을 만나러 가겠습니다.

그 부치지 못한 편지들 사이에는 나이든 여자의 사진이 있었다. 수기보다 스무 살쯤은 많아 보이는. 만일 그 순간에도 홀이 열린다면, 그 사진을 던져넣거나, 함께 떨어지고 싶다고 생각했다. 무거운 쪽이 먼저 떨어지지 않겠는가. 수기는 그때 중학생이었고 갈릴레이가 했다는 피사의사탑 실험쯤은 알고 있었다. 알았으나, 무거운 것이 먼저 떨어지지 않는다는 것은 이해할 수가 없었다. 가볍게 흩날리는 깃털, 나뭇잎, 나무에서 말라죽은 매미의 사체, 그리고 종이나 사진 같은 것들, 그런 것들은 언제나 흩날리다 떨어졌다. 그러니까, 사진이 아니라 몸인 명기가, 게다가 자기보다 훨씬 무거울 게 분명한 명기가 그 홀 속으로 먼저 떨어져내린다면, 수기는 그의 발목을 붙잡고 힘껏 외칠 것이다. 그런데 무슨 말을…… 같이 떨어진다 하더라도, 먼저 떨어지는 사람에게 무슨 말을 외칠 수 있을까.

아주 오랫동안, 그러니까 수십 년이 흐르는 동안 수기는 김숙희의 집에 다시 한번 가보고 싶다는 생각을 하곤 했다. 그 선명한 파란색 대문도 다시 한번 보고 싶고, 물론 그사이 김숙희의 소망대로 그 대문의 색은 다 바랬겠지만, 그 바랜 색이라도 보고 싶고, 여름 한철 머물렀던 그 방도 보고 싶고, 무엇보다도 김숙희가 둥근 얼굴로, 깜짝 놀란 눈으로 자신을 내려다보던 그 마당에도 한번 누워보고 싶었다.

꿈이었을까.

꿈이었겠지. 그해 여름에는 빨리 잠들어 꿈꾸는 일밖에는 달리 할일이 없었으니까. 낮에도 그랬으니까. 떨어져내리는 모든 것은 지독하게 끔찍한 현실이다가 어느덧 꿈이 되곤 한다는 걸 어른이 되어서 알게 됐으니까. 아니면 어쩌겠어. 꿈이 아니면 영원히 떨어져야 하는데.

그날, 수기는 김숙희의 마당으로 떨어졌다. 떨어졌으나, 고작 다시 땅이었다. 그 단단한 시멘트 바닥에 등을 대고 누워 대문 색같이 선명한 파란색의 하늘을 올려다보며, 수기는 자신의 곁에 같이 떨어져 있는, 아니, 같이 누워 있는 명기에게 돌아눕고 싶다고 생각했었다. 폭우가 쏟아지고, 산사태가 나고, 집이 무너지고, 동생이 죽은 그해 여름, 그 참혹했던 여름에 무엇보다 자신을 어지럽히는 것이 명기를 향한 마음임을 괴로워하며. 꼭 만나러 가야 할 여자가 있던 남자, 부치지 못할 편지를 쓰던 남자, 그러나 일 년도 지나지 않아 다른 여자의 이름을 부르며 공중전화를 붙들고 울던 남자.

그날 밤의 기억이 떠올랐다. 울다가 자기 울음소리에 깨어났던 그 밤, 명기가 방에 들어와 있었다. 수기의 이마에 땀방울을 뚝뚝 떨어뜨리며 명기가 말했었다. 울지 마. 울지 말란 말이야, 이 기집애야. 수기의 이마에 떨어지는 게 땀이 아니라 눈물임을 안 건, 아니 알기나 했을까, 정말로 눈물이기나 했을까, 어쨌든 잠시 후였다. 자기가 울면서 명기는 수기에게 울지 말라고 했다. 욕을 하기도 했다. 넌 살아 있잖아. 그러니

까 괜찮다고. 그건 정말 중요한 거란 말이야. 그러니까 울지
마, 제발.

수기는 그때 고작 열다섯 살이었으나, 분명히 알 수 있었다.
명기가 거짓말을 하고 있다는 것을 말이다. 아니, 자기도 알지
못하는 걸 말하고 있다는 걸 말이다. 수기는 그때 고작 열다섯
살이었으나 괜찮지 않다는 것을 알았고, 떨어지는 것은 어쩌
면 영원히 멈출 수 없는 일이라는 것도 알고 있었다. 동생은
다시 살아나지 않고 무너진 집은 다시 세워지지 않을 것이다.
그러나, 그랬음에도, 중요하지 않았다. 수기에게 그때 중요한
것은 살아남은 것이 아니고, 어떻게 해도 괜찮아지지 않는다
는 것도 아니었다. 그때 수기에게 중요한 것은 자신이 사랑에
빠졌다는 그 확실한 느낌뿐이었으니까. 그 느낌마저 추락 같
았으니까. 너무나 깊이 떨어지는 것 같아 토가 나올 지경이었
으니까. 그해 여름, 그 모든 끔찍했던 일들보다 더 수기를 어
지럽힌 건, 그랬다, 첫사랑이었던 것이다.

수기의 입에서 낮은 숨이 흘러나왔다. 오랜 세월을 건너와
첫사랑을 기억해낸 찬란함 때문인지, 그 찬란함의 순간이 그
야말로 순간 아스라해지는 것을 보게 되리라는 너무나도 확실
한 예감 때문인지, 그러느니 차라리 한번 더 떨어지고 싶다는,
그러나 실은 지금도 어디부터 어디까지인지 알 수 없는 구멍
에 떨어지고 있는지 모른다는 생각 때문인지, 어쩔 수 없는 불

안 때문인지는 알 수 없지만, 어떻든 그 숨은 한숨 같기도 낮은 휘파람소리 같기도 했다. 그러니까 홀을 공명하는 휘파람소리.

느닷없이 빗방울이 떨어지기 시작했다. 시작부터 무섭게 쏟아지는 소나기였다. 광장의 돼지떼들이 일제히 울어대기 시작하는데, 삼오치킨집의 보증금을 떼어먹힌 명기는 여전히 간판처럼 서 있었다. 더는 한 발자국도 밀리지 않겠다는 듯 두 손바닥을 들어올린 채.

그는 옛이야기를 하는 것이 즐거웠다[*]

강화길(소설가)

장마가 시작되었다. 하늘이 어둡고, 바람이 거세게 분다. 공기가 축축하다. 비바람을 맞으며 커피를 사러 밖에 다녀왔다. 그리고 책을 읽었다. 두 시간쯤.

생각해보니 오래전 비슷한 일이 있었다. 아니다. 내 삶에 이와 비슷한 일은 많았을 것이다. 내 삶은 단조롭고, 나는 정해진 형식을 지키며 사는 걸 좋아하니까. 그러니 어떤 기억 하나가 유독 인상적으로 남아 있다고 말하는 편이 더 정확할 것 같다. 거의 이십 년 전 일이고, 역시나 비가 많이 오던 날이었다. 여름이었다. 집 열쇠를 들고 다니던 시절이기도 했다. 현관 도

---

[*] 애거사 크리스티의 『그리고 아무도 없었다』에서 인용했다.

어록 같은 건 없었다. 음, 아니다. 도어록을 설치하는 집이 하나둘 생기는 분위기였는데, 우리 가족만 고집스럽게 버티는 중이었나? 실제로 우리 가족은 그런 식의 변화를 받아들이는데 느린 편이었다. 특히 내가 그랬다. 그런 주제에 열쇠를 잘도 놓고 다녔다. 집에 아무도 없을 때, 문 앞 계단에 앉아 하염없이 시간을 보내는 일에 익숙했다. 하지만 그날은 집 앞에 앉아 있지 않았다. 나는 카페에 갔다. 그즈음 동네에 새로 생긴, 핸드 드립 커피를 내려주는 곳이었다. 그렇게 비싼 커피는 처음이었다. 그래도 주문해봤다. 변화에 느린 사람이었지만, 이상하게도 그날은 새로운 걸 시도해보고 싶었던 것 같다. 어쩌면 폼을 잡고 싶었던 것 같기도 하다. 그때 내 가방 속에는 책이 한 권 들어 있었으니까. 비 오는 날, 커피 한 잔과 소설책한 권. 무슨 책이었는지 지금도 기억한다. 『2000년 제45회 현대문학상 수상작품집』. 당선작의 제목 역시 기억하고 있다. '개교기념일'. 김인숙의 소설이었다.

1. 안찬기와 노진주

"그는 옛이야기를 하는 것이 즐거웠다." 애거사 크리스티의 장편소설 『그리고 아무도 없었다』의 맥아더 장군은 이렇게 생각한다. 그는 지금껏 살아온 나날들이 자랑스럽다. 앞으로도 그러리라 믿어 의심치 않는다. 그러나 수많은 독자들에게 익히 알려진 바―그리고 이런 유형의 등장인물에게 주어진 운명답게―그는 끔찍한 최후를 맞이한다. 그때 그가 떠올리는 옛이야기는 결코 즐겁지 않다. 그의 과거는 죄로 얼룩져 있으며, 죽음은 그에 따른 응당한 처벌이다.

이 유명한 소설에는 이런 식으로 과거를 떠올리고 죽음을 맞이하는 열 명의 사람들이 등장한다. 그렇다, 모두 다 죽어버린다, 다 없어져버린다―물론 트릭이 있다. 애거사 크리스티의 섬뜩한 장기가 선연하게 빛나는 강렬한 순간들, 사악한 이들에게 내려지는 지엄한 판결― 사람들이 한 명씩 사라질 때마다 그들은 서로를 의심하고 과거를 곱씹는다. 후회와 공포에 사로잡힌다. 그리고 어느 순간 솔직해진다. 내가 그런 일을 저질렀지. 저지르고 말았지. 하지만 어쩔 수 없었어. 그럴 수밖에 없는 상황이었어.

그 과거는 당연히 전혀 즐겁지 않다.

김인숙의 『물속의 입』에도 과거를 마주한 인물들이 가득하다. 이 책에 수록된 「그리고 아무도 없었다」는 앞서 언급한 애거사 크리스티의 소설을 모티브로 한 동명의 작품이다. "섬, 고립, 살인, 그리고 모두의 죽음."(69쪽) 원작과 다른 점이 있다면, 이 소설에서는 모두가 죽지는 않는다는 사실이다. 하지만 그 모두는 죄를 지었다. 그리고 연결되어 있다. 오직 '과거의 죄'라는 한 가지 키워드로만 묶였던 원작의 인물들과 달리, 하인도 레지던시에 모인 인물들의 관계도는 조금 복잡하다. 일단 그들은 다 예술가이다. 그리고 바다에 빠진 채 시신으로 발견된 소설가를 안다. 어떻게? 소설가의 작품「빈집」이 연극화되었을 때 안무를 맡은 사람. 연극에 인용된 시를 쓴 시인. 주연배우가 부른 노래의 원작자인 가수. 연출가의 지인인 화가. 이런 식으로. 그들은 이 연결고리에 섬뜩함을 느낀다. 그 순간, 탐정 안찬기가 이야기의 허리를 부드럽게 찌르고 들어오고, 또 한 사람이 바다에 빠진다.

오동수.

안찬기가 잡고 싶어한 사람. 한때 놓쳤던 사람. 확실한 죄인. 애거사 크리스티라면 여기에 그녀만의 트릭을 심었을 것이다. 소설가를 죽인 범인이 누구인지, 오동수가 무슨 짓을 저질렀는지, 그래서 사건의 전모가 어떻게 되는지 아주 분명하게 이야기했을 것이다. 하지만 이 소설은 김인숙의 작품이고, 이 책에는 그만의 트릭으로 드러나는 '진실'이 존재한다.

안찬기와 오동수에 이어 등장하는 또 한 명의 인물. 소설가의 딸.

이 이야기를 해보자. 그 여자애는 이미 죽었다. 그리고 하인도 레지던시의 예술가들은 호텔 캘리포니아에 머문 적이 있다. 안찬기가 캐묻기 시작하자, 예술가들은 너 나 할 것 없이 고백하기 시작한다. 그 여자애가 누군가를 피해 도망칠 때 그냥 가만히 있었다고. 그럴 수밖에 없었다고. 의문, 공포, 착란, 신경증, 두려움, 의혹이 오가는 시간. 소설가를 죽인 사람은 누구인가. 그녀의 딸은 누구를 피해 달아났는가. 소설가의 기록은 진실일까? 그러니까, "소설인지 논픽션인지 정확히 구분할 수 없는 기록들"(117쪽)의 정체는 무엇이란 말인가. 유서처럼 남겨진 범인의 마지막 편지도 없고, 상황을 정리해서 설명해주는 탐정도 없다. 그저 혼돈만 있을 뿐. 그제야 나는 깨달았다. 바로 이 혼란 자체가 김인숙 작가의 트릭이라는 것을.

「호텔 캘리포니아」에 이런 구절이 등장한다. "지금 장례식장에 누워 있는 고모와 고모부도 빈집을 보러 갔다가 돌아오는 길에 그렇게 되었다고 했다. 고모부가 고모부의 고모부에게서 상속받은 집이라고 했다."(143쪽) 노진주와 함께 장례식장으로 향하는 남자의 독백을 담은 이 소설에는 「그리고 아무도 없었다」의 많은 요소들이 재등장한다. 빈집, 호텔(모텔) 캘리포니아, 하얀 원피스(흰옷) 입은 여자.

이어지는 소설 「콘시어지」에서는 모텔에 머물던 어떤 남자가 여자를 살해한다. 하인도 레지던시의 성실한 직원 이경훈처럼 자기 일에 과도하게 몰입한 사내가 그 장면을 목격한다.

거구의 그 남자는 이렇게 생각한다. "그곳에는 영원히 나타나지 않는 입구, 혹은 출구가 있다. 그런 소문이 있었다. 캘리포니아 모텔이 아니라 호텔 캘리포니아에 그런 곳이 있다고 했다."(163쪽) 소설은 그렇게 문을 여는 장면에서 끝나고, 다음 작품에서 다시 탐정 안찬기가 등장한다. 그는 새로운 사건을 맡았다. 장소는 캘리포니아 모텔. 변사자의 이름은 노진주.

그녀의 이름을 본 순간, 나는 하인도 레지던시의 한가운데로 쿵 하고 떨어진 듯한 기분이 들었다. 아니, 언젠가부터 나도 계속 그곳에 있었던 것 같았다. 소설가의 죽음을 전해듣고, 섬뜩함을 느끼고, 어디선가 그녀의 딸을 본 적이 있는 것 같았다. 그리하여 나 역시 그 여자애를 외면했던 것 같았다. 무엇보다 나도 그녀의 소설과 관련된 일에―정확히 그게 무엇인지는 모르겠지만―참여한 적이 있는 것 같았다. 그래서 나도 다른 예술가들처럼 겁에 질렸다. 고백을 해야 할 것 같았다. 과거의 죄. 소설가의 딸을 외면한 이유. 잊어버리고 산 세월. 다시 떠올리고 싶지 않은 죄책감. 하지만 그런 생각도 들었다. 과연 레지던시의 '나'가 진짜 나일까? '나'는 그저 소설에 등장하는, '기록'의 일부가 아닐까. 그렇다면, 그 '문 앞, 혹은 문 안의 세계'에 존재하는 나를 과연 나라고 부를 수 있을까? 그게 바로 트릭이었던 것이다.

이 단편선에는 추리소설의 세계관에 존재하는 완벽한 결말

316

같은 건 없다. 모든 죄를 짊어지고 벌을 받는 단 한 명의 범인도 없다. 대신 모두가 연결되어 있다. 범죄로부터 자유로운 사람은 없다. 죄책감과 의구심, 절망과 분노가 사람들 주위를 끝없이 맴돈다. 그리하여 인물들은 죽음 이후 돌이 되거나, 쓰레기가 가득한 집을 상속받는 손녀가 된다. 장례식장에 가다가 살해당하고, 죽음의 순간을 목격하고, 문고리를 잡은 채 식은 땀을 흘린다. 흰옷을 입은 여자들에게 쫓기고, 복수를 당한다. 마치 같은 배우가 다른 역할을 연기하는 것처럼, 각기 다른 색채를 뿜어내는 소설들의 일부가 되는 것이다. 때문에 어느 이야기에 속하든, 어떤 사람이 되든, 그들은 흰옷을 입은 여자를 계속 볼 수밖에 없다. 이 이야기의 어느 곳에도 출구는 존재하지 않으니까. 그것이 『물속의 입』이 사건을 대하는 방식이니까. 바깥에서 내부의 문제를 파악하고 도려내는 대신, 그 문제 자체가 되어 혼돈을 불려나가는 것. 그래서 더 큰 목소리가 메아리치게 하는 것. 때문에 나는 살아 있음에도 불구하고 "그리고 아무도 없었다"라는 문장이 완성된다.

이야기가 나를 배신하기 전까지는, 그렇게 생각했다.

2. 돌과 유카

그 식물의 이름이 유카라는 걸 인터넷 검색을 통해 알았다. 유카 잎이 흔들리는 소리가 이어졌다. 등을 후려갈기듯이 서로 부딪치며 흔들리는 소리였다.(「유카」, 244쪽)

안찬기는 죽었을 수도 있고, 죽지 않았을 수도 있다. 돌이 되었을 수도 있고, 아닐 수도 있다. 이 모든 건 환상에 불과할 수 있다. 중요한 건, 이야기 안에 숨겨진 목소리를 느끼는 것. 혼돈을 그대로 느끼면서 문장을 따라가는 것. 하지만 「유카」 에 이르렀을 때 화자 이재승은 단언한다. "섬에 이르자 안찬 기의 죽음이 새삼 실감이 났다."(219쪽) 물론 이 문장을 그대 로 받아들이지 않아도 된다. 지금껏 읽어왔던 것처럼, 이 소설 역시 다차원의 세계에 펼쳐진 또하나의 이야기 조각으로 받아 들인다면 전혀 혼란스럽지 않다. 하지만…… 그건 너무 간단 했다.

「유카」는 앞의 다른 소설들과 마찬가지로 의문을 잔뜩 부풀 리는 작품이지만, 동시에 무척 명쾌하기도 하다. "아귀가 너 무 잘 맞아서 오히려 이상하기까지"(224쪽) 하다. 하인도 살 인사건의 전모를 설명하고, 안찬기의 죽음에 대해서도 확실하 게 이야기한다. 그 역시 죗값을 치른 것이다. 이재승은 하인도

곳곳을 돌아다니며, 지금껏 소설이 펼쳐두었던 의뭉스러운 구석을 하나하나 해명해준다. 마치 「유카」는 다차원의 세계를 안정적으로 정돈한, 모든 것이 설명되는 공간 같다. 장편 『그리고 아무도 없었다』의 결말에서 발견되는 범인의 마지막 편지 같기도 하고, 포와로 영감의 연설 같기도 하다. 생각해보면 추리소설의 쾌감은 바로 이런 부분에 있다. 모든 것이 완벽하게 설명되는 순간. 트릭이 발견되는 찰나. 그때의 카타르시스. 「유카」가 그런 소설이라면, 앞선 나의 독해를 다시 되돌아봐야 하는 것이 아닐까.

때문에 나는 이야기에 배신당했다고 느꼈다. 억지라는 걸 알았지만, 그래도 그렇게 우기고 싶었다. 이렇게 모든 것이 설명된다면 지금까지의 혼돈과 의문은 무엇이란 말인가. 하지만 다시 찬찬히 살펴보면 「유카」는 결코 명쾌하기만 한 소설이 아니다. 이재승은 안찬기와 소설가의 관계, 사이비 종교 사건의 전모, 노진주의 죽음, 그 범인에 대해 낱낱이 이야기하면서도 어떤 의문을 완전히 떨쳐내지는 않는다. "그가 원한 건 무엇이었을까. 그가 말하는 '우리'는 누구를 말하는 것일까."(234쪽) 그리고 어떤 목소리를 듣는다.

"열지 마."(245쪽)

그는 "문은 그저 문일 뿐이고, 문안과 문밖은 그저 문안과 문밖일 뿐이었다"(같은 쪽)라고 말하지만, 괴롭다고 고백한다. 그 목소리가 들려오는 걸 막지 못한다. 그리하여 자신이 문안에도 문밖에도 있는 것 같지 않다고 생각한다. 사건의 해결이 불러온 건, 완전한 결말이 아니다. 또다른 불안과 의문이다. 혼돈. 결국 이야기는 처음으로 되돌아간다. 이재승은 또다른 안찬기이고, 소설인지 논픽션인지 구분할 수 없는 글이 등장하고, 흰옷을 입은 여자들에게 쫓기는 삶이 등장한다. 아니, 그 자신이 흰옷을 입은 여자인지도 모른다. 그렇지 않은가. 억울한 죽음은 누구에게나 열려 있다. 인간의 삶이란, 유카 잎이 바람에 나부끼는 들판을 걸어가는 일과 비슷하다. 중간에 무엇이 숨어 있는지, 어떤 일이 일어날지 누구도 알지 못한다. 그래서 우리는 삶을 경외하고, 두려워하고, 죄를 고백하기를 원한다. "개연성이란, 어쩌면, 그런 것일 테다."(「자작나무 숲」, 32쪽)

그제야 나는 이 소설들을 다시 한번 똑바로 바라볼 수 있었다. 아니, 나의 마음을 인정하게 됐다. 줄곧 혼란 자체를 받아들이면 된다고 중얼거렸으면서, 사실은 정확한 결말을 기대했다는 것을. 그로 인한 분명한 설명―이왕이면 포와로 식의 연극적인 제스처가 포함된―을 듣기를 원했다는 것을 말이다. 그리고 더 고백하자면, 나는 사건의 해결 이후 어떤 일도 발생하지를 않기를 원했다. 추리소설다운 행복한 결말을 원했기 때문에? 혼란을 덧붙이는 이야기가 버거웠기 때문에? 대충

다 맞다. 하지만 가장 큰 진짜 이유는, 소설을 한 편 한 편 읽어나갈수록 거듭되는 깊은 불안감이 너무 무서웠기 때문이다. 그런 내 마음을 알아차렸다는 듯, 소설은 또다시 방향을 튼다. 하인도. 그곳의 이야기가 다시 펼쳐진다. "흰옷을 입은 여자들이 거기에 있었다."(「섬」, 253쪽)

*

며칠 전, 고향에 전화를 걸었다. 책장을 살펴봐달라고 했다. "혹시 『제45회 현대문학상 수상작품집』이 있어?" 너털웃음과 함께 짧은 대답이 되돌아왔다.

"여기서 어떻게 책을 찾니."

책이 너무 많다고 했다. 겹겹이 이중 삼중으로 꽂혀 있고 쌓여 있는데다가, 다른 잡동사니들도 잔뜩 얹혀 있어서 뭘 찾으려야 찾을 수가 없다고 했다. 그 말을 듣는 순간, 나는 「자작나무 숲」의 호더를 떠올렸다. 아무리 노력해도 버릴 것을 찾을 수 없었다며 흐느끼는 노인. 그래서 원하는 걸 찾을 수 없는 여자. 하지만 그 숲에 자작나무가 있다는 건 안다. 아주 분명하게 알고 있다. 그래서 나는 아무 말 없이 전화를 끊었다. 나는 그곳에, 이십 년 전의 내 방에, 책장에 「개교기념일」이 수록된 그 책이 있다는 걸 분명히 안다. 하지만 트릭이 있다.

그 책은 2000년에 출간되었다. 그로부터 거의 오 년 후인 그 비 오는 날, 나는 그 책을 어떻게 구했을까. 도서관에서 빌렸을까? 샀을까? 샀다면 어떻게 샀을까. 그때까지도 오 년 전의 수상작품집이 판매되고 있었던 걸까? 그러나 나는 분명히 「개교기념일」을 안다. 오늘처럼 비 오던 날, 누군가와 연결되기를 간절히 바라던 두 사람의 이야기를 읽은 기억이 선명하게 남아 있다. 그런 면에서 나는 확실한 호더이다.

비가 세차게 내린다. 언제 그칠지 알 수가 없다. 그날도 그랬다. 가족들 중 누가 언제 집에 돌아올지 전혀 알 수 없었다. 나는 태어나서 처음 주문해본 드립 커피를 앞에 둔 채, 불안한 사람들의 이야기를 읽으며 계속 기다렸다. 정확히 무엇을 기다리는 건지는 알 수 없었지만, 기다려야 한다는 건 알았다. 지금도 모른다. 여전히 나는 자주 기다리고, 내가 무엇을 원하는지 시간을 들여 고심한다. 변화에 잘 적응하지 못한다. 하지만 이런 식으로 옛이야기를 떠올리는 건 즐겁다. 숲의 어딘가에 잘 숨겨져 있을 나의 책을 상상하며, 새로운 책을 읽는 것은. 역시 모든 것은 연결되어 있다. 혼돈 속에서 유일하게 변하지 않는 이 진실이 나는 무척 기쁘다.

| 수록 작품 발표 지면 |

자작나무 숲 …… 『자음과모음』 2022년 겨울호

빈집 …… 『단 하루의 영원한 밤』(문학동네, 2018)

그리고 아무도 없었다·물속의 입·호텔 캘리포니아·콘시어지·탐정

　안찬기·여기, 무슨 일이 있나요·돌의 심리학·유카·섬 …… 미발표작

소송 …… 『문학동네』 2023년 여름호

그해 여름의 수기 …… 『문학동네』 2019년 봄호

문학동네 소설집

물속의 입

ⓒ 김인숙 2024

초판 인쇄 2024년 7월 9일
초판 발행 2024년 7월 18일

지은이 김인숙
책임편집 정은진 | 편집 오하나 이상술
디자인 이혜진 최미영 | 저작권 박지영 형소진 최은진 오서영
마케팅 정민호 서지화 한민아 이민경 안남영 왕지경 정경주 김수인 김혜원 김하연 김예진
브랜딩 함유지 함근아 박민재 김희숙 이송이 박다솔 조다현 정승민 배진성
제작 강신은 김동욱 이순호 | 제작처 영신사

펴낸곳 (주)문학동네 | 펴낸이 김소영
출판등록 1993년 10월 22일 제2003-000045호
주소 10881 경기도 파주시 회동길 210
전자우편 editor@munhak.com | 대표전화 031) 955-8888 | 팩스 031) 955-8855
문의전화 031) 955-2696(마케팅) 031) 955-1906(편집)
문학동네카페 http://cafe.naver.com/mhdn
인스타그램 @munhakdongne | 트위터 @munhakdongne
북클럽문학동네 http://bookclubmunhak.com

ISBN 979-11-416-0672-5 03810

잘못된 책은 구입하신 서점에서 교환해드립니다.
기타 교환 문의 031) 955-2661, 3580

www.munhak.com